HEYNE
BÜCHER

Von James Herbert sind
als Heyne-Taschenbücher erschienen:

Domain · Band 01/7616
Die Ratten · Band 01/7686
Die Brut · Band 01/7784
Die Gruft · Band 01/7857
Unheil · Band 01/7974
Dunker · Band 01/8049
Todeskralle · Band 01/8138
Nachtschatten · Band 01/8237
Blutwaffe · Band 01/8374

JAMES HERBERT

HÖLLENHUND

Roman

Deutsche Erstausgabe

WILHELM HEYNE VERLAG
MÜNCHEN

HEYNE ALLGEMEINE REIHE
Nr. 01/8418

Titel der Originalausgabe
FLUKE
Aus dem Englischen übersetzt
von Heinz Nagel

5. Auflage

Redaktion: Rainer-Michael Rahn

Printed in Germany 1995
Autorenfoto: Snowson
Umschlaggestaltung: Atelier Ingrid Schütz, München
Satz: Werksatz Siegsdorf GmbH
Druck und Bindung: Elsnerdruck, Berlin

ISBN 3-453-05635-3

Für Kerry, Emma und Casey

TEIL I

1

Das warme Sonnenlicht schlug gegen meine Augenlider – eine sanfte Überredung, sie zu öffnen. Geräusche krochen in meine Ohren und platzten dann in mein Bewußtsein, verwirrende Laute, ein Gebrabbel, unterbrochen von durchdringenden Lauten.

Vorsichtig, beinahe widerwillig öffnete ich halb die Augen; der Schlaf in ihnen war noch klebrig, ein weicher, feuchter Kleister. Durch den Dunst sah ich einen dunklen, pelzigen Körper, ebensogroß wie ich selbst. Er hob und senkte sich rhythmisch in zufriedenem Schlaf. Mein Mund öffnete sich weit, als ihm ein Gähnen entkam, dann klappten meine Augen plötzlich auf. Andere Körper lagen rings um mich herum, schwarz und grau – und Mischungen von beiden; einige mit kurzem, glattem Fell, andere zottig oder gekräuselt. Ein weißer Blitz sprang über mich, und ich fühlte, wie scharfe Zähne nach meinem Ohr schnappten. Ich zuckte winselnd zurück. Wo war ich? Wer war ich? *Was* war ich?

Gerüche drangen in meine Nase, zuerst unangenehm und dann seltsam wohltuend. Ich kräuselte die Nase, atmete die Dünste ein, kräftige Gerüche, die mir irgendwie ein Gefühl der Sicherheit verliehen. Ich kuschelte meinen Körper näher an die anderen Körper heran, weg von dem energiegeladenen weißen Störenfried, der schließlich aufgab und auf den Drahtzaun zusprang, der uns umgab. Er stellte sich auf die Hinterbeine, legte die Pfoten auf den Draht, und sein ganzes Hinterteil und sein Stummelschwanz wedelten aufgeregt. Eine riesige, farblose Hand griff herunter und hob ihn hoch, bis er nicht mehr zu sehen war.

Ich winselte wieder, diesmal erschreckt. Die Hand – so groß, so stark! Und die Gerüche, die von ihr ausgingen – so fremdartig. Beängstigend und doch... interessant. Ich versuchte mich tiefer in den dichten Berg aus trägem Fell hineinzukuscheln, suchte einen Kontakt, den ich nicht begriff. Warum war ich von diesen monströsen Tieren umgeben, und warum fühlte ich mich ihnen so verwandt?

Der Schlaf hatte mich jetzt völlig losgelassen, und mein Körper vibrierte hellwach. Ich befand mich in einer Art Pferch – auf mich wirkte er sehr groß –, dessen Boden mit Stroh bedeckt war. Der Drahtzaun, der uns umgab, war hoch, viel höher als ich, und meine Gefährten waren Hunde. Ich glaube nicht, daß ich in dem Augenblick wirklich Furcht empfand; wahrscheinlich nur Verwirrung. Ich erinnere mich daran, daß mein Atem in kurzen, keuchenden Stößen ging, und ich glaube, ich habe ein wenig uriniert, nur ein klein wenig. Ich weiß, daß ich versuchte, mich noch tiefer zwischen zwei plump wirkende Körper hineinzugraben, mit denen mich ein Gefühl der Gemeinsamkeit verband. Heute vermute ich, daß das daher kam, weil wir verwandt waren, aber damals reagierte ich einzig und allein instinktiv.

Ich sah mich um, hielt den Kopf gesenkt, das Kinn fest ins Stroh gedrückt. Alles war so gedämpft, die Farben kaum zu unterscheiden, nur Schattierungen von Grau und lehmigem Braun. Und doch sah ich die Farben vor meinem geistigen Auge, weil ich sie schon gekannt hatte, vor, vor...

Vor?

In meinem verwirrten Zustand wich mir sogar die Frage aus, ganz zu schweigen von der Antwort.

Aber jetzt begannen bereits Farben durchzukommen, ein mir hinterlassenes Vermächtnis, ein Geschenk, das mich von meinen Mitgeschöpfen unterschied. Das weiche Grau verwandelte sich in helles Braun, das dichtere Grau in dunkleres Braun. Das Schwarz blieb schwarz, nur daß es tiefer wurde. Die Regenbogen flogen auf mich zu, füllten meinen Kopf mit einer benommen machenden Vielfalt, blendeten mich in ihrer Intensität. Das Schwarz war nicht länger schwarz, sondern blau, indigo; Hunderte von Brauntönen. Die Farben taten meinen Augen weh, und ich war gezwungen, sie zu schließen. Und doch stach die Sonne immer noch durch, und die Farben explodierten immer noch vor mir. Und dann nahm das Spektrum seine richtige Reihenfolge an, die Farben kannten ihr korrektes Gleichgewicht; die Blitze wurden gedämpft, die Töne begannen zueinander in Beziehung zu treten. Ich schlug die Augen auf, und die kurzzeitig monochrome Welt war verschwunden; an ihre Stelle war eine reichhaltige bewegte Leinwand getreten, wo jede Farbe zu sich selbst gehörte und sich doch mit ihrem Gegenteil verknüpfte und die Leinwand teilte. Selbst heute entzückt mich noch alles, was ich sehe, und neue überraschende Farben enthüllten sich ohne Warnung, erwecken den Anschein, als würden sie ganz frisch vor mich hingetragen, nur daß ich jetzt begriff, daß sie schon immer da waren, aber daß ich in Wirklichkeit nie hingesehen habe. Die Farben sind jetzt gedämpfter, aber immer noch frischer und interessanter, als sie in der Vergangenheit waren. Ich vermute, das hat etwas damit zu tun, daß die Welt für mich größer ist; dichter am Boden zu sein, bringt mich irgendwie der Natur näher.

Nachdem ich dieses seltsame Stadium durchlaufen hatte, das ich weder begriff noch mochte, begann ich in meiner Forschung etwas abenteuerlicher zu werden. Ich hob den Kopf vom Stroh und streckte den Hals nach oben. Gesichter zogen vorbei, blickten mit einem seltsam zarten Lächeln auf mich herab. Damals sahen sie für mich alle gleich aus; ich konnte männliche und weibliche Gesichter nicht unterscheiden, auch nicht ein Individuum vom anderen, noch wußte ich, was sie genau waren. Dabei konnte ich seltsamerweise den Unterschied zwischen den kleineren Giganten gleich von Anfang an erkennen, konnte sie nicht nur von den älteren unterscheiden, sondern auch voneinander. Einige von ihnen blickten auf mich herab, lachten, erzeugten mit ihren Mündern seltsame Laute und blickten dann erwartungsvoll auf die größeren hinter ihnen. Über diesen Giganten konnte ich ungeheuer große, graue Ziegelbauten sehen, die sich weit in den Himmel hinaufstreckten – und der Himmel selbst schien so blau, so tief und so klar. Himmel ist das Reinste, was ich je gekannt habe, ob er nun das kalte Azur der Morgendämmerung, das aufregende Kobalt des Tages oder die tiefste, von Silber durchlöcherte Schwärze der Nacht ist. Am dunkelsten Tage, wenn der Himmel von mürrischen Wolken maskiert ist, läßt ein einziges Fleckchen Blau mein Herz hüpfen. Es schien mir damals, als sähe ich den Himmel zum erstenmal, und in gewisser Hinsicht tat ich das auch – durch andere Augen.

Ich starrte die blaue Decke ein paar Augenblicke lang gebannt an, bis die Strahlen der Sonne meine Augen tränen ließen und ich schnell blinzeln mußte. In dem Augenblick begriff ich, was ich war. Ich war nicht schockiert, denn mein neues Gehirn funktionierte immer noch vorzugsweise so, wie es das sollte; es schlummerten immer noch Erinnerungen in ihm. Ich akzeptierte, was ich war. Erst später stellte ich meinen neuen Anfang in Frage. Aber zu jener Zeit dachte ich, es wäre völlig normal, ein Hund zu sein.

2

Ist das Zweifel, was ich an dir fühle, oder etwas anderes? Vielleicht ein wenig Furcht. Das einzige, worum ich dich bitte, ist, daß du deinen Geist lauschen läßt, daß du einen Augenblick deine Vorurteile und das, was du glaubst, vergißt; wenn ich mit meiner Geschichte fertig bin, kannst du selbst entscheiden. Es gibt eine ganze Menge, was mir nicht klar ist, und ich weiß auch, daß es das nie sein wird – jedenfalls nicht in diesem Dasein –, aber vielleicht helfe ich dir dabei, dein Leben ein wenig besser zu verstehen. Und vielleicht helfe ich dir, auch weniger Angst zu haben.

Als ich mich umsah, mit einem Gesichtssinn, der so ganz anders als der deine ist, spürte ich, wie etwas an dem Pelz in meinem Nacken zerrte, und plötzlich fiel das Bett aus Stroh unter mir weg, so daß meine Pfoten verzweifelt in der Luft herumzappelten. Eine riesige rauhe Hand kam von unten, und der Druck wurde von der gespannten Haut an meinem Hals genommen, als ich von unten gestützt wurde. Ich mochte den Geruch der Hände und auch ihre Härte überhaupt nicht. Jeder Geruch war separat und mir im wesentlichen neu. Sie mischten sich nicht ineinander, um so einen vollständigen Duft zu bilden; jeder hatte seine eigene Identität und verband sich, um den Mann zu repräsentieren. Es ist für mich schwierig, das zu erklären; aber so wie Menschen einander identifizieren, indem sie vor ihrem geistigen Auge die verschiedenen äußerlichen Züge einer anderen Person zusammenfügen – die Form der Nase, die Farben der Augen, des Haares, die Hauttöne, die Art, wie die Lippen geformt sind, den Körperbau –, so fällt es uns Tieren leichter, vermittels unserer Sinne die verschiedenen Körpergerüche zusammenzufügen. Sie sind viel verläßlicher, denn physische Züge kann man verändern – oder sie verändern sich infolge des Alters selbst –, aber seinen eigenen persönlichen Duft kann man nicht tarnen. Er baut sich mit der Zeit aus allem auf, was man in seinem Leben getan hat, und man kann noch soviel schrubben und ihn doch nicht löschen. Die Nahrung, die man gegessen hat, die Kleider, die man getragen hat, die Orte, die man besucht hat – das ist es, was uns unsere Identität gibt, und kein visueller Aspekt ist besser erkennbar.

Ich nahm an, daß der Riese (zu der Zeit hatte ich noch keine Vorstellung vom Menschen), der mich aus dem Pferch holte, nach Tabak, Alkohol, zu fettem Essen und jenem anderen Aroma roch, das stets zu finden ist – Sex –, aber zu der Zeit waren diese Gerüche alle neu für mich und, wie ich schon vorher sagte, beängstigend, unangenehm und doch interessant. Der einzig vertraute Geruch war der nach

Hund, und meine empfindliche Nase suchte ihn und klammerte sich daran fest, wie er mir Wohlbehagen vermittelte. Jetzt konnte ich nach meinem Gefühl Millionen und Abermillionen zweibeiniger Lebewesen sehen, die vor und zurück wogten, und ihre Laute schmerzten in meinen Ohren und verblüfften mich. Ich befand mich natürlich auf einem Straßenmarkt, und selbst in jenen Frühstadien gab es doch ein gewisses Erkennen, eine gewisse Vertrautheit mit dem Ort. Grobe, knurrende Laute kamen von irgendwo dicht an meinem Ohr, und ich fuhr nervös mit dem Kopf herum. Die Lippen des Geschöpfes, das mich festhielt, bewegten sich, und dies war der Ort, wo die knurrenden Geräusche herkamen. Ich behaupte nicht, daß ich damals die Worte selbst verstanden hätte, aber was sie beabsichtigten, begriff ich.

Eine andere Stimme sprach auf meiner anderen Seite, und ich wurde nach vorn gestoßen, in ein Paar Arme hinein. Das Aroma war völlig anders. Vermutlich waren die Gerüche nach Essen und Trinken immer noch vorhanden, aber der Nikotingestank fehlte. Und da war noch soviel mehr. Man kann Freundlichkeit riechen; es ist wie ein Wohlgeruch. Kein sonderlich interessanter Geruch, aber ein beruhigender. Da war nicht besonders viel davon; aber im Vergleich zu den Händen, die ich gerade verlassen hatte, war es, als würde ich plötzlich mit feinstem Parfüm besprüht. Ich begann die Hände zu lecken, denn es waren immer noch Spuren von Nahrung daran. Es ist so herrlich, eine menschliche Hand oder ein Gesicht abzulecken; der Schweiß an jeder Stelle des menschlichen Körpers hält immer noch die zuletzt gegessene Nahrung fest, und die Salzigkeit verleiht ihm ein besonderes Aroma. Der Geschmack ist höchst subtil und verfliegt bald, aber das zarte Aroma im Verein mit dem kitzligen Kratzen der Zunge auf der Haut ist ein erlesenes Vergnügen, das jeder Hund liebt. Du mußt verstehen, das ist nicht Zuneigung (obwohl nach einer Weile ein vertrauterer Geschmack angenehmer als ein fremder ist und fast eine Art

Liebesbeweis wird), sondern eher eine Übung für die Geschmacksknospen.

Während mich eine Hand an die Brust des freundlichen Riesen drückte, strich mir die andere über den Kopf und kitzelte mich hinter den Ohren. Das versetzte mich in Entzükken, und ich versuchte ihn in die Nase zu kneifen. Er riß den Kopf weg und gab dabei einen Laut von sich, den ich nur als ein glückliches Knurren deuten konnte, und so steigerte ich meine Bemühungen, das knollige Gebilde in seinem Gesicht zu erreichen. Meine Zunge erreichte sein Kinn und kratzte an dessen rauher Oberfläche. Das überraschte mich ein wenig, und ich fuhr zurück. Aber dann packte mich die Erregung erneut, und ich warf mich aufs neue nach vorn. Diesmal hielten mich feste Hände zurück.

Die Stimmen gingen hin und her, und plötzlich setzte man mich wieder in den Pferch. Ich sprang sofort wieder auf, versuchte den freundlichen Riesen zu erreichen, und meine Vorderpfoten legten sich auf die hölzerne Oberfläche des Drahtpferches. Ein weicher Körper schob sich neben mich und versuchte mich wegzudrängeln. Ich schob zurück und begriff, daß mir möglicherweise etwas Nettes widerfahren könnte, und sah einige Stücke grünlichen Papiers über meinen Kopf in die rauhen roten Hände meines Besitzers wandern. Dann war ich wieder in der Luft, wurde in die Höhe gezogen und an die Brust des freundlichen Riesen gedrückt. Ich japste vergnügt und versuchte das riesige Gesicht über mir abzulecken. Ich weiß nicht, ob ich unter der Obhut des anderen Riesen gelitten hatte, aber ich war jedenfalls fest überzeugt, daß es gut war, von ihm wegzukommen; von seinem Körper ging eine Aura des Schlechten aus. Als ich auf die anderen Bündel hinunterblickte, die in dem Pferch lagen, verspürte ich eine Anwandlung von Bedauern; sie waren meine Brüder, meine Freunde. Traurigkeit durchflutete mich, während ich weggetragen wurde, und die Vision eines viel größeren Hundes, wahrscheinlich meiner Mutter, blitzte durch meinen Kopf. Dann weinte ich und drängte mich an das riesige Geschöpf. Als er mein Wimmern hörte, begann seine Hand über meinen Körper zu streichen, und von seinen Lippen kamen leise Töne.

Die Scharen von Zweibeinern waren noch beängstigender, jetzt, wo ich mich zwischen ihnen bewegte, und ich begann vor Furcht zu zittern. Alles, jeder war so groß. Ich versuchte meinen Kopf ganz dicht an das große Lebewesen zu pressen, und dieses ließ es zu, hatte Verständnis für meine Angst und beruhigte mich leise. Hier und da schob ich den Kopf heraus, aber der Lärm, die blitzenden Farben, das Gedränge veranlaßten mich immer wieder, schnell den Kopf einzuziehen und ihn noch tiefer unter der losen Haut des Riesen zu vergraben, wobei das Pochen aus seiner breiten Brust eine seltsam beruhigende Wirkung auf mich hatte. Bald hatten wir den Markt hinter uns gelassen, und ein neues, viel beunruhigenderes Geräusch dröhnte in meinen Ohren.

Mein Kopf fuhr aus seinem Versteck hervor, und angesichts der riesigen Ungeheuer, die auf uns zustrebten, fiel mir die Kinnlade in neuem Schreck herunter, Ungeheuer, die gleich darauf in einem Wirbelwind verdrängter Luft vorbeifegten und uns, wie es schien, nur um wenige Zoll verfehlten. Für mich waren es fremdartige Tiere, viel fremdartiger als das Tier, das mich trug, und auf furchterregende Art ohne ausgeprägte Eigenschaften, wenn man von Kraft und Größe absah. Die Dünste, die von ihnen ausgingen, waren übelkeiterregend, und es fehlten ihnen jeglicher Geruch nach Nahrung oder Schweiß. Und jetzt tauchte ein noch viel schlimmeres Ungeheuer auf: grellrot und viermal so groß wie die anderen Geschöpfe. Ich hatte gerade noch Zeit festzustellen, daß seine Beine rund waren und in schrecklichem Tempo wirbelten, ehe ich aus den Armen meines Trägers sprang und dabei den grauen Beton mit Urintröpfchen besprenkelte, als ich vor der herannahenden Bestie floh. Rufende Laute hallten hinter mir, aber meine Beine wollten nicht zu rennen aufhören, während ich zwischen den Riesen dahinhuschte, die mir den Weg zu versperren suchten. Ein Fuß streckte sich vor mir aus, aber ich flog darüber hinweg, ohne mein Tempo zu verlangsamen. Ich bog seitwärts ab, als große Hände nach mir griffen und mich packen wollten, verließ den Bürgersteig, stürzte mich in den Strom der schnellbewegten Ungeheuer. Kreischende Laute füllten meinen Kopf, und über mir ragten dunkle Silhouetten auf. Aber ich rannte immer weiter, die Augen nur auf das gerichtet, was vor mir lag, ohne dabei den Vorteil meiner neugefundenen weiten Peripherie zu nutzen, mein ganzs Wesen auf ein dunkles Loch konzentriert, das vor mir lag. Und dann regte sich in mir eine Erinnerung: *Ich war einen Augenblick lang etwas anderes, hoch über dem Boden, und damals war die Furcht in mir dieselbe wie die Furcht in mir jetzt. Etwas warf sich mir entgegen, etwas Weißes, Blendendes. Dann explodierte das Licht in Schmerz,* und ich war wieder ein Hund, floh auf einer geraden Linie quer über die Wege kreischender Autos und Busse.

In diesem Augenblick mußte etwas in mir ausgelöst worden sein: Erinnerungen, Gefühle, Instinkte – ich weiß nicht, was – flackerten, wurden geweckt, lagen aber noch nicht frei. Etwas hatte sie geweckt, und sie hatten zu leben begonnen, aber mein Hundehirn war noch nicht bereit, sie zu empfangen.

Ich erreichte den Ladeneingang, der mein Ziel gewesen war, und glitt über den Boden, bemüht, nicht gegen ein hohes Ding zu krachen, das grellfarbige viereckige Gegenstände enthielt. Es schwankte gefährlich, als ich dagegenprallte, und Hände versuchten es festzuhalten, während sich erschreckte Stimmen erhoben. Ich fand ein anderes Loch, in das ich huschen konnte, rannte um eine Ecke und in einen hübschen sicheren, dunklen Platz. Dort duckte ich mich, zitterte, den Mund offen, die Zunge hing herunter wie ein langes Stück Leber. Mein Magen bäumte sich auf, während ich kurze, keuchende Atemzüge tat. Doch meine Zuflucht war nicht für lange: Hände packten mich am Nacken und zerrten mich grob aus der Nische. Zorniges Knurren schlug auf mich ein, und ich wurde über den Boden gezerrt, ohne daß man mein protestierendes Aufheulen beachtete. Ich bekam ein paar Schläge auf den Kopf, aber ich glaube nicht, daß ich irgendwelchen Schmerz empfand. Ich erreichte den hellen Türeingang und versuchte meine Pfoten in den glänzenden Boden einzustemmen, der aber keine Hilfe bot. Ich hatte nicht die geringste Lust, wieder dort draußen inmitten jener mörderischen Geschöpfe zu sein.

Eine dunkle Gestalt erschien unter der Tür, und vertraute Gerüche drangen an meine Nase. Ich hatte mir immer noch keine endgültige Meinung über den Riesen gebildet, aber der Instinkt sagte mir, daß er alles war, was ich hatte. Er kam auf mich zu, und ich erlaubte ihm, ohne zu protestieren, mich hochzuheben. Ich suchte wieder den beruhigenden Schlag seines Herzens und bemühte mich, die zornigen Geräusche rings um mich auszuschließen. Das Pochen aus dem Inneren seines Brustkastens hatte jetzt einen anderen Rhythmus, ein wenig schneller, aber es bereitete mir immer noch großes Behagen. Dann fand ich mich wieder im Freien, diesmal fester gehalten, wobei sich Finger wie Eisenstäbe in meinen weichen Körper bohrten. Andere Schweißdrüsen waren an meinem Beschützer aktiviert und damit neue Gerüche freigegeben worden; ich sollte bald lernen, daß dies die Gerüche des Zornes und der Unruhe waren. Er schleppte mich die Straße entlang, und seine Stimme machte mir Vorhaltungen.

Mit der Zeit verlangsamte sich sein Herzschlag auf ein angenehmeres Tempo, und sein Griff verlor etwas von seiner Starre. Eine Hand fand wieder die Stelle hinter meinem Ohr und begann mich dort zu streicheln, was mit der Zeit meinen zitternden Körper beruhigte. Bald hatte ich genügend Mut beisammen, um meine Nase aus seinem Jackett hervorzuschieben und zu ihm aufzublicken. Als er den Kopf senkte, leckte ich ihm die Nase und schnüffelte wieder die Gerüche der Zuneigung. Sein Gesicht veränderte sich auf seltsame Weise, und in diesem Augenblick begann ich das erstemal Ausdrücke zu erkennen und sie mit Gefühlen in Zusammenhang zu bringen. Das war der Anfang für mich, das, was mich von den anderen meiner Art absonderte. Vielleicht war es wirklich der Schock des brüllenden Verkehrs, der auf irgendeine Weise in mir Erinnerungen ausgelöst hatte; aber ebensogut war möglich, daß es zu gegebener Zeit ohnehin geschehen wäre. Damals wußte ich jedenfalls, daß die großen Geschöpfe, die sich so schnell auf runden Beinen bewegten, etwas waren, vor dem man Angst haben mußte – und für mich etwas, das man verachten mußte.

Plötzlich verlangsamte der Mann seine Schritte und bog nach links, schob ein schweres Stück Holz auf und trat ein. Eine abgestandene Atmosphäre hüllte mich ein; der Kontrast zwischen dem hellen Sonnenlicht draußen und dieser kühlen, düsteren, von Rauch erfüllten Kaverne war schlimm. Die Geräusche waren zwischen Wänden gefangen und hallten von ihnen wider; die Gerüche, besonders der übelriechende Rauch, waren hier festgehalten und ausgeprägt, und über allem lag ein kraftvoller Geruch, der jede Ritze und jeden Winkel füllte, auffällig und bitter.

Der Mann trat vor und setzte mich zwischen seinem Fuß und einer mächtigen hölzernen Wand ab, eine Wand, über die er sich lehnen konnte, so daß sein Körper zur Hälfte nicht mehr zu sehen war. Ich spähte um seine Beine herum und studierte die anderen Tiere, die in Gruppen herumstanden und deren Erregung laute interessante Geräusche erzeugte, ganz anders als die schärferen, weniger freundlichen Töne des Marktes. Alle schienen durchsichtige Schalen mit Flüssigkeit in den Händen zu halten, die sie jetzt an ihre Lippen führten und ihren Inhalt in sich hineinschütteten. Es war faszinierend. Ich sah andere an den Wänden entlang sitzen, und die verschiedenfarbigen Flüssigkeiten standen auf einer Art Plattform vor ihnen. Wieder regte sich etwas Vertrautes in mir, aber ich war noch nicht bereit, die Gedanken zu verfolgen.

Etwas Feuchtes traf mich am Kopf, und ich zuckte instinktiv zusammen. Einige große Tropfen Flüssigkeit klatschten vor mir auf den Boden, und ich schob mich zurück, auf die Wand zu. Weit kam ich nicht, denn ich war von Beinen umgeben, die rings um mich wie Baumstämme aufragten. Aber bald besiegte meine Neugierde meine Vorsicht. Meine Nase zuckte, und ich schob mich Zoll um Zoll nach vorn, um festzustellen, daß der Geruch der Flüssigkeit gar nicht so unangenehm war, wie mir das ursprünglich vorgekommen war. Ich schnupperte eine Weile an einer Pfütze und ging dann zur nächsten weiter. Ich steckte etwas tollkühn die Zunge hinein und leckte die Flüssigkeit auf. Der Geschmack war widerlich, aber ich erkannte jetzt doch, wie durstig ich war. Ich eilte schnell zu den anderen Pfützen und leckte sie trokken. Es dauerte etwa drei Sekunden, denke ich, die kleine Fläche zu säubern. Dann blickte ich erwartungsvoll zu dem Mann auf, aber er ignorierte mich, stand etwas vorgebeugt da, so daß ich seinen Kopf nicht sehen konnte. Ich konnte die vertrauten Geräusche, die von ihm ausgingen, trotz des allgemeinen Lärms hören. Als eine fremde Hand zu mir hinuntergriff und mir den Kopf tätschelte, zuckte ich zurück. Ich schnüffelte, und die Gerüche waren gut; ich fühlte Freundlichkeit.

Ein runder, gelbbrauner Gegenstand wurde unter meine Nase und gegen meinen Mund geschoben. Salz gelangte an meine Geschmacksknospen und ließ das Wasser aus ihnen austreten. Ohne weiter nachzudenken, schnappte ich nach der angebotenen Nahrung und zerquetschte sie zu Brei. Was ich da im Mund hatte, war knusprig und zugleich ölig, voll lieblicher Geschmacksvielfalt; es war delikat. Ich schluckte schnell hintereinander drei davon und rutschte in Erwartung von mehr herum, reckte den Kopf, den Mund halb geöffnet. Aber mir wurde nicht mehr angeboten, und als die Gestalt sich von mir entfernte, drang ein komisches gurgelndes Geräusch aus ihrer Kehle. Enttäuscht suchte ich den Boden nach irgendwelchen kleinen Krumen ab, die mir vielleicht zwischen den Zähnen herausgefallen sein mochten. Bald war der Boden um mich herum sehr sauber. Ich forderte die Aufmerksamkeit des Mannes, der über mir stand, mit einem kleinen Japsen. Aber er ignorierte mich immer noch, und ich wurde ein wenig ungehalten. Ich zerrte an der weichen Haut, die über seinen harten Füßen lag. (Es dauerte noch eine Weile, bis mir klar wurde, daß diese großen Geschöpfe die Häute anderer Tiere trugen und in Wirklichkeit ihre Haut *nicht* abwerfen konnten, wann sie wollten.)

Seine Hand kam zu mir herunter, und ich wurde erneut in die Höhe gehoben. Ein großes rundes Gesicht, so groß wie mein Körper, begegnete mir über einer weiten Fläche aus glänzendem Holz. Der Mund öffnete sich weit und legte geschlossene Zähne mit feinen Schattierungen aus Gelb, Grün und Blau frei. Die Gerüche, die von ihm ausgingen, machten mich vorsichtig, beunruhigten mich aber nicht. Er streckte eine große fette Hand nach mir aus, und ich grub meine Zähne in das weiche Fleisch. Obwohl ich noch nicht die Kraft besaß, jemandem wirklich wehzutun, wurde die Hand überrascht weggerissen und kehrte dann zurück, um mir einen kräftigen Klaps auf die Schnauze zu versetzen. Ich schrie ihn an und versuchte erneut nach der Hand zu schnappen, die mich beleidigt hatte. Aber die fing jetzt an, sich im Kreis zu bewegen, mich zu necken, mich plötzlich an die Nase zu tippen. Nun ist die Nase eines Hundes etwas sehr Empfindliches, und ich begann wirklich zornig zu werden. Ich schrie ihn wieder an, und er brüllte spöttisch zurück und fuhr fort, mich anzutippen, so daß es wirklich lästig wurde. Mein Beschützer schien ganz damit zufrieden zu sein, daß dieser Fremde mich reizte, denn ich bemerkte an ihm keinerlei Nervosität. Ziemlich bald konzentrierte sich meine ganze Welt auf diese sich bewegenden Fleischklumpen, und ich fuhr mit dem Kopf vor.

Diesmal versenkten sich meine spitzen kleinen Zähne in das Fleisch, und ich biß zu, so kräftig ich konnte. Der Geschmack war nicht besonders, aber die Befriedigung war herrlich. Obwohl die Hand mir entrissen wurde, hatte ich die Freude, winzige blutige Pünktchen in ordentlicher Reihe quer über drei Finger zu sehen, und das kurze Aufheulen erregte mich noch mehr. Ich kläffte das Geschöpf herausfordernd an, während der seine schmerzende Pfote in der kalten Luft herumwedelte. Er tat so, als würde er sich auf mich stürzen, aber mein Riese riß mich schnell weg. Wieder fand ich mich auf dem Boden, klein und verletzbar, inmitten der mächtigen Gestalten rings um mich. Seltsamerweise war das scharf brüllende Geräusch von oben von einer Art, die Freundlichkeit vermuten ließ. Ich fing an, den Klang von Gelächter von den anderen Geräuschen zu unterscheiden, den diese großen Lebewesen machten.

Immer noch von allem verblüfft, das mir an jenem Tag widerfahren war, und immer noch zitternd vor Aufregung über das alles, spreizte ich die Beine und urinierte auf den Boden. Die Pfütze breitete sich unter mir aus, und ich mußte mich ein wenig zur Seite bewegen, um zu verhindern, daß meine Füße naß wurden. Obwohl viele der Geräusche, die zu mir drangen, von dieser vergnügten Art waren, gab es diesmal andere, die mich schrecklich beunruhigten. Ich spürte einen Schlag an meiner Flanke, scharfes Knurren, dann zerrte man mich am Hals quer durch die riesige Kaverne. Die Sonne stach in meine Augen, blendete mich nach der Düsternis. Der Riese kauerte neben mir, und strenge Geräusche kamen von ihm, und sein Finger fuchtelte vor meiner Nase herum. Ich versuchte natürlich in den Finger zu beißen, aber ein kräftiger Klaps ließ mich erkennen, daß das jetzt das falsche Verhalten wäre. Ich fühlte mich wieder völlig elend und ließ den Schwanz zwischen den Beinen hängen. Der Riese mußte meine Bedrückung gespürt haben, denn sein Ton wurde weicher, und ich wurde wieder hochgehoben und an seine Brust gedrückt.

Als er ging, nahm ich eine neue Empfindung wahr. Sie war ein frischer Laut in meinem inneren Ohr, und ich blickte überrascht auf. Der Mund des Riesen hatte einen seltsamen kleinen Kreis gebildet, und er blies Luft da durch, erzeugte dabei ein angenehmes hohes Geräusch. Ich beobachtete ihn ein paar Sekunden lang und rief ihm dann aufmunternd zu. Das Geräusch hörte abrupt auf, und er blickte herunter. Ich spürte sein Vergnügen, und das Geräusch fuhr fort. Das Pfeifen hatte eine beruhigende Wirkung auf mich, und ich machte es mir auf dem Arm bequem, den Bauch auf seinen Ellbogen gestützt, die Finger unter meiner Brust und mein Kopf an seinem Herzen. Ich begann mich schläfrig zu fühlen.

Daß ich mich müde fühlte, war ganz gut so, denn das nächste Stadium in meiner traumatischen Reise vollzog sich im Inneren eines jener mammutgroßen roten Geschöpfe. Ich erkannte jetzt, daß diese Dinge keine Lebewesen wie der Riese und ich waren; doch das machte sie nur noch beunruhigender. Doch meine Schläfrigkeit war stärker als meine Furcht, und so schlief ich den größten Teil der Reise auf seinem Schoß.

Das nächste, woran ich mich erinnere, ist eine lange, eintönige graue Straße mit gleichermaßen eintönigen grauen Häusern zu beiden Seiten. Zu jener Zeit wußte ich natürlich nicht, was Häuser oder Straßen waren, für mich war die Welt angefüllt mit fremdartigen Formen, die keine Identität und keine besondere Bedeutung hatten. Aber ich lernte schnell, weil ich einmalig war; die meisten Tiere lernen nicht, sondern akzeptieren nur.

Er blieb stehen und drückte gegen einen hölzernen Käfig, der ihm bis an die Hüfte reichte. Ein Teil davon öffnete sich, und er ging über eine harte, glatte Oberfläche, die von wunderschönem grünen Pelz umgeben war. Dieses Grün mit zahlreichen Schattierungen blendete mich fast, und ich erkannte, daß dieser Pelz ein lebendes, atmendes Ding war. Eine Hand griff in seine Haut und kam mit einem schmalen Gegenstand wieder zum Vorschein. Den schob er in ein winziges Loch in dem Bauwerk vor ihm und drehte ihn kurz. Ein rechteckiges Gebilde mit scharfen Ecken und größer als wir beide und von lebhaftem Braun (selbst tiefes Braun kann lebhaft sein, wenn man die Dinge so sieht wie ich) schwang nach innen, und wir betraten mein erstes echtes Zuhause als Hund.

3

Ich blieb dort nicht lange.

Jene frühen Monate sind für mich wie ein verwirrender Nebel. Ich vermute, daß mein ungewöhnliches Gehirn versuchte, sich an seine neue Existenz anzupassen. Ich erinnere mich daran, daß man mich in einen Korb setzte, in dem zu bleiben ich mich aber weigerte; ich erinnere mich an seltsame weiße, zerbrechliche Dinge, die man rings um mich auf den Boden legte; ich erinnere mich an die einsame Finsternis der Nacht.

Ich erinnere mich daran, daß man mich anschrie, daß man mir die Nase in übelriechende Pfützen stieß – und noch schlimmer, in widerwärtiges, klebriges Zeug, dessen Geruch nachher stundenlang an meiner Nase hing. Ich erinnere mich, daß man mit zerrissenen und zerfetzten Gegenständen vor mir herumfuchtelte und die Gefährtin des Riesen dabei hysterisch kreischte. Ich erinnere mich an einen aufregend riechenden Ort, wo die ineinander vermischten Gerüche vieler Geschöpfe ein wahres Schnüfflerparadies bildeten, wo ein Ungeheuer mit lockerer weißer Haut mich mit einem langen, dünnen Gegenstand stach, den er mir in den Rücken preßte und ihn dort festhielt, während ich aufjaulte. Ich erinnere mich, wie man mir ein lästiges Stück getrocknete Haut um den Hals befestigte, das gelegentlich an einem längeren Stück befestigt wurde, das der Riese festhielt und dazu nutzte, mich hinter sich herzuziehen oder mich zurückzuhalten, wenn wir im Freien waren. Ich erinnere mich an meine Angst vor den großen nicht-tierischen Geschöpfen, die uns immer wieder verfolgten, dann aber das Interesse verloren und knurrend und brüllend an uns vorbeijagten, wenn ich schon glaubte, sie würden uns zu Tode quetschen.

Wenn all das so klingt, als wäre meine Zeit als junger Hund armselig und bedrückend gewesen, so stimmt das nicht ganz. Es gab wunderschöne Augenblicke der Freude und des Wohlbehagens. Ich erinnere mich an gemütliche Abende, wo ich, eingeringelt auf dem Schoß meines Besitzers, vor dem zischend heißen Ding saß, das mir die Nase verbrannte, wenn ich daran zu schnüffeln versuchte. Ich erinnere mich daran, wie mein Fell von der Hand des Riesen geglättet wurde, von oben an meinem Kopf bis zum Ansatz meines Schwanzes. Ich erinnere mich, wie ich zum erstenmal mit dem endlosen grünen Pelz vertraut gemacht wurde, der lebte und atmete und so herrlich duftete und selbst so voll Leben war. Ich rannte, sprang und wälzte mich in seiner Weichheit; ich kaute, schnüffelte und suhlte mich förmlich in seiner Fülle. Ich erinnere mich daran, wie ich das komische spitzohrige Ding jagte, das den Geschöpfen gehörte, die auf der anderen Seite unserer Mauer lebten, und daran, wie sein Pelz wie Tausende von Nadeln von seinem Körper abstand, sein Schweif gerade wie ein Ladestock und sein Mund mich mit Obszönitäten bespuckte. Das machte Spaß. Ich erinnere mich, wie ich meinen Riesen damit ärgerte, indem ich mir eines der komischen alten Kissen schnappte, mit denen er gewöhnlich seine Füße bedeckte, und ihn dazu brachte, hinter mir herzurennen, bis er verzweifelt aufgab. Ich schob mich dann immer wieder an ihn heran, legte das Kissen vor ihn auf den Boden, grinste dann vergnügt und riß es weg, ehe er die Chance hatte, es zu schnappen. Ich erinnere mich an die köstlichen Brocken von Nahrung, mit denen sie mich fütterten; die Nahrung, die ich zuerst ablehnte, weil sie so widerwärtig war. Aber wenn dann die Hungerqualen meinen Abscheu überwunden hatten, hatte ich sie immer wieder voll Vergnügen gegessen, und der Speichel rann dann von meinen Lefzen. Meine eigene Dekke, die ich zerkaute und zerkrallte, bis sie ein zerschlissenes altes Ding war, von der ich mich nicht trennen wollte, mein Lieblingsknochen, den ich hinter einem Busch in dem kleinen viereckigen grünen Stück vor dem Haus jenseits unserer durchsichtigen Wand versteckte – an all die Dinge erinnere ich mich undeutlich, aber mit nostalgischem Wohlbehagen.

Wahrscheinlich war ich ein neurotischer junger Hund, aber das wird man halt, wenn man dasselbe wie ich durchgemacht hat. Und vielleicht wird dir das ja auch passieren.

Ich weiß nicht, wie lange ich bei dem Riesen und seiner Gefährtin blieb – wahrscheinlich waren es wenigstens drei oder vier Monate. Es war ein hündisches Leben für mich. Meine menschlichen Sinne schlummerten noch, waren aber bereit, auf den leisesten Anstoß hin aktiv zu werden. Ich bin dankbar, daß mir erlaubt war, mich an meine neue Hülle anzupassen, ehe das zerschmetternde Wissen durchbrach. Doch das nächste Stadium war nicht mehr weit, und ich war natürlich darauf völlig unvorbereitet.

Sie wollten mich loswerden, so vermute ich, weil ich recht lästig war. Ich weiß, daß der Riese mich mochte, ja sogar auf gewisse Weise liebte, denn ich kann mich immer noch an seine Zuneigung erinnern, seine Güte *fühlen,* bis zum heutigen Tag. Jene ersten, von Schrecken erfüllten Nächte, in denen ich in der Dunkelheit nach meinen Brüdern und Schwestern heulte – und nach meiner Mutter –, brachte er mich nach oben an einen Ort, wo er schlief. Ich legte mich auf den Boden neben ihm, sehr zur Verärgerung seiner Gefährtin; und ihre Verärgerung war noch größer, als sie am Morgen danach die feuchten Flecken und die weichen klebrigen Häufchen entdeckte, die über den schwammigen Boden verteilt waren. Ich denke, das hat mich von Anfang an bei ihr in Ungnade gebracht. Die Beziehung zwischen uns entwickelte sich nie über eine wechselseitige Vorsicht hinaus. Um ihr gegenüber fair zu sein, ist wohl das Beste, was ich sagen kann, daß sie mich wie einen Hund behandelte.

Worte waren für mich nur Laute, aber ich konnte die Empfindung in ihnen fühlen. Ich fühlte, ohne zu verstehen, daß ich ein Ersatz für etwas anderes war, und jetzt ist es recht einfach zu erkennen, was das war. Soweit ich mich erinnern kann, waren sie ein reifes Paar, und sie waren alleine. An den Geräuschen, die das Paar oft zueinander machte, konnte ich erkennen, daß der Riese voll Scham und seine Gefährtin voll Zorn waren. Als junger Hund war ich recht verwirrt, und die Atmosphäre zwischen den beiden tat nichts dazu, mir emotionelle Stabilität zu vermitteln. Jedenfalls war ich als Ersatz kein sonderlich großer Erfolg.

Ich weiß nicht, ob ein bestimmter Vorfall oder die Ansammlung von Katastrophen letztlich zu meiner Entfernung führte. Alles, was ich weiß, ist, daß ich mich eines Tages wieder inmitten hündischer Gefährten befand. Mein zweites Zuhause war ein Hundeheim.

Und dort kam der Durchbruch.

4

Ich war etwa eine Woche dort gewesen, recht glücklich mit meinen neuen Freunden, obwohl einige von ihnen ein wenig rauhe Gesellen waren. Man fütterte mich einigermaßen gut (freilich mußte man um seinen fairen Anteil kämpfen – aber so war das Leben) und versorgte mich auch sonst. Die großen zweibeinigen Lebewesen zogen an den meisten Tagen an uns vorbei, riefen zu uns hinunter, gaben alberne glucksende Geräusche von sich und deuteten dann auf einen von uns. Ein älterer Hund sagte mir, daß man diese Geschöpfe Leute nannte, und sie waren es, die alles regierten; sie beherrschten die Welt. Als ich fragte, was die Welt war, wandte er sich ungeduldig und angeekelt ab und rannte zu den Leuten, steckte die Nase durch das Drahtgitter, um seine Ergebenheit zu bekunden. Ich lernte bald, daß er in dem Spiel der Auswahl recht erfahren war, denn dies war nicht sein erster Besuch in dem Hundeheim. Ich lernte auch, daß es nicht gut war, nicht ausgewählt zu werden – denn dann brachte einen am Ende eine Weißhaut weg, und der Geruch des Todes, der dann über einem hing, war nicht zu verkennen.

Die erfahreneren Hunde erzählten mir von den Leuten: wie sie, wenn sie es wollten, ihre Haut ablegen konnten, weil es nur tote Haut war wie das Ding um meinen Hals; daß es männliche und weibliche Leute gab, so wie bei uns auch, und daß sie ihre Welpen Kinder nannten. Wenn sie vor einem Hund einen bestimmten Laut ständig wiederholten, manchmal freundlich manchmal schroff, dann war das wahrscheinlich der Name, den sie einem gegeben hatten. Sie fütterten einen und kümmerten sich um einen, wenn man gehorsam war. Sie hatten vor langer, langer Zeit gelernt, auf zwei Beinen zu gehen und hatten sich seitdem stets überlegen gefühlt. Sie waren ein wenig dumm, konnten aber sehr freundlich sein.

Sie besaßen die Macht *alle* Lebewesen zu töten, selbst jene, die größer als sie selbst waren.

Und jene Macht war es, *und nur die,* die sie zu Meistern machte.

Ich entdeckte, daß ich etwas war, was man eine Kreuzung nannte – mit anderen Worten: ein Bastard. Unter Hunden gibt es natürlich kein Klassensystem, aber unterschiedliche Rassen haben unterschiedliche Eigenschaften. So ist zum Beispiel ein Labrador-Retriever sanft und intelligent, wohingegen ein Windhund im allgemeinen nervös und etwas neurotisch ist; zu letzteren kann man kaum etwas sagen, ohne eine schnippische Antwort zu bekommen. Es ist komisch, wie die Hunde wußten, was sie waren: Ein Terrier wußte, daß er ein Terrier war; ein Spaniel war ein Spiel. Ein

Scotch-Terrier andererseits konnte nicht sagen, daß er etwas anderes war als ein Airedale, noch wußte ein Cocker-Spaniel, daß er etwas anderes als ein Clumber-Spaniel war. Diese Unterschiede waren nicht wichtig genug, um aufzufallen.

Etwas anderes, was ich bald herausfand, war, daß gewöhnliche Hunde, je größer sie waren, auch desto friedfertiger waren. Die kleinen Scheißer waren es, die den meisten Ärger bereiteten. Und zu jener Zeit war ich ein kleiner Scheißer.

Ich heulte um meine tägliche Mahlzeit; ich winselte in die Schwärze der Nacht; ich quälte die dümmeren Hunde; ich raufte mich mit den lebhafteren. Und dann schnappte ich nach jedem und knurrte jeden an, der mir nicht gefiel, und wurde immer wieder ärgerlich und jagte das lange Ding, das sich von meinem Hinterteil nach oben ringelte. (Ich fing es nie, und es dauerte eine Weile, bis ich akzeptierte, daß ich es auch nie fangen würde.) Selbst die Flöhe irritierten mich, und wenn ich einen auf dem Rücken eines Gefährten herumhüpfen sah, dann stürzte ich mich immer wieder darauf und schnappte dabei nach dem anderen Hund. Das führte gewöhnlich zu einem herrlichen Gebalge, und dann schüttete meistens eine Weißhaut eine kaltmachende Flüssigkeit über uns. Bald war ich als Störenfried bekannt und wurde häufig von den anderen abgesondert und in einem eigenen Käfig untergebracht. Das machte mich nur noch mürrischer und reizbarer, und ich hatte recht bald das Gefühl, von niemandem geliebt zu werden. Die Leute begriffen einfach nicht: Ich hatte Probleme!

Die Probleme waren natürlich tief in meinem Inneren begraben, wo sich ein seltsamer Konflikt vollzog. Ich wußte, daß ich ein Hund war; und dennoch sagte mir der Instinkt, sagten mir meine Sinne – man mag es auch Intuition nennen –, daß ich das nicht war. Der Konflikt brach in einer kalten, von Träumen erfüllten Nacht zur Oberfläche durch.

Ich hatte am Rand einer Gruppe pelziger Körper geschlafen die sich gegen mich zusammengeschlossen hatten – zu jener Zeit war ich bei meinen Artgenossen nicht sonderlich beliebt –, und mein Kopf war voll von fremdartigen Bildern. Ich war groß, balancierte unsicher auf zwei Beinen, mein Gesicht war auf *der* gleichen Ebene mit den Gesichtern der Leute; eine Frau ging auf mich zu, und Freundlichkeit strahlte von ihr aus, nette Laute kamen aus ihrem Mund. Ich schien sie zu kennen und wedelte mit dem Schwanz, eine Bewegung, die mich beinahe das Gleichgewicht kostete. Sie gab ein leises Geräusch von sich, das mir vertraut war, und ihr Mund nahm eine eigenartige runde Form an. Ihr Kopf war nur wenige Zentimeter von dem meinen entfernt und kam näher, berührte den meinen. Meine Nase schlängelte sich heraus und leckte ihre Nase.

Sie fuhr zurück, und ein einziger Laut entwich ihr. Ich konnte erkennen, daß sie von ihrem plötzlichen Körpergeruch überrascht war. Als ich dann zu keuchen anfing und noch heftiger mit dem Schweif wedelte, war sie noch überraschter. Sie zog sich zurück, und ich folgte ihr unsicher auf meinen zwei Hinterbeinen.

Sie begann zu rennen, und da mußte ich auf allen vieren gehen, um ihr zu folgen. Farben, Geräusche und Gerüche sprudelten durch meinen Kopf, und alles war Chaos, alles war Verwirrung. Andere Gesichter tauchten vor mir auf. Eines war winzig, schön, eine kleine Frau – ein Kind. Sie rieb ihren Kopf an dem meinen und stieg mir dann auf den Rükken, hieb mir die Beine in die Flanken. Wir balgten uns auf dem grünen Zeug, und ich hatte das Gefühl, als müßte ich vor Freude platzen. Dann überschattete Finsternis den Himmel. Ein anderes Gesicht. Zorn strahlte von ihm aus. Ich verschwand und befand mich in einem Käfig auf dem Marktplatz. Dann war ich unter anderen warmen Körpern, die erstarrten, eisigkalt wurden, als die Hunde die Augen öffneten und mich sahen.

Dann war alles völlige Schwärze.

Aber ich war in Sicherheit. Ich war warm. Ein lautes, behagliches, pochendes Geräusch klang dicht bei mir, fast in mir. Andere, weniger ausgeprägte Laute tickten rings um mich dahin, in wütender Eile. Alles war weich; ich war umhüllt von lebensspendender, lebenserhaltender Flüssigkeit. Ich befand mich im Leib meiner Mutter, und ich war zufrieden.

Dann, hinter mir eine treibende Kraft – plötzliche, brutale Rucke, sich zusammenziehende Muskeln. Ich wurde aus meinem sicheren Nest gepreßt, durch einen langen schwarzen Tunnel in die schroffe Kälte draußen gestoßen. Ich wehrte mich. Ich wollte bleiben. Ich kannte jenes Draußen schon von früher. Es gefiel mir nicht. Bitte, bitte, laßt mich bleiben! Schickt mich nicht hinaus! Ich will das Leben nicht. Der Tod ist angenehmer.

Aber die Kräfte waren viel stärker als ich. Der Tod war stärker gewesen, und jetzt war es das Leben auch.

Zuerst wurde mein Kopf durchgestoßen, und mein kleiner Körper verharrte noch einen Augenblick. Aber in der Schlange waren auch andere, und sie zwängten mich hindurch, übereifrig in ihrer Unwissenheit. Ich fröstelte, und meine Augen wollten sich nicht öffnen: Es war noch genügend Zeit dafür, daß die Realität mich fand. Ich spürte die anderen klitschnassen Körper um mich, und dann leckte eine Zunge so rauh wie Sandpapier all den Schmutz von mir, und ich lag da, armselig und verletzbar.

Wiedergeboren.

Ich schrie, und der Schrei weckte mich.

Mein Kopf fühlte sich an, als müßte er von all dem neuen Wissen explodieren. Ich war kein Hund ich war ein *Mensch*. Ich hatte vorher als Mensch existiert, und irgendwie war es dazu gekommen, daß ich ein Gefangener im Körper eines Tieres geworden war. Dem Körper eines Hundes. Wie? Und warum? Barmherzigerweise entzogen die Antworten sich mir; hätten sie das nicht getan, hätten sie sich mir an dem

Punkt brüllend offenbart, dann wäre ich, denke ich, wahnsinnig geworden.

Mein Schrei hatte die anderen Hunde geweckt, und jetzt war das Gehege ein einziges Durcheinander aus aufgeregtem Bellen. Sie schnappten und knurrten mich an, aber ich stand bloß da und zitterte, zu benommen, um mich zu bewegen. Ich kannte mich als Mensch, ich konnte mich sehen. Ich konnte meine Frau sehen. Ich konnte meine Tochter sehen. Bilder prallten von den Mauern meines Bewußtseins ab, vermischten sich, platzten auseinander, schlossen sich wieder zusammen und jagten mich in einen Zustand völliger Verwirrung.

Plötzlich war der Raum von Licht durchflutet. Ich preßte die Augen zusammen, um den Schmerz zu lindern, und schlug sie wieder auf, als ich Männerstimmen hörte. Eine Tür öffnete sich, und zwei Weißhäute traten herein, schrien die unruhigen Hunde an.

»Das ist wieder dieses kleine Biest«, hörte ich einen von ihnen sagen. »Seit er hier ist, hat er nichts als Ärger gemacht.«

Eine Hand griff herunter und packte mich unsanft. Sie benutzte mein Halsband, um mich aus dem Gehege zu zerren, einen langen Korridor aus ähnlichen Käfigen hinunter, in denen die Hunde jetzt wütend kläfften und damit den Lärm noch verstärkten. Man schob mich in eine dunkle Box, eine Hundehütte abseits von den anderen, wo man gewöhnlich Störenfriede unterbrachte. Als die Tür hinter mir abgesperrt wurde, hörte ich einen der Männer sagen: »Ich glaube, man wird ihn morgen einschläfern müssen. Einen solchen Bastard will ohnehin keiner, und er macht nur die anderen unruhig.«

Ich hörte die gemurmelte Antwort nicht, denn seine Worte hatten in mir neuen Schrecken aufkommen lassen. Ich war immer noch von der schrecklichen Enthüllung verwirrt, aber die brutale Aussage hatte den Nebel wie ein Messer durchschnitten. Im Käfig stehend, starr in der Finsternis, innerlich fiebernd, begann ich zu weinen. Was war mir widerfahren? Und warum sollte mein neues Leben so kurz sein? Ich sackte verzweifelt zu Boden.

Bald begannen andere Instinkte die Oberhand zu gewinnen; meine wirren, selbstmitleidigen Gedanken begannen sich zu ordnen. Ich war ein Mann gewesen, daran gab es keinen Zweifel. Mein Verstand war der eines Mannes. Ich konnte die Worte verstehen, die die zwei Männer gesagt hatten, nicht nur ihre allgemeine Bedeutung, sondern die Worte selbst. Konnte ich sprechen? Ich versuchte es, aber aus meiner Kehle kam nur ein jämmerlich wimmerndes Geräusch. Ich rief den Männern zu, aber es kam nur das Heulen eines Hundes heraus. Ich versuchte an mein vorangegangenes Leben zu denken, aber als ich mich konzentrierte, entglitten mir die geistigen Bilder. Wie war ich ein Hund geworden? Hatten sie mein Gehirn aus meinem menschlichen Körper entfernt und es in den Kopf eines Hundes verpflanzt? Hatte irgendein Wahnsinniger ein scheußliches Experiment durchgeführt und das gesunde Gehirn eines sterbenden Körpers aufbewahrt? Nein, das konnte nicht sein, denn ich hatte mich in meinem Traum daran erinnert, wie ich geboren wurde, in einem Wurf Hunde, daran, wie meine Hundemutter mit der Zunge den Schleim von meinem Körper leckte. Oder war das nur eine Illusion gewesen? War ich in Wirklichkeit das Produkt einer krankhaften Operation? Aber wenn das der Fall gewesen wäre, dann befände ich mich doch sicherlich unter ständiger Überwachung in einem gutausgestatteten Laboratorium, den Körper mit Drähten an Maschinen angeschlossen, und nicht alleine in diesem hölzernen Verlies.

Es mußte eine Erklärung geben, ob sie nun logisch oder völlig verrückt war, und ich würde nach der Wahrheit suchen. Das Geheimnis rettete meinen Verstand, glaube ich, denn es verlieh mir einen Entschluß. Wenn du so willst: Es hat mir ein Ziel gegeben.

Die erste Notwendigkeit bestand darin, mich zu beruhigen. Jetzt ist es seltsam, darüber nachzudenken, wie eisigkalt ich in jener Nacht zu denken begann, wie ich die beängstigende – die bedrückende – Erkenntnis im Schach hielt. Aber der Schock kann das manchmal bewirken; er kann empfindliche Gehirnzellen zum Selbstschutz betäuben, so daß man logisch und klinisch denken kann.

Ich würde meine Erinnerung noch nicht gleich dazu zwingen, mir alle ihre Geheimnisse zu verraten – es wäre ohnehin unmöglich gewesen. Ich würde ihr Zeit lassen, zulassen, daß die Fragmente ein Ganzes bildeten, würde den Bildern helfen, indem ich suchte, nach meiner Vergangenheit suchte.

Aber zuerst mußte ich entkommen.

5

Ich erwachte aus meinem Schlummer vom Geräusch des Riegels, der aufgezogen wurde. Es war ein schwerer Schlaf gewesen; leer, traumlos. Vermutlich hatte mein erschöpftes Gehirn beschlossen, für die Nacht dichtzumachen, sich selbst die Chance zu geben, sich von den Erschütterungen zu erholen, die es erlitten hatte.

Ich gähnte und streckte mich. Dann wurde ich wachsam. Dies würde meine Chance sein. Falls sie mich heute erledigen wollten, mußte ich etwas unternehmen, solange sie noch nichts argwöhnten. Wenn sie kamen, um mich in die Todeszelle zu bringen, würde ihre eigene Empfindsamkeit in bezug auf die bevorstehende Exekution sie vorsichtig machen. Für Menschen ist es leicht, ihre Gefühle an Tiere zu übermitteln, mußt du wissen, denn ihre Aura strahlt Emotionen ebenso stark wie Radiowellen aus. Selbst Insekten können sie empfangen. Sogar Pflanzen. Das Tier entwickelt eine Sensibilität für die Impulse seines Henkers und reagiert auf verschiedene Art: Manche werden apathisch, ruhig, andere hingegen reizbar. Ein guter Veterinär oder Tierpfleger weiß das und bemüht sich, seine Gefühle zu tarnen, um das Opfer ruhig zu halten; aber gewöhnlich gelingt ihnen das nicht, und dann gibt es Ärger. Meine Hoffnung war, daß dies ein gesellschaftlicher Besuch war und nicht etwa dem gefährlichen Zweck diente.

Ein junges Mädchen, vielleicht achtzehn oder neunzehn Jahre alt, in dem vertrauten weißen Mantel, den alle Tierpfleger trugen, sah herein. Sie hatte gerade noch Zeit, »hallo, Junge« zu sagen, ehe ich den Hauch von Traurigkeit von ihr auffing. Und dann war ich schon wie aus der Pistole geschossen davon. Sie versuchte nicht einmal, mich festzuhalten, als ich an ihr vorbeischoß; entweder war sie zu verblüfft oder insgeheim erfreut darüber, daß ich versuchte, meine Freiheit zu erlangen.

Ich glitt aus, als ich dem gegenüberliegenden Pferch ausweichen wollte, und meine Zehennägel gruben sich in die harte Erde. Mein ganzer Körper war eine aufgewühlte Masse von Bewegung, als ich um den halbüberdachten Hof hetzte und einen Weg nach draußen suchte. Das Mädchen verfolgte mich, wenn auch nur halbherzig, als ich von einer Ecke zur nächsten rannte. Ich fand eine Tür in die Welt draußen, aber es gab keine Möglichkeit, durch sie zu gelangen. Ich war frustriert darüber, ein Hund zu sein; wäre ich ein Mensch gewesen, so hätte ich mit Leichtigkeit den Riegel öffnen und nach draußen gelangen können. (Natürlich wäre ich dann auch nicht in dieser Lage gewesen.)

Ich drehte mich um und knurrte das Mädchen an, als es sich mir näherte und mir mit leisen, einschmeichelnden Worten zuredete. Mein Haar sträubte sich, und ich kauerte mich auf die Vorderbeine nieder, und meine Hinterbacken zitterten, sammelten Kräfte. Das Mädchen zögerte, und ihr plötzlicher Zweifel und ihre Furcht schlugen in Wellen auf mich ein.

Wir sahen einander an; ich tat ihr leid und sie mir. Keiner von uns beiden wollte den anderen ängstigen.

Eine Tür öffnete sich in dem Gebäude am anderen Ende des Hofes, und ein Mann erschien. Er blickte finster.

»Was soll das Theater, Judith? Ich dachte, ich hätte dir gesagt, daß du den Hund aus Box neun bringen sollst.« Dann wechselte sein Ausdruck, wurde ärgerlich, als er mich am Boden kauern sah. Er trat halblaut fluchend vor. Ich sah meine Chance – er hatte die Tür hinter sich offengelassen.

Ich fegte an dem Mädchen vorbei, und der Mann, der jetzt halb über den Hof gekommen war, spreizte Arme und Beine, als würde ich ihn anspringen. Ich duckte mich unter ihm durch, und er preßte vergebens die Beine zusammen, heulte auf, als seine Knöchel aneinanderprallten. Ich flog durch die offene Tür, fand mich in einem langen düsteren Korridor, den zu beiden Seiten Türen säumten. Am Ende war die Tür zur Straße, mächtig und beeindruckend. Schreie hinter mir ließen mich den Korridor entlanghetzen, verzweifelt auf der Suche nach einem Ausgang.

Eine der Türen zu meiner Linken stand einen Spalt offen, und ich rannte ohne zu zögern hinein. Eine Frau, die gerade in einer Ecke kniete und dabei war, einen Wasserkessel aufzusetzen, starrte mich an, zu überrascht, um sich zu bewegen. Sie war im Begriff aufzustehen, und ich rannte in meiner Panik unter einen Tisch. Meine Nase nahm den Geruch von frischer Luft auf, in die sich Hundedünste mischten, und als ich aufblickte, sah ich ein offenes Fenster. Eine Hand griff unter den Tisch nach mir, und ich konnte die Stimme der Frau hören, die freundlich auf mich einredete. Ich sprang vor, auf den Fenstersims und durchs Fenster.

Großartig. Ich war wieder im Hof.

Das Mädchen Judith sah mich und rief den Mann, der sich inzwischen wieder in dem Gebäude befand. Aber das Kläffen der anderen Hunde übertönte ihren Ruf. Ich rannte weiter, zurück durch die Tür und hinter den Mann, der mich verfolgte.

Der Mann stieß einen verwirrten Schrei aus, als ich um ihn herumwetzte, und nahm sofort wieder die Verfolgung auf. Ich war sicher, daß sie schlau genug sein würden, einen der Auslässe zu schließen, wenn ich wieder meine Tür-Fenster-Tür-Nummer abzog, also ignorierte ich das offene Büro. Ich fand eine andere Alternative: Gegenüber der massiven Straßentür gab es eine Treppe, breit, aus dunklem Holz gezimmert. Ich machte kehrt und raste die Treppe hinauf, meine kleinen Beine gingen wie Kolbenstößel. Der Mann kam hinter mir her, und seine langen, langen Beine verliehen ihm einen großen Vorteil. Er warf sich nach vorn, seine Arme griffen in die Höhe, und ich spürte, wie ich plötzlich abgebremst wurde, als mich etwas am rechten Hinterbein packte. Ich winselte vor Schmerz und versuchte mich in die Höhe zu ziehen. Doch es hatte keinen Sinn; ich verfügte nicht über die Kraft, mich seinem Griff zu entziehen.

Der Mann zog mich zu sich herunter und packte mich mit der anderen Hand am Hals. Er ließ mein Bein los, schob die Hand unter mich und hob mich an seine Brust. Zumindest hatte ich die Genugtuung, ihn – wenn auch unbeabsichtigt – anzupinkeln.

Mein großes Glück war, daß in genau diesem Augenblick jemand beschloß, zur Arbeit zu erscheinen. Strahlendes Sonnenlicht flutete in den Gang, als die Vordertür sich öffnete und ein Mann mit einer Aktentasche eintrat. Er starrte die sich ihm darbietende Szene überrascht an: Das junge Mädchen und die Frau aus dem Büro, die besorgt den herumtanzenden fluchenden Mann anstarrten, der den um sich schlagenden jungen Hund von sich wegstreckte und verzweifelt – und erfolglos – versuchte, dem gelben Strom auszuweichen, der von dem Tier ausging.

Das war genau der richtige Augenblick, um meinen Fänger in die Hand zu beißen, also drehte ich den Kopf herum und tat genau das. Meine Kiefer waren noch nicht so stark, aber meine Zähne waren wie Nadelspitzen. Sie bohrten sich in sein Fleisch und gingen tief – so tief ich es schaffte. Der plötzliche Schock ließ den Mann aufschreien und mich loslassen; vermutlich ließ ihm die Kombination aus Nässe an einem Ende und brennendem Feuer am anderen keine Alternative. Ich fiel auf die Treppe und purzelte hinunter, winselte mehr aus Angst als vor Schmerz. Als ich das Treppenende erreichte, rappelte ich mich hoch, schüttelte den Kopf ein wenig und schoß in die Sonne davon.

Es war, als platzte man durch eine Papierwand aus einer finsteren, deprimierenden Welt in eine benachbarte Welt aus Licht und Hoffnung. Es muß der Geschmack der Freiheit gewesen sein, der mich so aufbaute, der Kontrast zwischen der Düsternis des Gebäudes, das ich gerade verlassen hatte, und dem Strahlen der Sonne, den erregenden, vielfältigen Düften des Lebens draußen. Ich war frei, und die Freiheit verlieh meinen jungen Gliedern Kraft. Ich floh und wurde nicht verfolgt; nichts auf dieser Welt hätte mich ohnehin fangen können. Der Geschmack des Lebens war in mir, und Fragen trommelten auf mein Gehirn ein.

Ich rannte und rannte und rannte.

6

Ich rannte, bis ich nicht mehr rennen konnte, wich vorübereilenden Automobilen aus, ignorierte das Flehen der Verwirrten ebenso wie die Flüche der Erschreckten und hatte nichts als Flucht im Sinn – Freiheit. Ich war quer über die Straßen gehetzt, blind für die Gefahr wegen der schlimmeren Angst vor erneuter Gefangennahme, und hatte in den Nebenstraßen stillere Zuflucht gefunden; dennoch verringerte ich mein Tempo nicht, und meine Füße trommelten immer noch auf das Asphaltpflaster. Ich floh in den Hof eines uralten Ziegelbaues, dessen Röte vom Schmutz verdüstert war, und kam schließlich zitternd und mit bebenden Flanken in einem dunklen Treppenhaus zur Ruhe. Die Zunge hing mir nutzlos heraus, die Augen quollen mir in noch nicht überstandener Furcht aus dem Schädel, mein ganzer

Körper war völlig ausgepumpt. Ich war mindestens drei Kilometer gerannt, ohne innezuhalten, und für einen jungen Hund ist das eine beträchtliche Strecke.

Ich sank auf den kalten Steinboden und versuchte meinem wirren Gehirn Gelegenheit zu geben, meine immer noch tanzenden Nerven einzuholen. So muß ich als knochenloser Haufen wenigstens eine Stunde oder länger dagelegen haben, zu erschöpft, um mich zu bewegen, zu wirr, um nachzudenken; die vorangegangene Hochstimmung war längst verflogen, als der Klang schwerer Schritte meinen Kopf hochfahren ließ. Die Ohren zuckten nach mehr Information. Bis jetzt war mir gar nicht bewußt gewesen, wie scharf mein Hörsinn geworden war, und es dauerte lange, lange Sekunden, bis der Besitzer der Schritte schließlich in Sichtweite kam. Eine immense Gestalt verdeckte den größten Teil des Lichts, das in den dunklen Treppenschacht drang, und ich sah silhouettenhaft die runde Gestalt einer voluminösen Frau. Zu behaupten, ihre Gestalt hätte meinen ganzen Sichtkreis erfüllt, mag übertrieben klingen, aber genauso schien es mir in meinem eingeschrumpften Körper. Es war, als würde ihre Fülle mich einhüllen, über mich hinwegwalzen. Ich kauerte mich nieder und kroch am Boden, ohne jeden Stolz; da war kein Sinn für meinen Mannesstolz mehr, um meine Feigheit zurückzudrängen, denn ich war nicht länger ein Mann. Aber ihre Worte hielten meine aufsteigende Angst auf.

»Hallo, Kleiner, was machst du denn hier?« Ihre Stimme war ebenso füllig wie ihr Körper, dröhnend und rauh, aber ihre Worte waren voll Güte und erfreuter Überraschung. Sie setzte ihre vollgestopften Einkaufstüten grunzend ab und beugte dann ihre mächtige obere Hälfte zu mir herunter.

»Na, wo kommst du denn her? Hast dich wohl verlaufen?«

Ich zog mich vor der näherkommenden Hand zurück, obwohl ihre Stimme meine Furcht verdrängt hatte; ich wußte, wenn mich eine dieser mächtigen, wurstfingerigen Hände einmal gepackt hatte, würde nichts, was ich tat, mich wieder befreien können. Aber die Frau war geduldig, und das delikate Aroma, das von ihren dicken Fingern ausging, war überwältigend.

Ich schnüffelte, zuerst kurz und probierend, bewegte meine Nase, inhalierte dann ganze Lungen voll, und die Säfte in meinem Mund fingen an zu strömen. Meine Zunge zuckte hervor, und fast hätte ich vor Ekstase die Augen gerollt. Was diese Frau gegessen haben mußte! Ich konnte Schinken schmecken, Bohnen, würziges Fleisch, das ich nicht identifizieren konnte, Käse, Brot, Butter – oh, Butter –, Marmelade (nicht so hübsch), Zwiebeln, Tomaten, eine andere Art Fleisch (Rindfleisch, denke ich) und mehr, mehr, mehr. Ein erdiger Geruch übertönte alles, fast als hätte sie Kartoffeln frisch aus dem Boden gesammelt, aber selbst das stieß mich nicht ab, wie es eigentlich hätte sein sollen, vielmehr erhöhte das den Wohlgeschmack des Ganzen. Hier war jemand, der an Essen glaubte, der es mit den Händen ebenso wie mit dem Gaumen anbetete. Kein Gegenstand aus rostfreiem Stahl würde die Reise vom Keller zum mampfenden Mund verzögern, wenn man das Ganze schneller bewerkstelligen konnte, mit einer größeren Ladung, indem man das eigene lebende Fleisch dazu benutzte, die Ware zu transportieren. Ich konnte spüren, wie meine Hingabe bei jedem Lecken meiner Zunge wuchs.

Erst als die fette Hand von allen Geschmäcken freigeleckt war, wandte ich meine Aufmerksamkeit ganz dem Rest der Frau zu.

Dunkelblaue Augen grinsten auf mich aus einem breiten, rostigen Gesicht herab. Rostig? O ja, du würdest über die Farben in Gesichtern staunen, wenn du sie nur so sehen könntest wie ich. Rote und blaue Adern strömten durch dikke gerötete Wangen dicht unter der Haut. Andere Farben glühten in ihr – meist Gelb und Orange – und wechselten ständig den Ton, während ihr Blut unter der Oberfläche zirkulierte. Braune und graue Haare standen wie winzige Stacheln aus ihrem Kinn; über das ganze Antlitz zogen sich tiefe Furchen, die im Winkel eines jeden Auges anfingen und sich über die Wangen herunter und nach oben über die Stirn fortsetzten, sich wanden und ineinander übergingen, sich überschnitten und am Ende verblaßten. Es war ein wunderbares Gesicht!

Das alles sah ich in der Düsternis des Treppenschachtes, vergiß das nicht, im Gegenlicht. So ausgeprägt war mein neuer Gesichtssinn und wäre das auch geblieben, hätte die Zeit ihn nicht organisiert und abgestumpft.

Sie schnalzte mit der Zunge und lachte leise. »Ein hungriges kleines Ding bist du, was? Aber du kennst mich, wie? Du weißt, daß ich dich mag.«

Ich ließ zu, daß ihre Hand mir den Pelz am Nacken zerzauste. Das war beruhigend. Ich schnüffelte frisches Essen aus den Einkaufstüten, schob mich auf sie zu, und meine Nase zitterte fragend.

»Oh, du riechst wohl das Essen, wie?«

Ich nickte. Ich war immer noch am Verhungern.

»Nun, dann wollen wir mal sehen, ob da jemand in der Nähe ist, der dich vielleicht verloren hat?«

Sie richtete sich auf und wälzte sich zurück auf den Eingang zu, und ich trottete hinter ihr her. Wir streckten beide den Kopf in den Hof hinaus und sahen uns um. Er war verlassen.

»Dann komm, laß uns sehen, was wir da finden.«

Die alte Frau trat wieder in die Dunkelheit, stemmte ihre Einkaufstüten mit lautem Grunzen in die Höhe und trug sie den kurzen Gang hinter der Treppe entlang, wobei sie mir aufmunternd zurief. Ich trottete hinter ihr her, und die Muskelbewegung in meinem Bauch sagte mir, daß mein Schweif wedelte.

Sie stellte die Tüten neben einer ziemlich abgewetzten grünen Tür ab, holte eine Geldbörse aus der Manteltasche und wühlte in ihr herum, bis sie einen Schlüssel fand, wobei sie ihre schlechten Augen verfluchte. Sie öffnete die Tür mit einer geübten Schlüsseldrehung und einem kräftigen

Schubs, griff erneut nach ihren Tüten und verschwand im Inneren. Ich trottete vorsichtig auf die Tür zu und schob die Nase um sie herum. Der muffige Geruch, der mir entgegenschlug, war weder angenehm noch unangenehm; er verriet mir nur Vernachlässigung.

»Komm nur, Kleiner«, rief die Frau, »du brauchst keine Angst zu haben. Bella kümmert sich schon um dich.«

Trotzdem trat ich immer noch nicht in ihren Raum. Meine Nervosität war noch immer nicht ganz verflogen. Sie klopfte sich lockend auf das Knie, was für jemanden von ihren Proportionen nicht leicht sein mußte, und ich hopste, ohne weiter nachzudenken, auf sie zu, und mein Schweif ließ jetzt meinen ganzen Körper vibrieren.

»So ist's brav«, sagte sie mit ihrer Reibeisenstimme, und jetzt konnte ich Worte verstehen, nicht nur sie fühlen. Ich wußte, daß ich wirklich sehr brav war.

Ich vergaß mich und versuchte zu ihr zu sprechen; vermutlich wollte ich ihr sagen, wie freundlich sie war, und sie fragen, ob sie wüßte, weshalb ich ein Hund war. Aber natürlich bellte ich nur.

»Was soll das denn? Hast du Hunger? Freilich hast du Hunger! Laß mal sehen, was wir für dich haben.«

Sie ging durch eine Tür, und bald hörte ich das Klappern von Schranktüren, die geöffnet und geschlossen wurden. Der tiefe, kratzende Klang ihrer Stimme verwirrte mich ein paar Sekunden lang, und dann begriff ich, daß Bella sang, wobei gelegentlich ein Wort eine Folge monotoner *Mmms* und *Laaaas* unterbrach.

Das Brutzeln von erhitztem Fett zog meine Aufmerksamkeit auf sich, und der grandiose Duft von sich erhitzenden Würsten sog mich in die Küche, so wie Staub in einen Staubsauger eingesogen wird. Ich sprang an ihr hoch, stützte meine Vorderpfoten an ein breites Bein, und mein fieberhaft wedelnder Schweif drohte mir das Gleichgewicht zu rauben. Sie lächelte über meine Aufregung und legte eine mächtige Hand auf meinen Kopf.

»Armer Kleiner. Dauert nur noch eine Minute. Du magst sie lieber roh, wie? Nun, warte nur noch ein paar Minuten, dann teilen wir sie uns. Und jetzt runter mit dir.« Sie schob mich sachte weg, aber der verlockende Geruch war einfach zuviel. Ich sprang an dem Kocher hoch und versuchte in die Bratpfanne zu sehen.

»Du wirst dich verbrennen!« schalt sie. »Komm, wir wollen dich hier wegbringen, damit du dir nicht wehtust.« Sie hob mich auf und wälzte sich zur Küchentür hinüber, wo sie mich mit einem leisen Grunzen absetzte. Ich versuchte mich durch den enger werdenden Spalt zu zwängen, als die Tür sich vor mir schloß, mußte mich aber zurückziehen, als meine Nase dabei in Gefahr geriet. Ich schäme mich zuzugeben, daß ich winselte und jammerte und an der Küchentür kratzte. Meine Gedanken konzentrierten sich einzig und allein darauf, meinen Bauch mit diesen Würsten zu füllen, die mir das Wasser im Mund zusammenlaufen ließen. Alle Fragen, die meine bizarre Existenz betrafen, wurden verdrängt, von dem stärkeren physischen Sehnen nach Nahrung mit Leichtigkeit überwältigt.

Schließlich, nach einer Ewigkeit des Wartens, öffnete ich die Tür, und eine fröhliche Stimme rief mich hinein. Ich brauchte keine zweite Aufforderung; ich schoß hindurch und strebte geradewegs auf den Teller zu, auf dem drei kräftig riechende Würste lagen. Ich jaulte erschreckt, als mir die erste Wurst, nach der ich schnappte, die Zunge verbrannte, und die alte Frau lachte glucksend über meine gierigen Versuche, in das noch brutzelnde Fleisch zu beißen. Ich hatte eine Wurst aufgeschnappt und sie sofort wieder auf den Boden fallen lassen, als sie mir den Mund verbrannte. Ich schaffte es zwar, einen Brocken davon hinunterzuschlukken, aber er versengte mir schmerzhaft die Kehle. Bella hielt es für klüger, mir die Würste wieder wegzunehmen, und ich kläffte sie verärgert an.

»Du mußt geduldig sein«, tadelte sie mich. »Damit verletzt du dich.«

Vorsichtig hob sie die Wurst auf, von der ich bereits abgebissen hatte, und blies sie an – lange, kräftige Luftströme, die die brutzelnde Hitze verdrängten. Als sie schließlich zufrieden war, stopfte sie mir die Wurst in den Mund. Mit zwei schnellen Schlucken war sie weg, und ich bettelte um mehr. Sie vollzog das Ritual aufs neue und ignorierte mein ungeduldiges Flehen. Das zweite schmeckte mir sogar noch besser. Das saftige Fleisch füllte meinen Mund mit seinen Säften, und ich kann ehrlich sagen, daß ich nie im Leben – den beiden Leben – eine Mahlzeit so sehr genossen hatte, sei es nun als Hund oder Mensch.

Als ich die dritte hinuntergewürgt hatte, wandte sich die alte Frau wieder der Bratpfanne zu, piekte sich vier weitere Würste mit einer Gabel heraus und legte je zwei auf eine dicke Scheibe Brot. Sie beschmierte sie mit Senf und deckte sie fast zärtlich mit einer weiteren Scheibe zu, so als würde sie zwei Kinder ins Bett legen. Ohne sich die Mühe zu machen, das Sandwich aufzuschneiden, riß sie den Mund auf und stopfte es sich hinein. Ihre Zähne packten zu, und als sie die Hand wieder zurückzog, zeigte sich in dem Brot ein riesiges halbkreisförmiges Loch. Ich sah neidvoll zu und versuchte ihr auf den Schoß zu springen; der Anblick ihrer mächtigen mampfenden Kinnladen machte mich vor Gier fast verrückt. Ich war am Verhungern! Hatte sie denn überhaupt kein Mitleid?

Sie lachte und zerzauste mir das Fell, hielt mich auf Abstand, hob das Sandwich etwas an, damit meine zuschnappenden Zähne es nicht erreichen konnten. Ich hatte Glück, denn ein Stück Wurst fiel aus dem Brot heraus, und ich schnappte es mir sofort. Ich leckte mir voll Wohlbehagen die Lippen und sah auf, ob da mehr zu haben war.

»Also schön, du kleiner Schuft. Wahrscheinlich ist es für dich sowieso besser als für mich.« Bella lächelte und ließ den Rest des Sandwichs auf den Teller am Boden fallen.

So speisten wir, ich und die fette Frau, jeder in der Gesellschaft des anderen glücklich, vertilgten unsere jeweiligen

Anteile am Wurstsandwich binnen Sekunden, grinsten und schmatzten beide zufrieden, als wir fertig waren.

Ich hatte immer noch Hunger, aber wenigstens war der größte Teil davon gestillt. Ich schlabberte das Wasser aus, das Bella mir in einer Suppenschale gab, und leckte ihr die Essensreste von den Händen. Ich bat um mehr, aber sie verstand nichts. Sie stemmte sich in die Höhe und begann ihre Einkaufstüten auszupacken, während ich wachsam nach irgendwelchen Überresten Ausschau hielt, die vielleicht auf den Boden fallen könnten. Es war riskant, mich zwischen diesen zwei wunderbar kräftigen Beinen hindurchzuwinden, und es fiel auch ohnehin nichts herunter, aber ich hatte Spaß an dem Spiel. Bella stellte meinen makellos sauberen Teller in den Ausguß und rief mir zu, ich solle ihr folgen. Ich trottete hinterher in das vordere Zimmer und krabbelte auf das verstaubte alte Sofa, als sie sich stöhnend daraufsinken ließ. Ich sprang auf ihre Brust, legte zwei Vorderpfoten zwischen ihre zwei mächtigen Brüste und leckte ihr dankbar das Gesicht. Es war ein Gesicht, das abzulecken Spaß machte. Sie streichelte mir eine Weile den Kopf und den Rücken, und dann wurde ihr Streicheln langsamer und schwerer, während zugleich auch ihr Atem langsamer und schwerer wurde.

Es dauerte nicht lange, nachdem Bella ihre riesigen Baumstämme auf das Sofa gehoben und den Kopf auf die gepolsterte Armlehne gestützt hatte, bis sie tief eingeschlafen war, wobei ihr Schnarchen auf mich seltsam behaglich wirkte. Ich ringelte meinen eigenen müden Körper zwischen ihren mächtigen Bauch und der Rückenlehne des Sofas ein und fand mich bald auch in tiefem Schlaf.

Mein Erwachen war ziemlich erschreckend. Ich hörte einen Schlüssel im Schloß und war sofort auf der Hut. Ich versuchte aufzustehen, aber meine Beine waren fest in dem Spalt zwischen der alten Frau und dem Sofa eingezwängt. Ich hob den Kopf und begann so laut ich konnte zu bellen. Das schreckte Bella aus dem Schlaf, und sie sah sich ein paar Augenblicke lang um, als wüßte sie nicht, wo sie war.

»Die Tür, Bella«, sagte ich zu ihr. »Es kommt jemand herein!«

Sie verstand natürlich nicht und forderte mich mürrisch auf, mit dem Bellen aufzuhören. Aber ich war noch zu jung und zu leicht zu erregen, und mein Bellen wurde nur lauter und herausfordernder.

Ein Mann taumelte herein, und Alkoholdünste strömten auf mich ein. Ich war mit meinem letzten Herrchen ein paarmal in Kneipen gewesen und hatte den Geruch von Alkohol immer unangenehm, aber nicht beruhigend gefunden. Aber dieser hatte den Geruch von Krankheit an sich.

»Was, zum Teufel, ist hier los?«

Der Mann torkelte auf uns zu. Er war ziemlich jung, vielleicht dreißig, fünfunddreißig, mit schütterem Haar und einem Gesicht, das irgendwie ähnliche Züge wie das von Bella zeigte. Seine Kleidung war ungepflegt, aber nicht unordentlich; er trug kein Hemd, nur einen locker anliegenden Pullover unter dem Jackett. So wie Bella breit und kräftig war, war er klein und bösartig. Ein Riese für mich natürlich, aber ein kleiner, bösartiger Riese.

»Warst du nicht arbeiten?« fragte Bella, immer noch nicht ganz wach.

Er ignorierte ihre Frage und griff nach mir, wobei seine Lippen sich zu einem bösartigen Grinsen verzogen. Ich knurrte und schnappte nach seiner Hand; ich mochte ihn überhaupt nicht.

»Laß den Hund in Frieden!« Bella stieß seine Hand weg und wuchtete ihre Beine auf den Boden, was dazu führte, daß ich in den Raum zurückrollte, den sie gerade freigemacht hatte.

»Hund? Das nennst du einen Hund?« Er stupfte mich bösartig-verspielt am Kopf. Ich warnte ihn, das nicht noch einmal zu tun. »Wo kommt der her? Du weißt doch, daß du in der Wohnung keine Hunde halten darfst.«

»Laß ihn in Ruhe. Ich habe ihn draußen gefunden – er war am Verhungern, der arme kleine Kerl.«

Bella erhob sich, ragte über mir auf und machte den Knirps, den ich für ihren Sohn hielt, zum Zwerg. »Du stinkst«, sagte sie und trat zwischen uns, um ihn davon abzuhalten, mich weiter zu necken. »Was ist mit deinem Job? Du kannst nicht dauernd blaumachen.«

Der Knirps verfluchte seinen Job und dann seine Mutter. »Wo is mein Ab'nessen?« fragte er.

»Das hab ich dem Hund gegeben.«

Ich stöhnte innerlich. Damit konnte ich seiner Zuneigung sicher sein.

»Das hätt'ste verdammt bleib'n lass'n können!«

»Ich konnte doch nicht wissen, daß du heimkommen würdest, oder? Ich dachte, du würdest arbeiten.«

»Nun, das hab ich aber nicht, also hol mir was.«

Ich denke, sie hätte ihn am Kragen packen und seinen Kopf in einen Eimer Wasser stecken sollen – groß genug dazu war sie –, aber statt dessen marschierte sie in die Küche, und bald konnte man hören, wie Schränke geöffnet und geschlossen wurden.

Er feixte zu mir herunter, und ich starrte ihn nervös an.

»Runter!« befahl er und mechte eine Daumenbewegung von dem Sofa weg.

»Hau ab!« erwiderte ich selbstbewußter, als mir zumute war.

»*Runter* hab ich gesagt!« Er machte einen Satz und fegte mich mit einer Kraft, die mir angst machte, von meinem bequemen Sitzplatz. Ich mußte immer noch lernen, daß ich nur ein Hund war, und noch dazu ein ziemlich schwächlicher. Ich jaulte verängstigt und trollte mich in die Küche, um bei Bella Schutz zu suchen.

»Schon gut, Kleiner, schon gut. Du mußt nicht auf ihn achten. Jetzt kriegt er sein Abendessen, und dann ist er bald eingeschlafen, keine Sorge.« Sie beschäftigte sich mit dem Abendessen des Knirpses, während ich so nahe wie möglich bei ihr blieb. Die Essensdüfte begannen meinen Gaumen aufs neue zu erregen, und plötzlich war ich ebenso hungrig wie vorher. Ich stemmte die Pfoten gegen ihre breite Flanke und bettelte darum, wieder gefüttert zu werden.

»Nein, nein. Du gehst jetzt runter!« Ihre Hand war jetzt fester als vorher. »Du hast dein Abendessen gehabt, jetzt ist er dran.«

Ich blieb beharrlich, aber Bella ignorierte mein Winseln. Sie begann auf mich einzureden, vielleicht um mich zu beruhigen, aber vielleicht redete sie auch mit sich selbst.

»Gerät ganz nach seinem Vater. Zu nichts zu gebrauchen. Aber was kann man machen? Sind schließlich vom gleichen Fleisch und Blut. Er hätte etwas werden können, dieser Junge, aber er bringt sich ja selbst um. Wie sein Alter, der Herr habe ihn selig, das gleiche Blut. Ich hab mein Bestes getan, weiß Gott, das hab ich. Mich um ihn gekümmert – um sie beide gekümmert –, wenn sie keine Arbeit hatten. Die haben mich alt gemacht, die beiden, und wie sie mich alt gemacht haben.«

Der Geruch des Essens trieb mich fast ins Delirium. »Ein paar nette Mädchen hat er auch gehabt. Bloß halten kann er sie nicht. Die rennen meilenweit, sobald sie herauskriegen, wie er ist. Der wird sich nie ändern. Arnold, es ist fast fertig! Schlaf nicht ein!«

Speck, Eier und wieder Würste. O Gott!

Sie begann auf dem Küchentisch Brot mit Butter zu bestreichen, während ich unter dem Kocher wie angewurzelt wartete, ohne auf das heiße Fett zu achten, das in der Pfanne brutzelte. Bella schob mich mit dem Fuß weg und kippte den Inhalt der Pfanne auf einen Teller. Sie stellte den Teller auf den Tisch und klapperte dann in der Besteckschublade herum, um Gabel und Messer zu holen.

»Arnold! Dein Essen ist fertig«, rief sie. Keine Antwort. Bella gab ein verärgertes Grunzen von sich und marschierte mit entschlossener Miene ins Nebenzimmer.

Das Essen auf dem Tisch lockte mich.

Es war wirklich ein Unglück, daß der Stuhl, den Bella vorher benutzt hatte, immer noch vor dem Küchentisch stand.

Ich krabbelte hinauf, fiel einmal wieder runter, probierte es verzweifelt ein zweites Mal und hatte dann die Vorderpfoten auf der Tischplatte. Bella war höchstens eine Minute aus dem Zimmer gewesen, aber das reichte aus, um zwei Scheiben Speck und eineinhalb Würste zu verschlingen. Die Eier hob ich mir für zuletzt auf.

Mein erschrecktes Quietschen, Bellas verärgertes Kreischen und der Wutschrei des Knirpses mischten sich. Ich sprang in dem Augenblick vom Stuhl, als der Sohn an seiner Mutter vorbeischoß, die Klauen ausgestreckt, um mich zu erwürgen. Zum Glück setzte Bella ihre mächtige Gestalt ein, um ihm den Weg zu versperren, und er taumelte über ihre fleischige Hüfte, ging wie ein nasser Sack zu Boden, wie das nur Betrunkene können.

Aber selbst Bella war böse auf mich. Ich konnte erkennen, daß ihre muskulösen Arme mich schwer bestrafen würden, also gab ich mir große Mühe, den Küchentisch zwischen uns zu halten. Sie trat um ihren noch hilflos strampelnden Sohn herum und rückte mir näher. Ich wartete, bis sie halb um den Tisch herum war, die Vorderbeine durchgedrückt, das Kinn fast am Boden, die Hinterbacken hochgereckt und zitternd. Dann schoß ich unter dem Tisch durch, auf die offene Tür zu – und dem Knirps geradewegs in die Arme.

Er packte mich am Hals, setzte dazu zwei Hände ein, drückte zu und richtete sich dabei gleichzeitig vom Boden auf, wobei sein dämonisches Gesicht nur wenige Zentimeter von dem meinen entfernt war. Mein zappelnder Körper beeinträchtigte ihn noch mehr als sein Zustand, und er fiel gegen den Tisch. Was von seinem Abendessen noch übrig war, flog davon, als meine Hinterbeine eine Stütze suchten; sein mit Butter bestrichenes Brot und Tomatensoße und weiß Gott, was sonst noch alles, folgten hinterher.

»Ich bring ihn um!« war alles, was ich hörte, ehe ich meine Zähne in seine spitze Nase schlug. (Ich wette, er hat die zwei Reihen Zähne immer noch beiderseits in seiner Schnauze.)

»Faff ihn weg!« schrie er seiner Mutter zu, und ich spürte, wie mächtige Bananenhände mich umschlossen. Bella riß mich von ihm weg, und ich hatte die Freude, rote Spuren an seiner Nase zu sehen. Er hielt sie mit beiden Händen und hüpfte dabei auf und ab in einer Art Tanz auf der Stelle.

»Jesus, Jesus!« jammerte Bella. »Jetzt mußt du weg. So kann ich dich hier nicht behalten.«

Sie fegte mich aus der Küche, schützte mich mit ihrem Körper vor ihrem erregten Sohn, besorgt, er könne seinen Schmerz einen Augenblick lang vergessen und mich pakken. Ich weiß auch nicht, ob ich Lust hatte, noch länger zu bleiben, also protestierte ich kaum, als die Vordertür sich öffnete und ich hinausflog. Eine schwere Hand legte sich auf mich und streichelte mich ein letztes Mal. »Verschwind jetzt, geh nur. Weg da!« sagte Bella nicht unfreundlich, und die Tür schloß sich. Ich war wieder allein.

Selbst jetzt verharrte ich noch einen Augenblick lang und blickte voll Trauer zu der Tür auf. Aber als sie wieder aufflog und der Knirps auftauchte, mit blutiger Nase und vor Wut am ganzen Körper zitternd, wußte ich, daß es für mich nicht gesund sein würde, hier länger zu verweilen. Also rannte ich, und er rannte hinter mir her.

Wenn man es eilig hat, glaube ich, hat Angst mehr Wirkung als Wut; jedenfalls ließ ich ihn bald hinter mir zurück.

Wieder ineinander verschwommene Bilder: Autos, Leute, Gebäude, nichts davon sonderlich klar, nichts davon sehr wirklich. Nur der überwältigende Duft von einem Laternenpfahl stoppte meine Flucht. Ich hielt inne, meine Hinterbeine überholten meine Vorderbeine, und ich machte schwerfällig kehrt. Ich trottete zu dieser ambrosianischen Säule zurück, alle Sinne angespannt, die Nase neugierig zuckend. Von allen Gerüchen, die ich in jüngster Zeit erlebt hatte, war dies bei weitem der interessanteste. Du mußt wissen, es war Hund, Hund im Plural. Vom Sockel jener Betonsäule wehten mir sechs oder sieben verschiedene Persönlichkeiten entgegen – ganz zu schweigen von ein paar menschlichen Düften –, und ich trank sie wie betäubt in mich hinein. Ich hatte schon früher Bäume und Laternen beschnüffelt, aber jetzt schien es, daß meine Sinne ganz neu erwachten, oder vielleicht hatten sie sich auch verstärkt. Fast konnte ich die Hunde *sehen*, die dieses hochragende Urinal besucht hatten, fast mit ihnen *sprechen;* es war, als hätten sie eine aufgezeichnete Nachricht für mich hinterlassen. Ich konnte sogar die weibliche Hälfte unserer Gattung entdecken, und das hat, glaube ich, viel damit zu tun, weshalb Hunde sich so für das interessieren, was sie pinkeln: der sexuelle Instinkt, die Suche nach einer Gefährtin. Die Mädchen und Jungen hatten ihre Visitenkarten hinterlassen, wie um zu sagen Ich bin hier gewesen, das ist meine Route; falls es dich interessiert – es kann sein, daß ich hier wieder durchkomme. Ich war zu der Zeit zu jung, um von irgendwelchen sexuellen Anmutungen beunruhigt zu werden; die scharfen und doch würzigen Düfte interessierten mich auf einer ganz anderen Ebene. Das waren einfach Freunde, meinesgleichen.

Als meine Nase gesättigt war, begann ich mich am Pflaster entlangzuschnüffeln, ohne auf die Passanten zu achten, ganz auf faszinierende Spuren konzentriert. Es dauerte nicht lange, bis noch faszinierendere Laute an meine Ohren drangen. Zuerst war es nur ein Geplapper, wie das Schnattern aufgescheuchter Gänse, aber als ich dann näherkam, nahm es deutlich menschliche Tonart an. Ich beschleunigte mein Tempo, und in mir entwickelte sich eine Hochstimmung. Die Laute sandten Wellen der Erregung aus.

Ich kam an einen breiten Fluß von Straße und zögerte, ehe ich hinüberhetzte, und zum Glück stürzten sich keine Drachen auf mich. Die Laute hallten jetzt in meinen Ohren, und als ich um eine Ecke bog, erkannte ich, woher sie rührten: eine riesige Menge laufender, springender, schreiender, kichernder, weinender, spielender Kinder. Ich hatte eine Schule gefunden. Mein Schwanz begann sein automatisches Wedeln, und ich sprang nach vorn, schob meinen schmalen Kopf zwischen die Gitterstäbe, die den Schulhof umgaben.

Eine Gruppe kleiner Mädchen entdeckte mich und kam vergnügt angerannt; ihre Hände griffen durch die Eisenstangen, um meinen Rücken zu tätscheln. Sie schrien entzückt auf, als ich nach Fingern zu schnappen versuchte, die meinen Kopf berührten; meine Absicht war nicht, sie zu beißen, sondern ihr weiches Fleisch zu schmecken. Bald hatte eine große Gruppe von Jungen und Mädchen einen Halbkreis um meinen durch den Zaun gesteckten Kopf gebildet, und die größeren Jungs drängten sich durch die Menge nach vorn. Man stopfte mir Bonbons in meinen eifrigen Mund und zog hastig Finger zurück, als es so aussah, als würde ich auch diese verschlucken. Ein winziges Mädchen mit sonnigem Haar schob ihr Gesicht ganz dicht an das meine heran, und meine Zunge machte ihre Nase und ihre Wange feucht. Aber sie fuhr nicht zurück, sondern kraulte mich am Hals.

Und dann kehrten wieder flüchtige Erinnerungen zurück und plagten mich. Eines von diesen hatte mir gehört! Fast dachte ich, dieses Kind hier wäre das meine, es wäre das Kind, das mir gehört hatte, aber dann schoben sich andere Gesichtszüge davor. Das Haar war dasselbe: ein heller Heiligenschein um ein freches Gesicht herum, aber die Augen meiner Tochter waren blau gewesen; und die Augen, die jetzt die meinen anlächelten, waren braun. Ein Schrei der Hoffnungslosigkeit entrang sich mir, und das Mädchen hielt ihn für einen der Angst. Sie versuchte mich bei all dem Lärm der anderen Kinder zu beruhigen, redete auf mich ein, ich solle keine Angst haben. Aber mein Bewußtsein war von einem Gedanken wie gelähmt: Ich war ein Mann! Weshalb lebte ich als Hund?

Dann löste sich die Lähmung, als die Erkenntnis wieder in ihre verborgene Spalte zurückrutschte und ich aufs neue nur ein Hund war. (Obwohl mich in jenen ersten Monaten die beunruhigende Tatsache, daß ich in Wirklichkeit ein Mann war, nie verließ, weil der Konflikt, der darin bestand, daß ich gleichzeitig ein Hund war, immer wieder unterschiedliche Bedeutung hatte, je nachdem, wie menschlich ich mich gerade fühlte.)

Mein Schwanz begann wieder zu wedeln, und ich nahm dankbar weitere Süßigkeiten an. Die Kinder machten sich an mir zu schaffen und versuchten meinen Namen herauszufinden, indem sie alle möglichen Namen riefen und abwarteten, ob ich auf irgendeinen reagierte. Ich hätte mich, selbst wenn mein Leben davon abgehangen hätte, nicht daran erinnern können, wie man mich vorher genannt hatte, und die Jungs fanden auf meinem Halsband auch nichts. Rover, King, Rex, Kackegesicht *(Kackegesicht!* Was für ein kleines Monstrum hatte ihn erfunden?) – ich strahlte sie alle an. Namen bedeuteten mir nichts, so ist das bei allen Hunden – sie erkennen nur bestimmte Laute. Ich war einfach glücklich darüber, unter Freunden zu sein.

Ein scharfer Pfiff schrillte durch meine Ohren, und ein lautes Stöhnen ging durch die Kinderschar. Widerstrebend und erst nach ein paar weiteren Pfiffen wandten sie sich ab und verließen mich; meine Schultern preßten sich gegen das Gitter, weil ich ihnen folgen wollte. Das Mädchen mit dem Sonnenschein im Haar blieb bis zum Schluß und drückte mich ein letztes Mal am Hals, ehe es ging. Ich wuffte ihnen nach, sie sollten nicht gehen, aber sie standen in Reihen da, den Rücken mir zugewandt, und warfen gelegentlich einen Blick nach hinten, und ihre Schultern zuckten vom unterdrückten Kichern. Dann zogen sie Reihe für Reihe in ein jämmerliches graues Gebäude, und die Tür schloß sich hinter den letzten von ihnen.

Ich starrte mit glasigen Augen auf den leeren Schulhof, betrübt darüber, meine neuen Freunde verloren zu haben. Ich grinste und richtete mich auf, als an den Fenstern im Obergeschoß kleine weiße Gesichter auftauchten. Aber gleich darauf erschien dahinter das ältere runzelige Gesicht eines Lehrers, dessen schroffe Stimme über den Hof hallte und die Schüler aufforderte, zu ihren Plätzen zurückzukehren. Ein Junge, der langsamer als die anderen war, wurde am Ohr gezogen. Ich blieb noch ein paar hoffnungsvolle Minuten, aber schließlich zog ich traurig den Kopf aus dem Gitter.

Hunde haben gewöhnlich ein fröhliches Gemüt, und die meisten Empfindungen werden ohnehin der Neugierde geopfert. So vergaß ich meine Enttäuschung, als ein alter Mann auf einem Fahrrad vorbeikam, der eine Einkaufstasche an der Lenkstange hängen hatte, und trottete hinter ihm her. Ich konnte ein dickes Blatt aus einem Loch ganz unten in seiner Einkaufstasche vorstehen sehen. Wahrscheinlich war es Rhabarber; es hatte einen süßen, würzigen Geruch und wirkte sehr appetitlich. Ich holte ihn bald ein, denn er war ziemlich alt und radelte sehr langsam, und ehe er es bemerkte, sprang ich an dem verlockenden Blatt hoch. Ich hatte gleichzeitig Glück und Unglück.

Ich zog das Blatt und den Stiel dahinter durch das Loch, aber der plötzliche Ruck nahm dem Radfahrer sein Gleichgewicht, und er krachte mit seinem Fahrrad auf mich herunter. Das nahm mir den Atem, so daß mein schmerzvolles Aufjaulen nur zu einem halbunterdrückten Quietschen wurde. Ich japste nach Luft und versuchte mich bei dem alten Mann dafür zu entschuldigen, daß ich ihn zu Fall gebracht hatte, brachte aber natürlich nur ein paar jämmerliche Grunzlaute hervor, die er nicht verstand. Er schlug mit den Armen um sich, versuchte mich zu schlagen, machte nicht einmal den *Versuch*, mit meinem Hunger Mitgefühl zu empfinden, fluchte und stöhnte, als hätte ein Bulle ihn auf ein Nagelbett geschleudert. Dabei hatte ich seinen Fall sogar etwas abgebremst!

Hierzubleiben hatte keinen Sinn, denn er war nicht in der Stimmung, mir zu essen anzubieten, also versuchte ich mich aus dem Gewirr zu befreien, das Mann und Fahrrad bildeten. Ein paar heftige Schläge, die er mir verpaßte, halfen mir dabei beträchtlich, und ich stellte entzückt fest, daß der Inhalt der Einkaufstasche sich über das Pflaster verteilt hatte. Ich ignorierte die langen roten Stiele, deren Geschmack mich nicht übermäßig erregt hatte, und schoß auf einen saftig aussehenden roten Apfel zu. Meine Kinnladen schlossen sich um ihn – was nicht leicht war, denn es handelte sich um einen großen Apfel –, und dann rannte ich davon, um außer Reichweite seiner zornigen Fäuste und seiner recht ordinären Sprache zu gelangen. Zum Glück hatten seine Füße sich in dem Fahrradrahmen verfangen, sonst hätte er sie sicher dazu benutzt, meinen Abgang zu beschleunigen. Aus sicherer Distanz drehte ich mich um und ließ den Apfel vor mir zu Boden fallen. Ich hatte vorgehabt, mich erneut zu entschuldigen, denn es tat mir wirklich leid, daß ich den Mann vom Rad geworfen hatte, aber sein gerötetes Gesicht und die Faust, mit der er herumfuchtelte, überzeugten mich, daß er nicht leicht zu beruhigen sein würde. Also schnappte ich mir meinen Apfel wieder und trollte mich, sah mich einmal um und entdeckte, daß zwei Passanten den Mann gerade aufhoben. Er schien im großen und ganzen unverletzt, wie er so herumhumpelte und seine alten Beine erprobte, also setzte ich meinen Weg fort.

Ich fand eine einigermaßen ruhige Nebenstraße und ließ mich an einer Mauer nieder, um meine Beute zu verzehren. In jenen frühen Tagen schien mein Appetit nie gestillt, und all die ›Fachleute‹, die einem einreden wollen, daß Hunde nur eine Mahlzeit pro Tag brauchen, erzählen Blödsinn. Sicherlich *braucht* ein Hund nur eine Mahlzeit pro Tag, um zu überleben, aber das ist schließlich beim Menschen genauso. Wie würdest du dich denn fühlen, wenn du sonst nichts bekämst? Und wie, wenn du pro Woche einen Tag fasten müßtest, was die ›Fachleute‹ ebenfalls empfehlen? Was nützen denn ein glänzendes Fell und eine feuchte Nase, wenn einem der Hunger am Magen nagt? Ich würgte den Apfel hinunter, mitsamt dem Kerngehäuse, als hätte ich den ganzen Tag noch nichts gegessen. Die Sonne brannte auf mich herab, und ich döste ein, vergaß meine Probleme, und meine Müdigkeit zwang mich, das, was war, hinzunehmen.

Einer jener unvermeidlichen englischen Sommerregenfälle weckte mich, und ich sah automatisch auf mein Handgelenk, um zu sehen, wie spät es war. Der Anblick meines dünnen haarigen Hundebeines brachte mich brutal in die Realität zurück. Ich rappelte mich auf, schüttelte mich und sah mich dann um; es mußte Nachmittag gewesen sein, und ich war schon wieder hungrig.

Ich machte mich auf der schmalen Straße auf den Weg, erforschte neue Gerüche, die zu mir drangen, jagte einen Käfer, der über den Weg huschte, rief einem Hund, der auf der anderen Straßenseite von einem Mann geführt wurde, einen Gruß zu. Der Hund, ein widerwärtiger kleiner Corgie, ignorierte mich, und mich interessierte er nicht hinreichend, um Konversation zu machen. Während ich weitertrottete, dämmerte mir langsam, daß ich einen stillen, sicheren Ort brauchte, irgendwo, wo ich ausruhen und versuchen konnte, meine wirren Gedanken zu sammeln. Ich brauchte zu essen, und ich brauchte Schutz. Und irgendeine Art von Sympathie wäre auch angenehm gewesen.

Aber die fand ich an jenem Tag nicht.

Ich quetschte mich in die Türnische, um dem Nieselregen zu entgehen, der mir die Nase und das Gesicht bespritzte. Es war ein Nachmittag des Wanderns und Staunens gewesen; der beständige Nieselregen hatte die Sonne gedämpft, und die feuchte Nässe hatte die Menschen noch isolierter gemacht. Die Straßen waren plötzlich überfüllt gewesen, hatten mich mit ihrer Enge überwältigt, so daß ich mich nur armselig unter den Bogen einer Eisenbahnbrücke ducken konnte. Nach einer Zeit, die mir endlos lang schien, nahm die Zahl der Passanten ab, und ich wagte mich wieder hinaus, aber jetzt war meine Stimmung völlig gedrückt. Der Schwanz hing mir zwischen den Beinen, und meine Augen lösten sich kaum von dem Pflaster vor mir. Als der Abend heranrückte und das Licht verblaßte, war meine Einsamkeit so gewachsen, daß ich mich versucht sah, in das Hunde-

Zwischen __________ durch:

„Was nützen denn ein glänzendes Fell und eine feuchte Nase, wenn einem der Hunger am Magen nagt?"
Eine Mahlzeit am Tag ist – aus der Sicht des Hundes – auch für seine Rasse zu wenig.
Wir Menschen können glücklicherweise selbst entscheiden, wann und wie oft wir etwas für zwischendurch möchten. Und es ist ja kinderleicht, mal nebenbei einen heißen Drink zuzubereiten:
Wir brauchen nur eine Tasse, heißes Wasser und den . . .

heim zurückzukehren – die Rückkehr des verlorenen Sohnes, Lassie kommt nach Hause. Der Gedanke, eingeschläfert zu werden – ermordet meine ich –, hätte mich nicht abgeschreckt. Ich würde brav sein, ich würde den Unterhund spielen, auf allerniedrigstem Niveau, und die Wärter würden mir verzeihen, mir eine neue Chance geben, wenigstens zu beweisen, daß ich es wert war, ein wertloses Geschöpf zu sein, einfach nur ein weiterer Hund; aber ich konnte mich nicht daran erinnern, wo, zum Teufel, das Hundeheim eigentlich war.

Ich blickte sehnsüchtig zu beleuchteten Fenstern hoch und sehnte mich nach Gesellschaft, trank die einladenden Gerüche in mich hinein. Aber der Regen trieb mich weiter, ließ mich suchen, aber nicht finden.

Es war jetzt wirklich spät, und abgesehen von gelegentlich vorbeihuschenden Automobilen, waren die Straßen kalt und leer. Ich kauerte mich in die Türnische, und in mir kauerte sich ein armseliger Rest von Selbstbewußtsein zusammen. Die Müdigkeit ließ meine Augenlider heruntersinken, und nur der Hunger hielt mich wach. Fragen drängten sich in mein Elend.

Dieser Ort war mir nicht vertraut, und doch wußte ich, daß es London war. War ich aus London? Nein, ich war nicht aus London. Warum wußte ich das? Ich wußte es einfach. Ich hatte die Erinnerung an grüne Felder, freien Raum; eine Ortschaft, aber keine große Ortschaft. Sie hatten den größeren Teil meines Lebens dargestellt, diese Felder und diese Ortschaft. Wo waren sie? Wenn ich sie nur finden könnte. Und doch kannte ich diese Stadt, wenn mir auch dieses ganz spezielle Viertel nicht vertraut war. Hatte ich in London gearbeitet? Plötzlich drängte sich mir die Vision einer Frau Ende der Fünfzig auf, korpulent, aber nicht groß, eine Frau, die lächelte, ihre Arme ausstreckte, und sie schien sie mir entgegenzustrecken, einen Namen zu rufen, der aber für meine Ohren ohne Ton war. Ihr Kopf wurde der eines Hundes und war genauso warm, genauso liebevoll. Meine beiden Mütter verschwanden aus meinem Bewußtsein, und an ihre Stelle trat die Gestalt eines Mannes, eines Mannes, der ganz normal schien, auf eine gesichtslose Art gutaussehend, und seine Umgebung war irgendwie anders, war nicht Teil der Szene, die ich mir gerade vorgestellt hatte.

Ich haßte ihn. War das ich?

Meine Gedanken wanderten müde weiter, unkontrolliert, richtungslos: Wieder das Kind, offensichtlich meines; das Mädchen – die junge Frau – sicherlich meine Frau; ein Haus; eine Straße, eine schmutzige Straße; eine Ortschaft. Fast hätte sich der Name der Ortschaft bei mir eingestellt; die Namen der Frau und des Kindes hingen hinter einer Barriere, die so dünn wie Papier war; mein eigener Name stieg aus Meerestiefen herauf und war im Begriff, die Oberfläche zu durchbrechen. Aber ein Wagen fegte vorbei, und die Namen zerstreuten sich wie aufgeschreckte Fische.

Ich sah zu, wie die Rücklichter des Wagens in der Ferne entschwanden, und ihre Zwillingsreflexe verschwanden auf der nassen Straße mit ihnen, plötzlich von Bremslichtern verstärkt, und verschwanden dann ganz, als das Fahrzeug um eine Ecke bog (und selbst die schien mir vertraut). Ich war wieder alleine, in einer leeren Welt und mit einem leeren Kopf. Und dann sah ich den Geist.

Hast du je einen Geist gesehen? Wahrscheinlich nicht. Aber hast du je gesehen, wie ein Hund plötzlich aufmerksam wird, ohne ersichtlichen Grund, wie er die Ohren spitzt, wie sein Fell sich aufstellt? Ohne Zweifel würdest du dann glauben, er hätte gerade etwas gehört, das deine Ohren nicht wahrgenommen haben, jemanden, der am Haus vorbeigeht, einen anderen Hund, der irgendwo fern in der Nacht bellt, und häufig würdest du damit recht haben. Aber oft geschieht das auch, weil er eine Präsenz wahrnimmt – einen Geist. Er wird nicht immer beunruhigt sein, vielleicht nur etwas verstört; das hängt sehr davon ab, um was für einen Geist es sich handelt. Er könnte freundlich oder unfreundlich sein.

Denkst du, ich gehe jetzt zu weit? Warte nur bis später.

Der Geist schwebte über die Straße auf mich zu, ein schemenhafter Umriß, eine flüchtige Gestalt. Er sah mich nicht, oder wenn er mich sah, entschied er sich dafür, mich zu ignorieren, und als der Umriß näherkam, konnte ich ein Gesicht ausmachen, Schultern und den Teil eines Oberkörpers. Die Erscheinung schien ein Jackett zu tragen, und ich konnte deutlich einen Hemdkragen und eine Krawatte ausmachen. Warum war er nicht nackt – warum scheinen Astralkörper nie nackt zu sein? Doch frag mich nicht, ich bin ja nur ein Hund.

Nun gebe ich zu, daß die Erscheinung mich beunruhigte. Dabei ging nichts Böses von dem Geist aus, ganz sicher nicht, aber es war immerhin der erste Geist für mich – sowohl als Hund als auch als Mensch. Meine Haare sträubten sich, und meine Augen weiteten sich. Mein Mund fühlte sich plötzlich sehr trocken an. Ich war zu verängstigt, um auch nur zu winseln, und die Fähigkeit wegzurennen, hatte mich völlig verlassen.

Der Geist hatte das traurigste Gesicht, das ich je gesehen habe, ein Gesicht, das die Leiden der Menschheit erfahren hatte, das die erste Lektion in Sachen Tod gelernt hatte. Er zog an mir vorbei, so nahe, daß ich ihn hätte berühren können, und ich konnte deutlich sehen, wie der Regen durch ihn hindurchging. Dann war der Schemen verschwunden, schwebte in die Nacht davon und überließ es mir, mich zu fragen, ob mein ruheloser Geist nicht das Ganze erfunden hatte. Das hatte er nicht, denn ich sollte noch viele von diesen wandernden Geistern zu sehen bekommen, die meisten mit derselben Last der Traurigkeit und nicht wissend, daß das nur eine Phase für sie war; aber es sollte noch lange dauern, bis ich ihre Bedeutung erkennen sollte.

Dieses Erlebnis nahm mir meine letzte Kraft, und ich fiel in tiefen, ungestörten Schlaf.

7

Etwas stupste mich an und weckte mich.

Ich veränderte meine Lage und versuchte die Störung zu ignorieren, aber mir war zu kalt, als daß es mir wieder behaglich hätte werden können. Meine Augen öffneten sich von selbst, und ich sah einen großen schwarzen Hund, der über mir aufragte.

»Komm schon, Scheißer, daß die dich bloß nicht finden, wie du hier pennst.«

Ich blinzelte heftig, war jetzt voll wach.

»Wo bist du denn weggerannt, hm? Von zu Hause weggerannt, oder haben die dich absichtlich verloren?« Der große Hund grinste auf mich herab.

Ich rappelte mich hoch. »Wer bist du?« fragte ich und mußte dabei unwillkürlich gähnen. Ich streckte meine steifen Glieder, wobei meine Vorderbeine sich gegen den Boden preßten und mein Rücken und mein Hinterteil sich so hoch wie möglich in die Luft reckten.

»Rumbo nennt man mich. Hast du einen Namen?«

Ich schüttelte den Kopf. »Vielleicht hab ich einen. Aber ich kann mich nicht daran erinnern.«

Der Hund musterte mich ein paar Augenblicke lang stumm und beschnüffelte mich dann von allen Seiten.

»Irgend etwas an dir ist komisch«, verkündete er schließlich.

Ich schluckte über seine Untertreibung. »Du kommst mir auch nicht wie die anderen Hunde vor, die ich kenne«, sagte ich. Und das stimmte auch. Ich konnte das sofort fühlen. Irgendwie war er intelligenter oder unhündisch oder... eher menschlich.

»Wir sind alle verschieden. Manche sind ein wenig dümmer als andere, das ist alles. Aber bei dir ist es anders. Du bist doch eindeutig ein Hund, oder nicht?«

Fast hätte ich in diesem Augenblick meine ganzen Probleme offenbart, aber er verlor plötzlich das Interesse an dem

Thema und lenkte das meine auf eine sehr viel grundlegendere Sache. »Bist du hungrig?« fragte er.

Heißhungrig sogar, dachte ich und nickte heftig.

»Dann komm, geh'n wir und suchen uns etwas.« Er wandte sich ab und trabte schnell die Straße hinunter. Ich hatte alle Mühe, mit ihm Schritt zu halten.

Er war eine knochige Promenadenmischung, etwa fünf oder sechs Jahre alt, eine Mischung verschiedener Rassen. Stell dir einen Dalmatiner ohne Flecken vor, am ganzen Leib schwarz, und ohne die eleganten Linien, mit eingebogenen Zehen, einem Hinterteil wie eine Kuh, ausgeprägter Winkelung der Hinterbeine (sie stachen zu weit nach hinten hinaus) und schwachen Fesseln, dann vermittelt das einen ziemlich guten Eindruck von Rumbo. Häßlich war er ganz sicher nicht – für mich jedenfalls –, aber Preise hätte er auch nicht gewonnen.

»Komm schon, Kleiner!« rief er mir über die Schulter zu. »Wir wollen doch nicht zu spät zum Frühstück kommen!«

Ich sah zu, daß ich mit ihm gleichzog, und sagte atemlos: »Meinst du, wir könnten einen Augenblick anhalten, ich muß etwas erledigen.«

»Was? Ah ja, selbstverständlich.« Er hielt inne, und ich kauerte mich vor ihm hin. Er wandte sich angewidert ab, trottete zu einem nahen Laternenpfahl, hob das Bein und erleichterte sich auf professionelle Art. »Wenn du es so machst, vermeidest du Unfälle«, rief er zu mir herüber, während ich versuchte, eines meiner Beine wegzuziehen, weil eine sich ausbreitende Pfütze es bedrohte.

Ich lächelte zurück, dankbar dafür, daß die Straße ziemlich leer war und kein Mensch mich in dieser würdelosen Haltung sehen konnte. Das war das erste Mal, daß mir diese Sache peinlich war, ein Zeichen des Konflikts Hund gegen Mensch, der sich in mir abspielte.

Rumbo kam herüber und beschnüffelte meines, und ich ging zu der Laterne und beschnüffelte seines. Als wir beide genug hatten, gingen wir weiter.

»Wo gehen wir hin?« fragte ich ihn. Aber er gab keine Antwort und beschleunigte seine Schritte, die Erregung trieb seine Bewegungen. Dann fing ich den ersten Hauch von Nahrung auf, und meine Aufmerksamkeit war geweckt.

Auf den Straßen war jetzt mehr Betrieb, aber der Lärm und das Getriebe schienen Rumbo überhaupt nichts auszumachen. Ich hielt mich so dicht wie möglich an ihn, und meine Schulter stieß gelegentlich gegen seine Schenkel. Die Straßen machten mir immer noch angst; die Busse kamen mir vor wie bewegliche Häuserblocks und die Autos wie angreifende Elefanten. Mein überempfindlicher Gesichtssinn half mir da auch nicht; die grellen Farben steigerten meine Ängste noch. Aber Rumbo schien nichts zu beeinträchtigen. Er wich geschickt Fußgängern aus und benutzte Straßenübergänge, um die gefährlichen Straßen zu überqueren, wartete immer darauf, daß zuerst ein Mensch hinüberging und trottete dann hinter ihm her, wobei ich versuchte, so etwas wie eine Verlängerung seines Körpers zu werden.

Wir erreichten einen von dröhnendem Donner erfüllten Platz, wo es, obwohl immer noch früher Morgen, Massen von Leuten gab, die drängten und schoben und hin und her rannten – und beunruhigt waren. Der Lärm war betäubend, mit all den schreienden Menschen, den hupenden Lastwagen und den Schubkarren, deren Räder auf dem Asphalt mahlten. Üppige Düfte erfüllten die Luft – Räder Geruch vieler verschiedener Früchte, der eher erdige Duft von Gemüse und rohen Kartoffeln. Wenn das offenkundige Chaos nicht gewesen wäre, hätte ich geglaubt, den Himmel gefunden zu haben.

Wir befanden uns auf einem Markt, nicht einem Straßenmarkt, sondern einem überdachten Großmarkt, wo Gastwirte, Obstverkäufer, Straßenhändler hinkamen, um ihre Waren einzukaufen; wo Züchter und Bauern ihre Erzeugnisse hinbrachten; wo von den Docks mit Früchten beladene

Lkw's eintrafen und andere, bis zum Bersten gefüllt, in verschiedene Teile des Landes fuhren oder zurück zu den Docks, wo man ihre Ladung auf Schiffe umlud, wo gefeilscht wurde, wo Tauschhandel stattfand, Kredit gegeben – und Schulden bezahlt wurden.

Ein vierschrötiger rotgesichtiger Mann mit einem Stiernacken und einem Mantel, der früher einmal weiß gewesen war, stapfte an uns vorbei und zog einen Karren voller Kisten, in denen grünlichgelbe Bananen lagen. Er sang aus voller Kehle, blieb einmal stehen, warf einem vorübergehenden Kollegen ein paar freundliche Beleidigungen zu und bemerkte nicht, daß ein Bündel Bananen dabei war, von seiner Ladung zu rutschen. Ich wollte losrennen, aber Rumbo bellte scharf.

»Ja nicht!« warnte er mich. »Wenn die dich hier beim Stehlen erwischen, ziehen sie dir bei lebendigem Leib die Haut ab.«

Jemand rief etwas, und der Mann hielt seinen Karren an, sah sich um und entdeckte die Bananen, die sich selbstständig machen wollten. Er ging mit vergnügter Miene nach hinten und warf sie hoch hinauf auf seine Ladung. Als er wieder nach vorne kam, entdeckte er uns, blieb stehen und tätschelte Rumbo herzlich. Mir hätte das Tätscheln wahrscheinlich das Rückgrat gebrochen. Mein neuer Freund wedelte mit dem Schwanz und versuchte dem Mann die Hand zu lecken.

»Hallo, Junge! Hast wohl heute 'nen Freund mitgebracht, wie?« fragte der Mann und griff nach mir. Ich zog mich zurück; mein junger Körper war für so grobe Behandlung noch zu zart. Der Mann gluckste, wandte sich wieder seinem Karren zu und nahm seinen Gesang wieder auf.

Rumbos Verhalten verblüffte mich: Warum waren wir hierhergekommen, wenn wir keine Proben von dem Essen nehmen durften?

»Komm schon«, sagte er, als wäre das die Antwort auf meine unausgesprochene Frage. Und dann waren wir wieder in Bewegung, wichen Verkäufern, Trägern und Käufern aus, schlängelten uns durch das Chaos, wobei Rumbo hier und da freundlich getätschelt wurde. Gelegentlich scheuchte man uns auch weiter, und einmal mußten wir einem bösartigen Fußtritt ausweichen. Aber im allgemeinen schien mein älterer Begleiter ein bekanntes und akzeptiertes Mitglied dieser Szene zu sein. Rumbo mußte sich darum eine ganze Weile bemüht haben, denn Tiere sind – abgesehen von Katzen, die Ratten fressen – im allgemeinen auf Lebensmittelmärkten nicht besonders gelitten, vor allem Streuner nicht.

Ein neuer überwältigender Duft drang an meine empfindliche Nase, verdrängte das Aroma aus Obst und Gemüse und war auch sehr viel verlockender für meinen knurrenden Magen: der Duft von Fleisch, das gebraten wurde. Ich sah jetzt, was Rumbos Ziel war, und rannte voraus, versuchte die hohe Theke der fahrbaren Imbißstube mit einem Sprung zu erreichen. Sie war viel zu hoch für mich, und ich konnte nur die Vorderpfoten hinauflegen und erwartungsvoll in die Höhe sehen. Weil die Theke überstand, konnte ich nichts sehen, aber der Bratenduft hüllte mich ein.

Rumbo schien recht ärgerlich, als er ankam, und er stieß zwischen zusammengebissenen Zähnen hervor: »Runter, du Scheißer, du verdirbst alles.«

Ich gehorchte widerstrebend, weil ich meinen neugewonnenen Freund nicht verärgern wollte. Rumbo machte kehrt und ging ein paar Schritte zurück, so daß der Mann hinter der hohen Theke ihn sehen konnte. Dann kläffte er ein paarmal. Ein schmaler alter Kopf spähte über die Theke und grinste mit gelben Zähnen.

»Hallo, Rumbo, wie geht's denn heute? Hast wohl Hunger, hm? Mal seh'n, was wir für dich haben.« Der Kopf verschwand, und ich hetzte zu Rumbo zurück; die Aufregung über die Aussicht auf Essen erzeugte in mir Hochgefühle.

»Halt dich still, Kleiner. Werd ihm nicht lästig, sonst kriegen wir nichts«, schimpfte er.

Ich gab mir große Mühe, ruhig zu bleiben. Aber als der Mann hinter der Theke sich zu uns herumdrehte und eine saftige Wurst zwischen den Fingern hielt, war das einfach zuviel für mich. Ich hüpfte erregt auf und ab.

»Was ist das denn? Hast 'nen Kumpel mitgebracht? Das ist hier kein Essen-auf-Rädern, weißt du, Rumbo, ich kann ja nicht anfangen, all deine Kumpel durchzufüttern.« Der Mann schüttelte mißbilligend den Kopf, warf uns aber trotzdem die Wurst hin. Ich schnappte danach, aber mein Gefährte war schneller, knurrte und schluckte gleichzeitig, was gar nicht einfach ist. Er würgte das letzte Stückchen hinunter, schmatzte mit seinen dünnen Lippen und brummte dann: »Werd mir bloß nicht frech, du Knirps. Du kommst schon noch dran, aber jetzt sei geduldig.« Er blickte zu dem Mann auf, der über uns lachte. »Wie wär's mit etwas für den Kleinen?« fragte Rumbo.

»So, jetzt willst du wohl für den Kleinen was, wie?« fragte der Mann. Seine müden alten Augen bekamen Fältchen in den Augenwinkeln, und seine große Hakennase wurde noch hakiger, als sein Grinsen sich über sein dünnes Gesicht ausbreitete. Er war interessant gefärbt: gelb mit tiefen Mahagoni-Ätzungen, die seine Gesichtszüge mit Mustern überzogen, fettig, aber doch irgendwie trockenhäutig, das Ölige war nur an der Oberfläche. »Also gut, seh'n wir mal.« Er wandte sich wieder um, und gerade als er im Begriff war, etwas für mich zu finden, rief eine Stimme: »›ne Tasse Tee, Bert.«

Einer der Träger stützte sich mit den Ellbogen auf die Theke und gähnte. Er blickte auf uns herunter und schnalzte begrüßend mit der Zunge. »Du mußt aufpassen, Bert. Wenn zu viele von den Kötern hier rumhängen, kriegst Ärger mit den Inspektoren.«

Bert füllte eine Tasse mit dunkelbraunem Tee aus dem größten Teekessel, den ich je gesehen hatte.

»Hm«, machte er. »Normalerweise kommt der Große allein. Aber heut' hat er einen Kumpel mitgebracht, wahrscheinlich einen von seinen Jungen, nich?«

»Nee.« Der Träger schüttelte den Kopf. »Der Große is 'ne richtige Promenadenmischung. Der Kleine ist ein Mischling. Da ist 'n Stück Labrador drin und... mal seh'n... 'n wenig Terrier. Ein netter kleiner Kerl.«

Ich bedankte mich mit einem Schwanzwedeln für das Kompliment und blickte erwartungsvoll zu Bert auf.

»Schon gut, schon gut, ich weiß ja, was du willst. Da ist deine Wurst. Friß sie, und dann hau ab, sonst nehmen die mir meine Lizenz.«

Er warf mir die Wurst herunter, und ich fing sie in der Luft auf; sie verbrannte mir die Zunge, und ich mußte sie hastig fallen lassen. Rumbo war sofort zur Stelle. Er biß sie auseinander und schluckte. Ich stürzte mich auf die andere Hälfte, aber Rumbo hielt sich zurück und ließ sie mich hinunterwürgen. Meine Augen wurden wäßrig, so heiß war sie, und ich konnte spüren, wie die Wärme meine Kehle hinunterwanderte.

»Tut mir leid, Scheißer, aber du bist nur hier, weil ich dich mitgebracht habe. Mußt lernen, Respekt zu haben.« Rumbo blickte zu dem Budenbesitzer auf, bellte seinen Dank und trottete davon.

Ich warf den zwei Männern einen Blick zu, bedankte mich und lief hinter ihm her.

»Wo gehen wir jetzt hin, Rumbo?« fragte ich.

»Du mußt leiser sein«, tadelte er mich und wartete, bis ich aufgeholt hatte. »An einem solchen Ort kommt's darauf an, nicht aufzufallen. Deshalb macht es denen nichts aus, daß ich hierherkomme, weil ich mich ordentlich benehme, ihnen nicht zwischen die Füße komme und...« Er sah mich bedeutungsvoll an, weil er mich dabei erwischte, wie ich gerade hinter einer davonrollenden Orange herrennen wollte, die von einem der Stände gefallen war. »... und *niemals* etwas nehme, wenn man es mir nicht anbietet.«

Ich ignorierte die Orange.

Wir verließen den Markt, nahmen je eine schwarze, matschige Banane an und liefen dann auf den weniger überfüllten Straßen weiter.

»Wo gehen wir jetzt hin?« erkundigte ich mich erneut.

»Jetzt werden wir etwas Essen stehlen«, antwortete er.

»Aber du hast doch gerade gesagt...«

»Dort waren wir Gäste.«

»Oh.«

Wir fanden einen Fleischerladen an einer verkehrsreichen Hauptstraße. Rumbo bedeutete mir stehenzubleiben und spähte durch die offene Tür. »Hier müssen wir vorsichtig sein. Ich war letzte Woche hier«, flüsterte er.

»Äh, hör zu, Rumbo, ich glaube nicht...«

Er brachte mich zum Schweigen. »Ich möchte, daß du hineingehst, dort in die Ecke – aber paß auf, daß er dich nicht sieht, bis du dort bist.«

»Nur zu, ich...«

»Wenn du dort bist, dann sorg dafür, *daß* er dich sieht, und dann weißt du, was du zu tun hast.«

»Was?«

»Du weißt schon.«

»Ich weiß nichts. Was meinst du?«

Rumbo stöhnte laut. »Bewahre mich vor blöden Kötern«, sagte er. »Dein Geschäft, dein Geschäft machst du.«

»Das kann ich nicht. Ich kann nicht hineingehen und das tun.«

»Doch, du *kannst*. Du *wirst* auch.«

»Aber ich hab keine Lust.« Aber bei dem Gedanken an die Gefahr hatte ich Lust.

»Du wirst's schon schaffen«, sagte Rumbo selbstgefällig. Wieder warf er einen Blick in den Laden. »Schnell, jetzt ist die richtige Zeit! Er schneidet gerade Fleisch auf seinem Block. Schnell jetzt!«

Er drängte mich hinein und zwickte mich dabei ein wenig in den Hals. Nun ist mir ziemlich klar, daß du auch noch nie zwei Hunde gesehen hast, die sich vor einem Fleischerladen so verhalten, aber es gibt auch nicht viele Hunde wie Rumbo und mich, nur ganz wenige. Aber du hast sicher gesehen, wie Hunde kleine Kinder anspringen, um ihnen Eis wegzunehmen und ihre Süßigkeiten. Und ich bin auch sicher, daß du hier und da deinen eigenen Hund beim Stehlen erwischt hast. Was du nicht gesehen hast – oder dir vielleicht nicht aufgefallen ist –, ist organisiertes Hundeverbrechertum. Die meisten Hunde sind dafür zu dumm, aber ich kann dir versichern, daß es das gibt.

Ich betrat den Laden und schlich mich unter der Theke durch, wo der Fleischer mich nicht sehen konnte, und blickte flehentlich zu meinem Partner zurück, aber seine dunkelbraunen Augen kannten kein Mitleid. Als ich das Ende der Theke erreicht hatte, blickte ich vorsichtig auf, weil das Geräusch seines immer wieder herunterfallenden Hackebeils meinen Körper bei jedem Schlag in Vibration versetzte. Ich rannte in die Ecke und kauerte mich nieder, preßte meine Gedärme, damit etwas geschah. Wir hatten Glück, daß es noch früh am Morgen war und es keine Kunden gab, die alles kompliziert hätten. Nachdem ich ein paarmal angestrengt gestöhnt hatte, begann ich etwas Erfolg zu haben. Unglücklicherweise hatte ich vergessen, Aufmerksamkeit auf mich zu ziehen, und hätte dort friedlich eine ganze Weile hocken können, hätte Rumbo nicht die Geduld verloren und zu kläffen begonnen.

Das kleine Fleischerbeil blieb mitten in der Luft hängen, und der Fleischer sah zur Tür hinüber.

»Oh, du bist das wieder, hm? Warte nur, bis ich dich kriege!« drohte er.

Er legte hastig sein Beil auf die Theke und ging um sie herum auf Rumbo zu. Und da entdeckte er mich.

Unsere Augen begegneten sich, die seinen groß und ungläubig, die meinen groß und nur zu gut wissend, was jetzt passieren würde.

»Oiii!« schrie er, und sein Weg um die Theke herum beschleunigte sich. Ich richtete mich halb auf, aber in der Situation stellte Rennen ein Problem dar. Statt dessen watschelte ich irgendwie würdelos auf die offene Tür zu. Rumbo war bereits an der Theke und suchte sich das schönste Stück aus, während sich die ganze Aufmerksamkeit des Fleischers auf mich konzentrierte. Der rotgesichtige Mann hatte sich einen Besen geschnappt, einen von diesen schweren Dingern, die man dazu benutzt, nicht nur zusammenzufegen, sondern auch den Boden zu schrubben. Er fuchtelte damit wie mit einer Ritterlanze herum und zielte auf meine Hinterpartie. Ein Ausweichen war nicht möglich, und meine augenblickliche Behinderung machte mir die Sache nicht leichter.

Gott sei Dank hatte der Besen eine Unmenge Borsten, kräftig und hart, aber bei weitem nicht so kräftig und so hart, wie es der Stiel gewesen wäre. Ich winselte, als sie auf meinen Rücken herniedergingen, und der Fleischer streckte den Arm aus, so daß ich über den Boden rutschte. Ich glitt aus, sprang aber sofort wieder wie ein Hase auf und rannte auf die offene Tür zu, Rumbo dicht hinter mir her, mindestens eineinhalb Pfund rohes Steakfleisch im Maul.

»Oiii!« war alles, was ich von dem Fleischer hörte, während ich die Straße hinunterflog, mein Mitverbrecher dicht neben mir und vergnügt über seine Geschicklichkeit.

Männer und Frauen traten hastig beiseite, als sie uns kommen sahen, und ein Mann versuchte dummerweise Rumbo den herunterhängenden Fleischbrocken wegzureißen. Rumbo war dafür viel zu geschickt, wich mit Leichtigkeit der zupackenden Hand aus und ließ den Mann auf Händen und Knien zurück. Wir rannten weiter, wobei Rumbo leicht mit mir Schritt hielt und von meiner Panik sichtlich amüsiert war. Schließlich rief er mir zwischen zusammengebissenen Zähnen zu: »Dort lang, Scheißer, in den Park!«

Der Drang, meiner eigenen Wege zu gehen, diesen Dieb zu verlassen, war groß, aber mein Appetit war noch größer; außerdem hatte ich mir meinen Anteil an der Beute redlich verdient. Ich folgte ihm durch ein verrostetes eisernes Tor in eine anscheinend grenzenlose Landschaft aus üppigem Grün, das von mächtigen Sträuchern umgeben war; vermutlich handelte es sich um einen kleinen Stadtpark. Rumbo verschwand in einem Gebüsch; ich hetzte hinter ihm her und ließ mich schließlich keuchend und mit rollenden Augen etwa einen halben Meter von der Stelle, wo er sich niederzulassen beschlossen hatte, fallen. Er blickte verschmitzt zu mir auf, während ich meine Lungen gierig mit Luft füllte, und nickte sichtlich befriedigt. »Hast du gut gemacht, Kleiner«, sagte er. »Wenn man dich richtig anleitet, könnte etwas aus dir werden. Du bist nicht wie die anderen blöden Hunde.«

Das brauchte man mir nicht zu sagen, trotzdem freute mich sein Lob. Dennoch knurrte ich ihn an. »Ich hätte dort verletzt werden können. Ich kann nicht so schnell rennen wie du.«

»Ein Hund kann einem Menschen immer davonrennen. Er hätte dich nie erwischt.«

»Hat er aber«, erwiderte ich und watschelte mit dem Rumpf, um mich zu vergewissern, daß nichts ernsthaft beschädigt worden war.

Rumbo grinste. »Du wirst in diesem Leben noch lernen, mehr hinzunehmen, Kleiner. Menschen sind komische Geschöpfe.« Er wandte seine Aufmerksamkeit dem Fleisch zu, das zwischen seinen Vorderpfoten lag, stieß es leicht mit der Nase an und leckte dann den Fleischsaft ab. »Komm, hol dir deinen Anteil.«

Ich stand auf und schüttelte mich. »Ich habe da vorher noch etwas zu erledigen«, sagte ich hochmütig und verdrückte mich in die Büsche. Als ich ein paar Augenblicke später zurückkam, hatte Rumbo sich bereits über das rohe Steak hergemacht, riß und zerrte auf widerwärtige Art daran. Es war eine herrliche Mahlzeit, die herrlichste, die ich gehabt hatte, seit ich ein Hund war. Vielleicht hatten die Aufregung der Jagd und die Anspannung des Raubes meinen Appetit gesteigert, denn nicht einmal Bellas Würste hatten so gut geschmeckt.

Dann lagen wir zwischen den Büschen und leckten uns befriedigt die Lippen, immer noch den saftigen Blutgeschmack des Steaks im Mund. Nach einer Weile wandte ich mich meinem neuen Gefährten zu und fragte ihn, ob er oft auf diese Weise Essen stehle.

»Stehlen? Was heißt hier stehlen? Ein Hund muß essen, um zu leben, also nimmst du dir Essen, wo du es findest. Auf das, was der Mensch dir gibt, kannst du dich nicht verlassen – dabei würdest du verhungern, also hältst du die ganze Zeit die Augen offen und bist bereit, dir alles zu schnappen, was dir über den Weg kommt.«

»Ja, aber in Wirklichkeit sind wir doch in diesen Fleischerladen hineingegangen und haben das Fleisch gestohlen«, beharrte ich.

»So etwas wie Stehlen gibt es für uns nicht. Wir sind ja nur Tiere, das weißt du doch.« Er sah mich bedeutungsvoll an.

Ich zuckte die Achseln, nicht bereit oder im Augenblick auch zu behäbig, der Sache weiter nachzugehen. Trotzdem fragte ich mich, was Rumbo wirklich wußte.

Plötzlich sprang er auf. »Komm, Kleiner, spielen wir!« rief er und war schon verschwunden, schoß durch die Büsche auf die freie Wiese hinaus. Eine Aufwallung von Energie durchströmte mich, als wäre irgendwo in mir ein Schalter umgelegt worden, und ich rannte hinter dem älteren Hund her, vergnügt kläffend, mit aufgerichtetem Schwanz und glänzenden Augen. Wir jagten einander, wir wälzten uns, wir rangen. Rumbo hetzte mich unbarmherzig, zeigte, was er konnte, wie schnell und wie stark er war, gab meinen wilderen Angriffen nach und schleuderte mich mit andeutungsweisem Achselzucken beiseite, gerade wenn ich anfing, mich ihm ebenbürtig zu fühlen. Ich genoß das.

Es war wunderbar, sich im Gras zu wälzen, den Rücken darin zu reiben und seinen würzigen Duft einzuatmen. Ich wäre glücklich und zufrieden gewesen, den ganzen Tag hierzubleiben, aber nach vielleicht zehn Minuten tauchte ein mürrischer Parkwächter auf und verjagte uns. Zuerst machten wir uns über ihn lustig, forderten ihn heraus, indem wir bis auf Reichweite an ihn heranliefen und dann wieder auswichen, wenn er nach uns schlug. Rumbo war der Wagemutigere von uns, sprang den Mann sogar von hinten an und versetzte ihm einen leichten Schubs, als seine Aufmerksamkeit auf mich gerichtet war. Die wütenden Flüche des Parkwächters ließen uns vor Lachen brüllen, aber bald wurde Rumbo des Spielens müde und rannte wortlos zum Tor hinaus, so daß mir nichts anderes übrigblieb, als hinter ihm herzurennen.

»Warte doch, Rumbo!« rief ich, und er verlangsamte sein Tempo etwas, so daß ich aufholen konnte.

»Wo gehen wir *jetzt* hin?« fragte ich.

»Jetzt gehen wir frühstücken«, erwiderte er.

Rumbo führte mich durch ein undurchschaubares Gewirr von Nebenstraßen, bis wir schließlich eine mächtige Wellblechwand erreichten, die quer über die Straße verlief. Wir entdeckten eine Lücke in der Wand, und Rumbo trottete hindurch. Seine Nase zuckte, weil er irgendeinen vertrauten Geruch aufgenommen hatte.

»Gut«, sagte er zu mir. »Er ist in seinem Büro. Und jetzt hör gut zu, Kleiner: Sei ja brav und still. Der Boß hat nicht viel für Hunde übrig, sei also nicht lästig. Wenn er dich anspricht, wedelst du nur mit dem Schwanz und stellst dich dumm. Werd ja nicht übermütig. Wenn er schlecht gelaunt ist – in dem Fall nicke ich dir zu –, machst du dich dünn. Dann probieren wir's später noch einmal. Okay?«

Ich nickte und blickte der Bekanntschaft mit diesem ›Boß‹ ein wenig unruhig entgegen. Ich sah mich um und entdeckte, daß wir uns in einem riesigen Hof befanden, der mit alten Autowracks angefüllt war, die zum Teil recht gefährlich aufeinandergestapelt waren. Dann gab es noch andere kleinere Haufen, die aus verrosteten Teilen der beschädigten

Fahrzeuge bestanden. Ein müde aussehender Kran stand an einem Ende des Hofes, und ich begriff, daß wir uns auf dem Hof eines Autoausschlachters befanden.

Rumbo hatte sich inzwischen in Richtung auf eine zerbrechlich wirkende Holzhütte inmitten der Wracks davongemacht und kratzte jetzt an der Tür, wobei er gelegentlich halblaut bellte. Der glänzende blaue Rover, der neben der Hütte parkte, stach wie ein Fremdkörper zwischen all den Rostlauben hervor, und in der hellen Morgensonne glänzten seine Chromteile geradezu widerwärtig.

Die Tür der Hütte öffnete sich, und der Boß trat heraus.

»Tag, Rumbo, alter Junge!« Er strahlte meinen schweifwedelnden Freund an; seine Stimmung schien gut. »Bist wieder die ganze Nacht unterwegs gewesen? Dabei sollst du doch ein Wachhund sein, weißt du, und mir Ärger ersparen.« Er kauerte vor Rumbo nieder und zerzauste dem Hund das Fell, versetzte ihm einen begrüßenden Klaps auf die Flanke. Rumbo war brav – sehr brav; er wedelte mit dem Schwanz und grinste den Boß die ganze Zeit an, drängte sich aber ihm nicht auf, ließ die Zunge heraushängen und nur gelegentlich in die Höhe zucken, um dem Mann das Gesicht zu lecken. Der Boß war massiv gebaut, und seine lange Lederjacke spannte über seinen breiten Schultern. Man sah ihm an, daß er die guten Dinge im Leben gewöhnt war – gutes Essen und guten Schnaps. Eine fette Zigarre steckte in seinem Mundwinkel und sah aus, als wäre sie ein Teil von ihm, wie seine platte Nase; er hätte ohne die eine wie die andere albern ausgesehen. Sein Haar, das schon anfing dünner zu werden, bedeckte seine Ohren und floß hinten am Hals über seinen Kragen. Ein goldener Ring mit einem Sovereign blitzte an der einen Hand, und ein großer Diamantring an der anderen stellte ihn in den Schatten. Er war um die Vierzig, und man konnte ihm ansehen, daß er sich diesseits und jenseits der Grenzen, die das Gesetz zog, zu Hause fühlte.

»Wen hast du denn da mitgebracht?« Der Boß wandte seine Aufmerksamkeit mir zu und blickte überrascht. »Hast dir wohl 'ne kleine Freundin zugelegt, wie?« Ich ärgerte mich über seinen albernen Fehler. Zum Glück korrigierte er sich gleich. »O nein, ich seh schon, das ist bloß ein Kumpel. Komm her, Junge, komm schon.« Er streckte die Hand nach mir aus, aber ich zog mich ein wenig verängstigt zurück.

»Komm schon her, Scheißer«, sagte Rumbo leise, aber sein verärgerter Tonfall warnte mich.

Ich kroch vorsichtig näher, sehr unsicher in bezug auf diesen Mann, denn er war eine seltsame Mischung aus Freundlichkeit und Grausamkeit. Leute haben gewöhnlich, wenn man sie näher beschnuppert, beide Eigenschaften an sich, aber üblicherweise ist eine von beiden stärker ausgeprägt. Bei dem Boß waren beide Charakteristika im Gleichgewicht, etwas, was bei Menschen seiner Art, wie ich jetzt weiß, sehr verbreitet ist. Ich leckte seine Finger, bereit, auf das leiseste Anzeichen von Aggression davonzurennen. Schließlich machte er dem ein Ende, als ich mich zu sehr in seine köstlichen Düfte verlor, indem er mit seiner großen Faust mir die Kinnladen zusammenpreßte.

»Wie heißt du denn?« Er zerrte an meinem Halsband; ich versuchte mich ihm zu entziehen und hatte jetzt große Angst vor ihm.

»Ist schon gut, Scheißer, er tut dir nicht weh, wenn du dich benimmst«, beruhigte mich Rumbo.

»Kein Name? Keine Adresse? Jemand war nicht sonderlich scharf auf dich, oder?« Der Boß ließ mich los und schubste mich verspielt zu Rumbo hin. Er stand auf, und ich spürte, daß er mich bereits wieder vergessen hatte.

»Okay, Rumbo, woll'n mal seh'n, was die Missis dir geschickt hat.« Der Mann ging zum Kofferraum seines Rovers, schloß ihn auf und entnahm ihm einen interessant aussehenden Plastikbeutel – interessant, weil er vollgestopft mit Dingen war, die unsere Nasen als Essen identifizierten. Wir tanzten um seine Füße herum, aber er hielt den Beutel so hoch, daß wir ihn nicht erreichen konnten. »Schon gut, schon gut, beruhigt euch mal. Man könnte ja glauben, daß ihr eine Woche lang nichts mehr zu fressen bekommen habt.« Rumbo grinste mir zu.

Der Boß ging zum hinteren Teil der Hütte, wo eine alte Plastikschüssel stand, und leerte den Inhalt des Beutels hinein. Ein Knochen mit reichlich Fleischreserven, klebrige Cornflakes, Fettstücke und ein halber Schokoladenriegel fielen in die Schüssel, eine herrliche Mischung aus Abfällen. Sogar ein paar kalte Bohnen waren dabei. Als Mensch hätte sich mir der Magen umgedreht; als Hund war es eine gastronomische Offenbarung. Unsere Nasen tauchten in die Mischung und ein paar Augenblicke lang konzentrierte sich unser ganzes Bewußtsein einzig und allein darauf, unsere Bäuche zu füllen. Rumbo erwischte natürlich die wohlschmeckenderen Brocken, aber ich traf es auch nicht schlecht.

Als die Schüssel fleckenlos sauber war, wanderte mein Freund zu einer anderen Schüssel, die unter einem tropfenden Wasserhahn stand. Er begann gierig zu schlabbern, und ich, dessen Magen zu zerplatzen drohte, schloß mich ihm an und tat es ihm gleich. Anschließend ließen wir uns auf den Boden sinken, zu voll, um uns bewegen zu können.

»Ißt du jeden Tag so gut, Rumbo?« fragte ich.

»Nein, immer nicht. Heute war ein guter Morgen. Der Boß bringt mir nicht immer etwas – manchmal hat er mich tagelang nicht gefüttert –, und Stehlen ist nicht immer leicht. Die Ladenbesitzer in der Gegend sind inzwischen etwas vorsichtig geworden, wenn sie mich sehen.«

Der Boß war in der Hütte verschwunden, und ich konnte Musik aus einem Radio plärren hören.

»Hast du schon immer dem Boß gehört?«

»Ehrlich gesagt kann ich mich nicht erinnern. Aber er ist der einzige, an den ich mich erinnere.« Rumbo versank in tiefe Gedanken. Schließlich meinte er: »Nein, es hat keinen Sinn. Mein Verstand wird ganz nebelhaft, wenn ich zu sehr nachdenke. Manchmal erinnere ich mich an Gerüche, wenn ich gewisse Leute beschnüffle. Sie scheinen mir vertraut. Aber ich kann mich nicht daran erinnern, den Boß jemals nicht gekannt zu haben. Er war schon immer hier.«

»Ist er gut zu dir?«

»Meistens schon. Manchmal bindet er mich an, wenn er will, daß ich die ganze Nacht hierbleibe, und manchmal gibt er mir einen Tritt, wenn ich zu laut bin. Aber da kann ich nichts machen. Er hat ein paar widerwärtige Freunde, und wenn die hier auftauchen, muß ich einfach bellen.«

»Was tun sie hier?«

»Hauptsächlich reden sie. Sie sitzen dann stundenlang in dieser Hütte und palavern und lachen. Es gibt ein paar Leute, die regelmäßig hierherkommen und arbeiten, sich an diesen Schrotthaufen und dem Zeug zu schaffen machen und neues Zeug herbringen. Aber sehr beschäftigt sind sie nie.«

»Und was macht der Boß?«

»Bist wohl ein wenig neugierig, wie, Scheißer?«

»Tut mir leid, es interessiert mich nur.«

Rumbo beäugte mich ein paar Augenblicke lang argwöhnisch. »Du bist nicht wie andere Hunde, was? Du bist... nun, ein wenig bist du so wie ich. Die meisten Hunde sind sehr dumm. Du bist auch dumm, aber nicht auf dieselbe Weise. Wo genau stammst du eigentlich her, Kleiner?«

Ich sagte ihm alles, woran ich mich erinnern konnte, und stellte fest, daß ich ebenfalls bereits anfing, meine Vergangenheit zu vergessen. Ich konnte mich immer noch an den Markt erinnern, wo man mich gekauft hatte, aber zwischen dort und dem Hundeheim an nicht viel. Das widerfährt mir mehr und mehr; ich habe Zeiten völliger Klarheit, und dann ist mein Bewußtsein wieder völlig leer – meine Vergangenheit, meine Herkunft, alles nur ein vager Nebel. Oft vergesse ich sogar, daß ich ein Mensch war.

Zu der Zeit äußerte ich nichts bezüglich meiner menschlichen Herkunft, weil ich Rumbo nicht beunruhigen wollte; ich brauchte ihn, um zu lernen, wie man als Hund überlebt.

Einem Tier fällt es leichter, seine Lebensumstände zu akzeptieren, mußt du wissen, und der tierische Teil meines Wesens verdrängte Gedanken, die mich ohnehin nur in den Wahnsinn getrieben hätten.

»Hast Glück gehabt, aus dem Hundeheim zu entkommen, Kleiner. Für viele ist das die Todeszelle«, sagte Rumbo.

»Bist du je drin gewesen?«

»Nein, ich doch nicht. Die erwischen mich nie, solange ich rennen kann.«

»Rumbo, warum sind nicht alle Hunde so wie wir? Ich meine, warum reden sie nicht wie wir und denken wie wir?«

Er zuckte die Achseln. »Weil sie es eben nicht tun.«

»Rumbo, warst du je... erinnerst du dich daran, ob du je... äh, bist du immer ein Hund gewesen?«

Sein Kopf fuhr in die Höhe. »Wovon redest du? Natürlich bin ich immer ein Hund gewesen. Was hätte ich sonst sein sollen?«

»Ach, nichts.« Der Kopf sank mir bedrückt auf die Pfoten. »Ich hab mich nur gefragt.«

»Du bist ein seltsamer Bursche. Mach mir hier bloß keinen Ärger, du Knirps, sonst schmeiß ich dich raus. Und hör auf, dumme Fragen zu stellen.«

»Entschuldige, Rumbo«, sagte ich und wechselte schnell das Thema. »Was macht der Boß?« fragte ich erneut.

Der finstere Blick, mit dem Rumbo darauf antwortete, und die freigelegten Zähne verdrängten meine Neugierde für den Augenblick. Ich beschloß ein kleines Nickerchen zu machen, aber ehe ich eindöste, kam mir noch ein Gedanke.

»Warum verstehen uns die Menschen nicht, wenn wir reden, Rumbo?«

Als er antwortete, klang seine Stimme schläfrig: »Ich weiß nicht. Manchmal versteht mich der Boß, wenn ich mit ihm rede, aber gewöhnlich ignoriert er mich und sagt, ich soll zu kläffen aufhören. Menschen sind manchmal genauso dumm wie dumme Hunde. Und jetzt laß mich in Ruhe. Ich bin müde.«

Damals wurde mir bewußt, daß wir in Wirklichkeit gar nicht mit Worten kommuniziert hatten: Das war etwas gewesen, was nur im Geiste stattgefunden hatte, eine Art Telepathie. Alle Tiere oder Insenkten – sogar Fische – haben eine Art, miteinander zu kommunizieren, ob es nun durch Geräusche, Gerüche oder Körpersprache ist, und ich habe gelernt, daß selbst das dümmste Geschöpf irgendeine Art geistiger Verbindung mit seiner eigenen Gattung hat – und auch mit anderen. Das geht weit über physische Kommunikation hinaus: Wie könnte man sonst erklären, daß einzelne Grashüpfer sich zu einem Heuschreckenschwarm versammeln; was bringt Treiberameisen dazu zu marschieren; und was veranlaßt den Lemming plötzlich zu der Entscheidung, daß die Zeit gekommen ist, ins Meer zu springen? Instinkt, Kommunikation durch Körperausscheidungen, das Gefühl des rassischen Überlebens: Sie alle spielen ihre Rolle, aber es geht tiefer. Ich bin ein Hund, und ich weiß das.

Aber damals wußte ich es nicht. Ich war noch ein junger Hund, ein Welpe und ziemlich verwirrt. Ich hatte einen Freund gefunden, mit dem ich durch meinen Geist sprechen konnte, jemand, der mir ähnlicher war als die anderen Hunde, denen ich begegnet war; wenige waren mir nahegekommen, aber keiner von ihnen war wie der alte Rumbo. Ich betrachtete ihn liebevoll durch glasig werdende Augen. Dann schlief ich ein.

8

Es war eine schöne Zeit, diese Tage mit Rumbo. Der erste Morgen war erkenntnisreich gewesen, und die Tage, die sich anschlossen, waren eine Erziehung. Wir verbrachten einen großen Teil der Zeit mit der Beschaffung von Nahrung, besuchten an den meisten Vormittagen den riesigen Markt.

Langsam dämmerte mir, daß dies der Obst- und Gemüsemarkt war, den man grausam aus der Covent-Garden-Gegend herausgerissen und an einen obskuren Ort an der südlichen Themse verpflanzt hatte. Ich wußte also, daß ich mich im Süden Londons befand, irgendwo in der Nähe von Vauxhall. Dann suchten wir die Läden auf, um zu sehen, was wir stehlen konnten. Bald lernte ich genauso schnell und schlau wie Rumbo zu sein, aber so wagemutig wurde ich nie. Er war dazu imstande, in der offenen Tür eines Hauses zu verschwinden und Sekunden später seelenruhig mit einem Päckchen Kekse oder einem Laib Brot wieder zum Vorschein zu kommen – oder sonst irgend etwas, das zwischen seine Kinnladen paßte. (Einmal kam er mit einem ganzen Hammelbein zwischen den Zähnen heraus, aber damit kam er nicht durch; eine Dame flog hinter ihm her und machte dem alten Rumbo mit ihrem Geschrei so viel Angst, daß er das Fleisch fallen ließ und davonrannte, während hinter ihm auf dem Pflaster eine ihm nachgeworfene Milchflasche zersplitterte.)

Einmal stießen wir auf einen dieser Bäckereiwagen, die ihre morgendliche Lieferung ausfuhren. Er war angefüllt mit Blechen süß duftender Krapfen und Kuchen, ganz zu schweigen von frischgebackenem Brot. Rumbo wartete, bis der Fahrer ein großes Blech Backwerk in den Bäckerladen getragen hatte, und sprang dann in das offene Innere des Wagens. Ich hielt mich natürlich zurück, Feigling, der ich bin, sah nur neidisch zu, wie Rumbo wieder heraussprang und einen herrlichen, mit Zucker überzogenen Krapfen im Mund hatte. Er kauerte unter dem Fahrzeug nieder und würgte seine Beute hinunter, während der Fahrer zurückkam, um das nächste Blech zu holen. Als er frisch beladen wieder in das Geschäft ging, sprang Rumbo erneut in den Lieferwagen und schnappte sich von einem anderen Blech ein Schokoladenéclair. Er tat dies dreimal und versteckte sich jedesmal unter dem Wagen, bevor der Fahrer zurückkehrte, schluckte so schnell er konnte, während der Tölpel (ich) überlegte, ob er es auch riskieren sollte. Ich wartete, bis der Mann wieder im Laden verschwunden war, krabbelte in den Lieferwagen (was für einen Welpen nicht einfach ist) und schnüffelte mich wählerisch an den köstlichen Regalen mit Konfekt entlang. Rumbo sprang stets blitzschnell hinein und hinaus, aber ich – ich mußte wählerisch sein. Ich hatte mich gerade für eine große, saftig aussehende Zitronentorte entschieden und war immer noch ein wenig zwischen ihr und dem danebenliegenden sahneüberladenen Schokoladenéclair hin und her gerissen, als ein Schatten durch die offene Tür fiel.

Ich winselte verängstigt, und der Mann stieß einen überraschten Schrei aus. Dann schlug die Überraschung in Gefahr um, und meine Furcht wurde zu noch größerer Furcht. Ich versuchte ihm zu erklären, daß ich am Verhungern sei, daß ich eine Woche nichts zu mir genommen hätte, aber davon wollte er nichts hören. Er taumelte auf mich zu und versuchte mich am Halsband zu packen; ich zog mich weiter ins Innere des Lieferwagens zurück. Der Mann fluchte und stemmte sich ganz hinein, kam geduckt auf mich zu, um sich nicht an der niedrigen Decke zu stoßen. Immer näher rückte er, und ich zog mich so weit es ging zurück, was nicht sehr weit war. Es ist ein unangenehmes Gefühl zu wissen, daß einem gleich wehgetan werden wird, und ich muß zugeben, daß ich mir großes Selbstmitleid gestattete. Warum hatte ich mich auch von diesem Dieb Rumbo, diesem Verbrecher im Hundekleid, verführen lassen? Warum hatte ich mich von diesem diebischen Köter in das würdelose Leben in der Gosse hineindrängen lassen? Und dann war er zur Stelle, der gute alte Rumbo, am hinteren Ende des Lieferwagens, knurrte drohend im Rücken des Ausfahrers, forderte ihn heraus. Großartig war er! Der Mann fuhr erschreckt herum, stieß sich den Kopf an der Decke an, verlor das Gleichgewicht und fiel rückwärts auf die Bleche mit ihrem cremigen Belag. Fast wäre er auf den Boden des Lieferwagens gestürzt, und nur der beengte Raum rettete ihn, und seine Ellbogen sanken in die Köstlichkeiten hinter ihm.

Ich huschte über seine ausgestreckten Beine und sprang aus dem Lieferwagen, rannte bereits, als ich unten landete. Rumbo ließ sich Zeit und bediente sich noch mit einer weiteren Delikatesse, ehe er mir nachsprang. Als wir etwa hundert Meter später zum Stillstand kamen, leckte er sich befriedigt die Lippen. Ich keuchte meinen Dank, und er grinste auf seine überlegene Art. »Manchmal bist du genauso dumm wie die anderen Köter, Scheißer – vielleicht dümmer. Trotzdem, ich denke, es dauert seine Zeit, bis man einem jungen Hund ein paar alte Tricks beigebracht hat.« Aus irgendeinem Grund hielt er das für sehr komisch und wiederholte diese Bemerkung den ganzen Tag immer wieder.

Ein anderer Trick Rumbos, wenn er mich als Köder einsetzte, war seine Ablenkungstaktik. Ich galoppierte dann auf eine nichtsahnende, mit Einkaufstüten beladene Hausfrau zu und setzte meinen ganzen Welpencharme ein, um sie dazu zu veranlassen, ihre Lasten abzustellen und mich zu streicheln, vielleicht sogar mir irgendeinen Leckerbissen anzubieten. Wenn sie Kinder bei sich hatte, war es sogar noch leichter, denn dann war sie gezwungen, sie damit einzubeziehen oder wenigstens sie wegzuzerren. Und wenn dann ihre ganze Aufmersamkeit mir galt – ich leckte ihr dazu das Gesicht oder wälzte mich auf den Boden und ließ mich am Bauch kraulen – wühlte Rumbo in ihren ungeschützten Einkäufen herum. Wenn er etwas Leckeres fand, pflegte er davonzuschießen und es mir zu überlassen, mich bei ihr zu entschuldigen und ihm in etwas gemesserem Tempo zu folgen. Häufig ertappte man uns, ehe er sich etwas Nützliches geschnappt hatte, aber das tat der Freude, die das Spiel uns bereitete, keinen Abbruch.

Babys Süßigkeiten wegzunehmen, war ein anderes vergnügliches Spiel. Die Mütter pflegten dann immer ein großes Geschrei anzustimmen und ihre Nachkommenschaft nicht minder, wenn wir mit unserer Beute davonrannten. Plötzliche Überfälle auf Kinder in der Nähe von Eiskarren waren stets erfolgreich, und die Klingel des Eiswagens diente uns als eine Art Leuchtturm. Das Herannahen des Winters zwang uns unglücklicherweise, diese Art von Aktivität einzuschränken, denn die Parks wurden leer, und die Eiswagen traten ihren Winterschlaf an.

Rumbo liebte es, andere Hunde herauszufordern. Er blickte auf alle anderen Tiere als ihm unterlegen herab und verachtete sie wegen ihrer Dummheit, ganz besonders Hunde, die er für schwachsinniger als alle anderen lebenden Geschöpfe hielt. Ich weiß nicht, woher er dieses Vorurteil gegen Hunde bezog; möglicherweise schämte er sich, daß sie nicht seine Intelligenz und seine Würde besaßen. O ja, Streuner, der er war – Rumbo hatte sehr viel Würde. Rumbo bettelte beispielsweise niemals; er bat um Nahrung oder er stahl sie, aber er erniedrigte sich nie dafür. Manchmal vollführte er vielleicht eine Parodie eines um Nahrung oder Zuneigung bettelnden Hundes, aber das diente immer nur seiner eigenen zynischen Belustigung. Er lehrte mich, daß das Leben die Lebenden ausnutzte und daß man, um zu existieren – wirklich um zu *existieren* – seinerseits das Leben ausnutzen mußte. Nach seiner Ansicht hatten die Hunde es sich selbst zuzuschreiben, daß sie Sklaven des Menschen geworden waren. *Er* gehörte nicht dem Boß, er arbeitete für ihn, indem er den Hof bewachte, und verdiente sich damit seinen Lebensunterhalt. Der Boß verstand das, und ihre Beziehung basierte auf wechselseitigem Respekt. Ich war nicht sicher, ob der Boß zu subtileren Gefühlen fähig war, aber ich behielt meine Meinung für mich, denn ich war sein Lehrling – Rumbo war der Lehrmeister.

Jedenfalls ließ sich mein Gefährte nie die Gelegenheit entgehen, einem anderen Hund zu sagen, wie dumm er doch war. Pudeln galt seine größte Verachtung, und er pflegte über ihre kurz gestutzten Locken unkontrolliert zu lachen. Auch der arme alte Dackel kam nicht besser weg. Rumbo machte es nicht viel aus, über wen er sich lustigmachte, ob es nun ein Schäferhund oder ein Chihuahua war. Einmal freilich stellte ich fest, daß er sehr ruhig und nachdenklich wurde, als ein Dobermann an uns vorüberging.

Häufig verwickelte er sich – und oft auch mich – in grandiose Raufereien, wenn andere Hunde unser Anderssein spürten und sich gegen uns zusammenrotteten. Ich litt dabei sehr, aber es machte mich auch hart. Dabei lernte ich auch, sehr viel schneller zu rennen. Das Komische war, daß Rumbo mit Leichtigkeit Anführer des Rudels hätte sein können, denn er war nicht nur klug, sondern auch stark, eine gute Kombination für die Welt der Hunde; aber im Wesen war er ein Einzelgänger, er ging dorthin, wohin er gehen wollte, unbeeinträchtigt von dem, was andere dachten. Ich weiß immer noch nicht genau, warum er sich mit mir einließ; ich kann nur vermuten, daß er unser wechselseitiges Anderssein erkannte.

Und ein Romeo war er auch. Er liebte die Damen, das tat Rumbo wirklich, und auch in der Beziehung bedeuteten ihm Größe oder Rasse überhaupt nichts. Hier und da verschwand er tagelang und kehrte dann mit einem müden, aber selbstgefälligen Grinsen zurück. Wenn ich ihn fragte, wo er gewesen sei, erwiderte er darauf immer, er würde mir das sagen, wenn ich dafür alt genug wäre.

Ich wußte immer, wann er verschwinden würde, denn dann füllte plötzlich ein seltsam erregender Geruch die Luft, und Rumbo erstarrte, fing zu schnüffeln an und schoß aus dem Hof – wobei ich stets vergebens versuchte, mit ihm Schritt zu halten. Es gab dann jedesmal eine läufige Hündin irgendwo in der Umgebung, vielleicht ein paar Kilometer entfernt, aber ich war noch zu jung, um über solche Dinge Bescheid zu wissen. Also wartete ich dann immer geduldig auf seine Rückkehr und hing herum, bis er auftauchte, war etwas ärgerlich darüber, daß er mich allein gelassen hatte. Trotzdem war es dann die nächsten paar Tage immer besonders leicht, mit Rumbo auszukommen.

Ein anderer Zeitvertreib, dem er sich gerne hingab, war das Rattenfangen. Herrgott, wie er die Ratten doch haßte, dieser Rumbo! Es gab nie besonders viele im Hof, dafür sorgte er, aber gelegentlich zogen zwei oder drei als Spähtrupps aus und suchten frische Nahrung, nehme ich an, oder vielleicht auch ein Zuhause, wo sie ihre Jungen aufziehen konnten. Rumbo wußte es immer, wenn sie in der Gegend waren, er hatte dafür einen sechsten Sinn. Die Haare sträubten sich ihm dann, seine Lippen kräuselten sich zurück und legten gelbe Fangzähne frei, und er gab dann ein tiefes, drohendes Knurren von sich. Mir jagte das immer eine höllische Angst ein. Und dann zog er aus, ließ sich dabei viel Zeit, zwängte sich zwischen den Schrotthäufen durch, ein Jäger, der seine Beute beschlich, ein Killer, der sein Opfer suchte. Zuerst hielt ich mich im Hintergrund, weil mich die widerwärtigen Geschöpfe mit ihrem bösen Aussehen und ihrer scheußlichen Sprache mit Angst erfüllten. Aber mit der Zeit ging Rumbos Haß auf mich über und verwandelte meine Angst in Ekel und schließlich Verachtung. Und aus Verachtung wurde Wut, und die Wut überdeckte meine Nervosität. Und dann fingen wir an, gemeinsam Ratten auszurotten.

Wohlgemerkt, sie waren tapfer, einige von diesen Ratten, so ekelhaft sie auch waren. Der Anblick hübschen, saftigen Welpenfleisches mochte etwas mit ihrer Furchtlosigkeit zu tun haben. In jenen frühen Tagen war mein Leben häufig in Gefahr, und nur Rumbo ist es zu verdanken, daß ich heute noch in einem Stück existiere. Er begriff natürlich bald, was für einen wunderbaren Rattenköder er in mir besaß, und es dauerte nicht lange, bis er mich dazu überredet hatte, als solcher aufzutreten. Im Laufe der Monate wurde mein Fleisch zäher – du würdest mich wahrscheinlich dünn nennen – und meine Beine länger und meine Kinnladen und meine Zähne stärker. Die Ratten betrachteten mich nicht länger als Abendessen, sondern als Gast und behandelten mich mit mehr Respekt.

Wir aßen sie nie. In Stücke rissen wir sie, die Knochen zerbrachen wir ihnen – aber ihr Fleisch war einfach nicht nach unserem Geschmack, ganz gleich, wie hungrig wir auch sein mochten.

Rumbo liebte es, sie herauszufordern, wenn er sie in die Enge getrieben hatte. Sie zischten ihn dann an, beschimpften ihn, bedrohten ihn, legten ihre grausamen Zähne frei, aber er ließ sich nie beeindrucken, knurrte dann nur und rückte langsam vor, ohne sie aus den Augen zu lassen, und die Ratten zogen sich dann zurück, spannten alle Muskeln für den Sprung in die Freiheit. Und dann machten sie ihre Bewegung und Rumbo die seine, Hund und Ratte trafen sich dann mitten in der Luft, und der darauffolgende Kampf war schier zu hitzig, als daß das Auge ihm folgen konnte. Das Ergebnis war fast immer unvermeidbar: Ein schrilles Quietschen, und dann flog ein Körper mit gesträubtem Haar durch die Luft, und Rumbo stürzte sich triumphierend auf seinen Gegner, dessen Genick gebrochen war, wenn dieser dann zuckend als ein hilfloses Häufchen Fleisch landete. Mir war es unterdessen überlassen, mich um die Gefährten des unglücklichen Nagers zu kümmern, und ich lernte das fast ebenso geschickt – wenn auch nie mit so viel Schwung – wie Rumbo zu tun.

Einmal freilich wäre es beinahe schiefgegangen.

Es war Winter, und der Schlamm im Hof war vom Frost hartgefroren. Der Hof selbst war abgesperrt und verlassen – es muß ein Sonntag gewesen sein –, und Rumbo und ich lagen behaglich und warm auf dem Rücksitz eines ausgeschlachteten Morris 1100, der uns als eine Art Quartier auf Zeit diente. (Unser letztes Zuhause, ein geräumiger Zephyr, war völlig zerlegt und als Schrott verkauft worden.) Rumbos Kopf schoß als erster in die Höhe und meiner gleich danach; wir hatten ein Geräusch gehört, und jener vertraute, beißende Geruch lag in der Luft. Wir krochen lautlos aus dem Wagenwrack und folgten unseren Nasen zur Quelle des Geruchs, in das Durcheinander von Wracks hinein, durch die schmalen Gänge aus zerbeultem Metall, immer dem Geruch nach Ratte hinterher, und das gelegentliche Scharren an Metall ließ unsere Ohren zucken. Und dann fanden wir sie.

Oder besser gesagt, sie fand uns.

Wir hatten vor einer Biegung im Weg zwischen den Wagen haltgemacht, wissend, daß unser Opfer hinter dieser Biegung lag, der scharfe Geruch und die kratzenden Geräusche verrieten es, und spannten gerade unsere Muskeln für den Angriff, als sie plötzlich vor uns auftauchte.

Es war die größte Ratte, die ich je gesehen hatte, fast halb so groß wie ich (und ich war erheblich gewachsen). Ihr Haar war braun, und ihre Schneidezähne waren lang und sahen bösartig aus. Das Geschöpf war von der plötzlichen Konfrontation ebenso verblüfft wie wir und verschwand sofort, ließ uns gerade noch Zeit, überrascht zu blinzeln. Wir rannten um die Ecke, aber sie war verschwunden.

»Sucht ihr mich?« kam von irgendwo über uns eine Stimme. Wir sahen uns verwirrt um, und dann entdeckten wir die Ratte gleichzeitig. Sie kauerte auf dem Dach eines Wagens und blickte verächtlich auf uns herab.

»Hier oben, ihr räudigen Köter. Kommt ihr rauf zu mir?« sagte sie.

Nun neigen Ratten im allgemeinen nicht sehr zur Gesprächigkeit; die meisten von ihnen spucken und fluchen und zischen, aber das hier war die gesprächigste Ratte, die mir je über den Weg gekommen war.

»Ich hab von euch beiden gehört«, fuhr sie fort. »Ihr habt uns eine Menge Ärger bereitet. Das sagen wenigstens die, die euch entkommen sind.« (Alle erwischt man schließlich nicht.) »Ich wollte euch immer schon kennenlernen – ganz besonders dich, den Großen. Meinst du, du bist mir gewachsen?«

Ich mußte Rumbos Mumm bewundern. Mir war danach, wegzurennen und mich zu verstecken. Die Ratte mochte kleiner gewesen sein als ich, aber diese Zähne und Klauen sahen aus, als könnten sie an zartem Hundefleisch eine Menge Schaden anrichten. Aber Rumbo ließ nicht die leiseste Spur von Nervosität erkennen, als er antwortete: »Kommst du runter, Großmaul, oder muß ich dich holen?«

Die Ratte lachte tatsächlich – Ratten lachen nicht viel – und nahm eine bequemere Lage ein. »Ich komm schon runter, Köter, aber zu meiner Zeit. Vorher will ich reden.« (Das war ganz *sicherlich* keine gewöhnliche Ratte.) »Was ist es eigentlich genau, was du gegen uns Ratten hast, Freund? Ich weiß, daß wir weder von Menschen noch von Tieren geliebt werden. Aber du hast doch eine besondere Abneigung, oder? Ist es, weil wir Aasfresser sind? Aber dann muß ich schon fragen, seid ihr da nicht noch schlimmer? Sind nicht alle in Gefangenschaft lebenden Tiere auf ihre Art Aasfresser, weil sie vom Menschen leben – als Parasiten? Ihr könnt natürlich eurer Existenz nicht einmal mit dem Wort ›gefangen‹ Würde verleihen, weil die meisten von euch sich für die Art von Leben freiwillig entschieden haben, nicht wahr? Haßt *ihr* uns, weil wir frei sind, nicht domestiziert, nicht...« Sie machte eine Pause, grinste bösartig. »... kastriert sind wie ihr?«

Diese letzte Bemerkung stachelte Rumbo an. »Ich bin nicht kastriert, du Rattengesicht, das werden die mir nie antun!«

»Es braucht nicht physisch zu sein, das weißt du doch«, sagte die Ratte selbstgefällig. »Ich spreche von deinem Verstand.«

»Ich habe immer noch meinen eigenen Verstand.«

»Hast du den, wie?« spottete die Ratte. »Wir Ungeziefer laufen wenigstens frei herum, niemand hält uns.«

»Wer, zum Teufel, würde euch denn wollen?« konterte Rumbo. »Ihr geht sogar *aufeinander* los, wenn es unangenehm wird.«

»Das nennt man Überleben, Hund. Überleben.« Die Ratte war sichtlich verstimmt. Er stand auf. »*Ihr* haßt uns, weil ihr wißt, daß wir alle gleich sind – Mensch, Tier, Insekt – alle gleich. Und *ihr* wißt, daß Ratten eine Existenz leben, die andere zu verbergen suchen. Stimmt das etwa nicht, Hund?«

»Nein, das stimmt nicht. Und *ihr* wißt das!«

So ging das eine ganze Weile, immer wieder ein ›Ihr wißt das‹. Unglücklicherweise wußte *ich* nicht, wovon sie redeten.

Rumbo rückte dem Wagen näher, und sein Fell sträubte sich vor Wut. »Es gibt einen Grund dafür, daß Ratten so leben, wie sie das tun, genauso wie es einen Grund dafür gibt, wie die Hunde leben. Und das weißt du!«

»Ja, und es gibt auch einen Grund für mich, dir die Kehle herauszureißen«, warf die Ratte Rumbo entgegen.

»So weit kommt's noch, Rattenvisage!«

So beschimpften sie sich noch gute fünf Minuten, bis ihre Wut schließlich überkochte, und sie kochte auf seltsame Art und Weise über.

Ratte und Hund verstummten plötzlich, als gäbe es nichts mehr zu sagen. Sie funkelten einander an; Rumbos Augen traten groß hervor, die der Ratte waren klein und funkelten böse; beide waren von Haß erfüllt. Die Spannung zwischen ihnen stieg an, ein schreiendes Schweigen, ein Aufbauen von Gift. Und dann machte die Ratte quietschend einen Satz vom Wagendach herunter.

Rumbo war bereit. Er sprang beiseite, so daß der Nager hart auf der gefrorenen Erde landete, und stürzte sich dann auf den Hals der Ratte. Aber die entwand sich ihm, drehte sich herum und stellte sich Rumbos Angriff. Zähne schlugen aufeinander, Klauen bohrten sich ins Fleisch.

Ich stand da, benommen und ängstlich, und sah zu, wie sie versuchten, einander in Stücke zu reißen. Knurren, Schnauben und Quietschen kam von den ineinander verschlungenen Körpern. Aber dann jaulte Rumbo plötzlich auf und trieb mich zum Handeln. Ich rannte los, bellte, so laut ich konnte, versuchte den Zorn aufzubringen, der mir Mut machen würde. Es gab nicht viel, was ich tun konnte, denn sie waren ineinander verkrallt, wälzten sich, schlugen mit den Füßen um sich, bissen, rissen sich gegenseitig die Haut auf. Ich konnte nur immer dann zustoßen, wenn ich das stinkende braune Fell sah, und mit freigelegten Zähnen danach schnappen.

Und dann lösten sie sich plötzlich voneinander, keuchend, geschlagen, aber immer noch einander anfunkelnd. Ich sah, daß Rumbos Schulter aufgerissen war und daß eines der Ohren der Ratte zerfetzt war. Sie kauerten da, am ganzen Leib zitternd, und knurrten tief in ihrer Kehle. Ich dachte, sie wären vielleicht zu erschöpft, um weiterzumachen, aber dann wurde mir klar, daß sie nur Kräfte sammelten.

Wieder sprangen sie einander an, und diesmal sprang ich mit. Rumbo erwischte die Ratte an der Kehle, und ich schaffte es, sie in eines ihrer Vorderbeine zu beißen. Vom Geschmack nach warmem Blut wurde mir übel, aber ich klammerte mich mit all meiner Kraft an dem Geschöpf fest. Sie wälzte sich, schlug um sich und schnappte nach uns; ich spürte scharfen Schmerz an der Schulter, als sie mit den Zähnen wie mit einer Sense darüberfuhr. Der Schock ließ mich ihr Bein loslassen, und die Ratte drehte sich herum, schlug mit den Hinterbeinen nach mir, so daß ich über den gefrorenen Schlammboden rollte.

Ich rannte sofort wieder ins Getümmel und zog mir von den Klauen des Nagers eine tiefe Wunde über der Nase zu. Der Schmerz trieb mich wieder weg von den beiden, aber ich war ebensoschnell wieder zurück. Rumbo hatte die Ratte immer noch an der Kehle, bemühte sich, sie hochzuheben und dann zu Boden zu schleudern, ein Trick, den ich schon einige Male an ihm beobachtet hatte und mit dem er anderen Nagern das Rückgrat gebrochen hatte. Doch die Ratte war zu groß, zu schwer. Aber zumindest verhinderte der Griff, mit dem Rumbo seinen Widersacher festhielt, daß dieser mit seinen Zähnen ernsthaften Schaden anrichtete; er hatte mir die Schultern aufgerissen, hätte mich aber ernsthaft verletzen können, wenn seine Nagezähne sich hätten festbeißen können. Die Ratte war so stark, daß sie sich losreißen konnte. Sie rannte weg, machte kehrt und kam wieder herangeschossen. Ihr Kopf zuckte zuerst nach links, dann nach rechts, und ihre bösartigen Waffen schlugen auf uns ein. Rumbo schrie, als seine Flanke aufgerissen wurde. Er taumelte zur Seite, und die Ratte warf sich mit einem Triumphschrei auf ihn. Aber in seiner Erregung hatte unser Feind mich vergessen.

Ich sprang der Ratte auf den Rücken, riß sie mit meinem Gewicht herunter und biß nach ihrem Kopf, brach mir an ihrem Schädel einen Zahn ab. Der Rest war scheußlich und alles andere als ruhmreich: Rumbo sprang mitten in das Getümmel hinein, und dann schafften wir es gemeinsam, das Geschöpf zu töten. Die Ratte starb nicht leicht, und bis zum heutigen Tag finde ich widerstrebende Bewunderung für den Kampf, den sie zwei schwergewichtigeren Gegnern lieferte. Als ihr Zucken schließlich aufhörte und das letzte Stöhnen sich dem blutigem Körper entrang, fühlte ich mich nicht nur erschöpft, sondern auch erniedrigt. Sie hatte ebensoviel Recht zu leben gehabt wie wir, so verachtenswert sie auch in den Augen anderer war, und ihr Mut war nicht zu leugnen gewesen. Ich glaube, Rumbo empfand das gleiche Schamgefühl, obwohl er nichts sagte.

Er zerrte den toten Kadaver unter einen Wagen, damit man ihn nicht mehr sehen konnte (ich weiß nicht, warum – eine Art Begräbnis, vermute ich), und kehrte dann zurück, um meine Wunden zu lecken.

»Das hast du gut gemacht, Kleiner«, sagte er müde, wenn seine Zunge gerade zur Ruhe gekommen war. Seine Stimme war ungewöhnlich leise. »Das war ein Riesenbiest. Anders als die meisten, denen ich bisher begegnet bin.«

Ich wimmerte, als seine Zunge über die klaffende Wunde an meiner Nase zuckte. »Was hat sie denn gemeint, Rumbo, als sie sagte, wir seien alle gleich?«

»Damit hatte sie unrecht. Das sind wir nicht.«

Das war alles, was mein Freund zu dem Thema zu sagen hatte. Der Zwischenfall mit der Ratte nahm mir die Freude daran, andere Angehörige dieser Gattung zu töten; ich kämpfte natürlich mit ihnen, züchtigte sie, aber von nun an ließ ich sie entkommen. Rumbo merkte mein Widerstreben bald und wurde ärgerlich; er haßte diese Geschöpfe immer noch und brachte sie unweigerlich um, wenn wir mit ihnen Kontakt bekamen; vielleicht mit weniger Freude als vorher, aber mit kalter Entschlossenheit.

Ich habe keine Lust, mehr darüber zu erzählen, was wir mit dem Ungeziefer taten, denn es war ein unangenehmer, häßlicher Teil mein Hundelebens, wenn auch nur ein sehr kleiner Teil; aber ich muß noch einen anderen Vorfall erwähnen, denn er zeigt, wie tief Rumbos Haß auf diese unglücklichen und unseligen Geschöpfe ging.

Wir stießen auf ein Nest von ihnen. Es befand sich am äußersten Ende des Hofes in einem Wagen, der der unterste in einem ganzen Haufen war. Das Dach des Fahrzeugs war plattgedrückt, es hatte keine Türen, und in der Polsterung eines zerfetzten Rücksitzes waren ein Dutzend winziger rosafarbener Ratten, die gerade an ihrer Mutter säugten. Ihre kleinen Körper glänzten noch feucht von der Geburt. Die Witterung zog uns an wie ein Magnet, und wir zwängten uns durch den zerquetschten Schrott, um an sie heranzukommen. Als ich die Babys und die erschreckte Mutter sah, schickte ich mich an umzukehren und sie in Frieden zu lassen. Aber nicht Rumbo. Er stürzte sich mit einer Wut auf sie, die ich an ihm noch nie gesehen hatte.

Ich rief ihm zu, forderte ihn auf, sie zu schonen, aber er hörte meine Schreie gar nicht. Ich rannte weg, wollte nicht Zeuge dieses Schlachtens sein und rannte aus dem Hof, weg von der schrecklichen Zerstörung.

Nachher redeten wir tagelang nicht miteinander; Rumbos Brutalität verwirrte mich, und er war über meine Einstellung verdutzt. Ich hatte ohnehin lange gebraucht, um mich mit der Brutalität des Tierlebens auseinanderzusetzen, und es war natürlich genau meine ›Menschlichkeit‹, die meinen Fortschritt (oder Rückschritt, je nachdem wie du es sehen willst) auf seine Akzeptanz hin behinderte. Ich denke,

Rumbo verbuchte mein Schmollen auf das Konto Wachstumsschmerzen, denn ich wuchs sichtlich. Mein Welpenfett war fast völlig verschwunden, und meine Beine waren lang und kräftig (wenn auch meine Hinterbeine immer noch etwas krumm waren). Das ständige Laufen auf hartem Beton hatte meine Zehennägel gestutzt, und meine Zähne waren fest und spitz. Mein Gesichtssinn war immer noch ausgezeichnet und ungewöhnlich scharf. (Rumbo hatte das normale Sehvermögen von Hunden; nicht ganz so gut wie das des Menschen und nicht besonders geeignet, um Farben zu unterscheiden. Dafür sah er im Dunkeln sehr gut, vielleicht besser als ich.) Mein Appetit war ausnehmend gesund, und ich hatte keine Probleme mit Würmern, Verstopfung, Diarrhöe, Blasenreizung, Ekzemen oder anderen normalen Hundekrankheiten. Dennoch juckte es mich häufig, und diese Reizung brachte Rumbo und mich wieder zusammen.

Ich hatte ihn dabei beobachtet, wie er sich immer häufiger kratzte, und auch ich muß zugeben, daß es mich die ganze Zeit juckte und ich fast ständig damit beschäftigt war, mit den Hinterbeinen zu kratzen oder mit den Zähnen juckende Stellen zu bearbeiten. Als ich dann tatsächlich die kleinen gelben Ungeheuer munter auf dem Rücken meines Gefährten herumhüpfen sah, wie Grashüpfer, zwang mich mein Ekel, über unseren Zustand eine Bemerkung zu machen.

»Badet der Boß uns denn nie, Rumbo?«

Rumbo hörte zu kratzen auf und sah mich überrascht an. »Die Flöhe stören dich wohl, Scheißer?«

»Ob sie mich stören? Ich komme mir vor wie ein wandelndes Hotel für Parasiten.«

Rumbo grinste. »Nun, dann wird dir die Methode nicht gefallen, die der Boß sich ausgedacht hat.«

Ich erkundigte mich, was das für eine Methode wäre.

»Jedesmal, wenn ihm mein Kratzen auf die Nerven geht, oder er den Geruch nicht länger ertragen kann, bindet er mich an eine Regenrinne und spritzt mich mit dem Schlauch ab. Ich versuche ihm aus dem Weg zu gehen, wenn es besonders schlimm ist.«

Ich schauderte bei dem Gedanken. Wir befanden uns mitten im Winter.

»Es gibt noch eine andere Methode«, fuhr Rumbo fort. »Bei der wird einem genauso kalt, aber sie ist wenigstens wirksamer.«

»Was du willst. Etwas Schlimmeres als dieses Jucken kann es doch gar nicht geben.«

»Nun«, er zögerte noch, »gewöhnlich bewahre ich mir das für wärmere Jahreszeiten auf, aber wenn du darauf bestehst...«

Ich nahm meine übliche Position zu seiner Linken ein, so daß mein Kopf auf gleicher Höhe mit seiner Flanke war, und dann trotteten wir aus dem Hof. Er führte mich in einen Park, einen ziemlich großen, ziemlich weit von unserem Zuhause entfernt. In dem Park gab es einen Teich. Als wir ihn erreichten, forderte Rumbo mich auf hineinzuspringen.

»Das soll wohl ein Witz sein?« sagte ich. »Da erfrieren wir ja. Außerdem weiß ich nicht einmal, ob ich schwimmen kann.«

»Jetzt stell dich nicht so an«, erwiderte Rumbo. »Alle Hunde können schwimmen. Und was die Kälte anlangt, so ist das sicher weniger unangenehm als wenn der Boß dich abspritzt. Komm schon, versuch's.«

Damit stürzte er sich ins Wasser, zur großen Freude der paar Kinder und ihrer Eltern, die an diesem Wintermorgen unterwegs waren. Rumbo paddelte in die Mitte des Teiches, schnell und zuversichtlich. Er tauchte sogar den Kopf unter die Wasseroberfläche etwas, was ich an einem Hund noch nie gesehen hatte. Ich konnte mir die Panik seiner Flöhe gut vorstellen, wie sie zur Oberseite seines Kopfes flohen, der letzten Zuflucht auf einer sinkenden Insel, und dann ihre Verzweiflung, als selbst diese Zuflucht unter das Wasser sank. Er schwamm einen weiteren Bogen und strebte dann wieder auf mich zu, rief mir zu, ich solle ihm folgen. Aber dazu war ich zu feige.

Er erreichte das Ufer und arbeitete sich an Land. Die Mütter zerrten ihre Kinder weg, weil sie wußten, was jetzt gleich kommen würde. Der Tölpel (ja, ich) wußte es nicht.

Ein eiskalter Wasserschauer durchnäßte mich vom Kopf bis zur Schwanzspitze, als mein Freund (mein raffinierter Freund) sich am ganzen Körper schüttelte, um die überflüssige Nässe aus dem Pelz zu bekommen. Ich fühlte mich gleichzeitig dumm und zornig; ich habe in meinem vergangenen Leben oft genug gesehen, wie Hunde das taten, also hätte er mich eigentlich nicht erwischen sollen. Jedenfalls stand ich triefendnaß da und fror genauso, als wenn ich selbst ins Wasser gesprungen wäre.

»Komm schon, Scheißer, du bist naß genug. Bring es hinter dich«, lachte Rumbo.

Ich fröstelte und mußte zugeben, daß er recht hatte. Jetzt hatte es keinen Sinn mehr, nicht hineinzugehen. Ich kroch an den Rand des Teiches und tauchte vorsichtig eine Vorderpfote ein. Ich zog sie schnell wieder zurück; das Wasser war wirklich eiskalt! Ich drehte den Kopf herum, um Rumbo zu sagen, daß ich es mir anders überlegt hatte, daß ich das Jucken noch ein paar Monate ertragen konnte, bis das Wetter wärmer wurde. Dabei konnte ich gerade noch seinen großen schwarzen Körper entdecken, der sich auf mich warf. Überrascht aufjaulend, fiel ich kopfüber in den Teich, und Rumbo purzelte mir nach.

Nach Luft japsend kam ich in die Höhe, Mund und Kehle, Nase und Ohren, ja selbst die Augen voll Wasser.

»Oooh!« schrie ich. »Oooh!« Und dann konnte ich, während ich um mich schlug, Rumbo lachen hören. Ich wollte mich an ihm rächen, ihn ersäufen, war aber zu sehr damit beschäftigt, in dem grausamen Teich zu überleben. Meine Zähne klapperten, und mein Atem ging kurz und verzweifelt. Aber recht bald – als mir klar wurde, daß ich schwimmen konnte – ertrank das Unangenehme statt mir, und ich begann diese neue Erfahrung zu genießen. Ich stieß die Vorderbeine von mir und paddelte mit den Vorderpfoten, schaffte es gerade, die Nase über Wasser zu halten. Die Anstrengung bewirkte, daß meine Gliedmaßen nicht völlig taub wurden, und bald stellte ich fest, daß ich meinen Schwanz als eine Art Steuerruder benutzen konnte.

»Wie gefällt's dir denn, Kleiner?« hörte ich Rumbo rufen.

Ich sah mich um und entdeckte, daß er sich wieder mitten im Teich befand. Ich strebte auf ihn zu.

»Nicht ü-übel, Rumbo, a-a-aber kalt«, erwiderte ich, und meine Wut war vergessen.

»Ha! Warte nur, bis du rauskommst!« Er tauchte wieder unter und kam grinsend hoch. »Runter mit dir, Kleiner! Steck den Kopf unter Wasser, sonst wirst du sie nie los!«

Ich erinnerte mich daran, was Zweck der Übung war, und tauchte unter. Dann kam ich hustend wieder herauf.

»Noch einmal, Kleiner, noch einmal! Ganz hinunter, sonst wirst du sie nie los!«

Ich tauchte wieder, hielt diesmal meinen Atem an und blieb so lange wie möglich unten. Ich weiß nicht, was die Leute am Ufer dachten, denn für sie muß es ein eigenartiger Anblick gewesen sein, zwei Köter zu sehen, die sich wie dressierte Seehunde benahmen. Wir alberten im Wasser herum, spritzten einander an, tauchten hie und da nieder und säuberten uns gründlich. Fünf Minuten waren genug, und schließlich kamen wir überein, wieder ans Ufer zu schwimmen. Wir krabbelten hinaus, durchnäßten die menschlichen Zuschauer absichtlich und begannen uns dann zu jagen, um uns wieder warmzumachen.

Als wir schließlich nach Hause zurückkehrten, lachten und kicherten wir beide, fühlten uns frisch und lebendig wie nie zuvor – und waren natürlich heißhungrig. Wir fanden ein gut eingewickeltes Paket mit belegten Broten, die einer der Arbeiter dummerweise auf einer Bank hatte liegenlassen, während er einen Motor zerlegte; wir schleppten sie in unseren behaglichen Morris 1000 und vertilgten das Ganze binnen Sekunden. Zum erstenmal teilten wir zu meiner Überraschung die Mahlzeit gleichmäßig, und Rumbo machte keine Anstalten, sich den größten Teil zu reservieren. Er grinste mich an, als ich die letzten Krumen aufleckte, und ich grinste nach einem befriedigten Schmatzen zurück. Unsere Differenzen waren vergessen, und Rumbo und ich waren wieder Freunde. Ein subtiler Wandel hatte sich vollzogen: Ich war Rumbo noch nicht völlig gleichgestellt, stand aber ein Stückchen weniger tief unter ihm als vorher.

Der Lehrling fing an, den Meister einzuholen.

9

Und wie stand es um meine Gefühle als Mensch im Körper eines Hundes?

Nun, sie ließen mich natürlich nie los, aber sie spielten in meinem Denken nur selten eine wichtige Rolle. Du mußt wissen, ich war dabei, mich als *Hund* zu entwickeln, und diese Entwicklung nahm den größten Teil meiner Zeit in Anspruch. Ich war mir stets meiner Herkunft bewußt, und meine menschlichen Instinkte traten oft neben meine hündischen Tendenzen. Aber meine körperlichen Fähigkeiten waren die eines Hundes (abgesehen von meinem ungewöhnlichen Gesichtssinn), und dies beherrschte mein Verhalten. Es gab häufig Zeiten – meistens nachts –, da sich Erinnerungen an die Oberfläche durchkämpften, und Fragen, Fragen, Fragen mein Bewußtsein bedrängten; und dann gab es lange Zeitabschnitte, wo ich voll und ganz ein Hund war, mit keinem anderen Gedanken als Hundegedanken.

Ich erkannte meine Ähnlichkeit mit Rumbo an und bin sicher, daß auch er sie anerkannte. Was mich beunruhigte, war, daß ich sie ebenso in der großen Ratte erkannte. Hatte Rumbo das genauso empfunden? Er wich mir bewußt aus, wenn ich ihn bezüglich unserer Unterschiedlichkeit gegenüber anderen Angehörigen unserer Art bedrängte, und ich war nie ganz sicher, ob er sie verstand oder ob sie für ihn ein ebenso großes Geheimnis war. Er pflegte dann die Schulter zu zucken und das Thema mit Bemerkungen wie ›Manche Tiere sind eben dümmer als du, das ist alles‹ abzutun. Aber ich ertappte ihn oft dabei, wie er mich mit nachdenklicher Miene beobachtete.

Also lebte ich mein Leben mit Rumbo, und der Drang, die Wahrheit meiner Existenz zu erforschen, blieb in der Schwebe, während ich es lernte, jenes Leben zu leben.

Wie alle Hunde war ich fanatisch neugierig; nichts in meiner Nähe blieb unbeschnüffelt, nichts Lockeres ungezupft, nichts Weiches ungekaut. Rumbo verlor oft die Geduld und schalt mich aus, weil ich mich wie jeder andere dumme Köter benahm (obwohl er selbst gern schnüffelte und kaute), und tadelte meine Neugierde im allgemeinen. Es gab viele Nachmittage oder Abende, wo er meine Fragen beantwortete; dazu mußte er sich allerdings in entspannter und gesprächiger Stimmung befinden. Aber wenn er zu lange oder zu gründlich nachdachte, wurde er meist verwirrt und reizbar. Oft hatte ich das Gefühl, ich würde gleich etwas Bedeutsames erfahren – vielleicht einen Hinweis auf meine eigene seltsame Existenz oder einen Grund dafür, daß wir offenbar in der Entwicklung wesentlich weiter fortgeschritten waren als andere unserer Art –, aber dann wurden seine Augen glasig, und er sank in ein langes, tranceähnliches Schweigen. Mich pflegte das zu ängstigen, weil ich dann dachte, ich hätte ihn zu weit getrieben und sein suchender Verstand könne sich irgendwo verlieren und dann nicht mehr imstande sein, den Rückweg zu finden. Bei solchen Gelegenheiten hatte ich Angst, er würde zu einem ganz gewöhnlichen Hund werden. Und dann blinzelte er meist ein paarmal, sah sich neugierig um, als überraschte ihn seine Umgebung, und redete einfach weiter, ignorierte freilich die Frage, die ich gestellt hatte. Für mich waren dies fremdartige und beunruhigende Augenblicke, also bemühte ich mich sie nicht zu häufig herbeizuführen.

Andere beunruhigende Augenblicke gab es, wenn wir Geister sahen. Es geschah nicht so oft, daß es zum alltäglichen Begebnis geworden wäre, aber immerhin oft genug, um beunruhigend zu sein. Sie schwebten dann traurig an uns vorbei, hatten eher ein Gefühl als den Ausdruck äußerster Einsamkeit an sich, und manche von ihnen schienen sich in einem Schockzustand zu befinden, als hätte man sie brutal von ihren irdischen Körpern losgerissen. Rumbo und mir wurde es bei ihrem Anblick immer eiskalt, aber wir bellten nicht, wie andere Hunde das vielleicht getan hätten. Mein Gefährte pflegte sie mit einem leisen Knurren davor zu warnen, uns zu nahe zu kommen. Aber wir waren für diese Geister ohne Interesse, und so schwebten sie vorbei, ohne unsere Anwesenheit überhaupt zur Kenntnis zu nehmen. Einmal – es war am hellichten Tag – wanderten vier oder fünf Geister dicht zusammengedrängt wie eine kleine dahinschwebende Wolke durch den Hof. Rumbo hatte keine Erklärung für das Phänomen und vergaß es gleich wieder, aber mich beschäftigte es noch lange Zeit nachher.

Das Kommen und Gehen sterblicher Geschöpfe im Hof begann zuzunehmen. Normalerweise arbeiteten zwei oder drei mit Overalls bekleidete Männer im Hof und waren damit beschäftigt, den Schrott zu zerlegen; dazu kam ein beständiger Strom von Kunden, die nach billigen Teilen Ausschau hielten. Gigantische Lastwagen (gigantisch für mich) wurden von dem Kran mit zerquetschten Fahrzeugwracks beladen und verschwanden dann mit dem wertvollen Metall durch das Tor. Fahrzeuge, die so zerbeult waren, daß man sie nicht mehr reparieren konnte, und die zu alt und müde waren, um noch zu fahren, wurden hereingebracht und ohne jedes Zeremoniell auf im schwankenden Gleichgewicht befindliche Schrotthäufen gekippt. Aber meine Neugierde wurde von einer anderen Zunahme an Aktivität geweckt.

Der Boß fing an, häufig Besucher zu bekommen, die sich für den Hof selbst überhaupt nicht interessierten, sondern in seinem Büro verschwanden und dort stundenlang blieben. Sie kamen zu zweit und zu dritt und gingen auch in derselben Zahl wieder. Sie kamen aus unterschiedlichen Gegenden, meistens aus Wandsworth und Kennington, andere auch aus Stepney, Tooting und Clapham und einige sogar aus weiter abseits liegenden Grafschaften. Ich wußte das, weil ich ihren Gesprächen zugehört hatte, wenn sie vor der Hütte auf die Ankunft vom Boß warteten (er verspätete sich häufig). Ein oder zwei Männer spielten sogar mit mir oder neckten mich auf freundliche Art. Rumbo war mit meinem kindischen Verhalten nicht einverstanden, weil diese Männer mir nie zu essen anboten und für unseren Lebensstil auch nicht von Belang waren. (Rumbo war mit seiner Freundschaft sehr wählerisch.) Aber ich wollte wie jeder andere junge Hund von jedermann geliebt werden. Ich wußte nicht, was für Geschäfte sie mit dem Boß hatten (ich bemerkte, daß sie ihn mit sehr viel Respekt behandelten), noch interessierte es mich sonderlich; ich war nur neugierig, weil sie Fremde waren und ich mehr über die anderen Orte von ihnen erfahren konnte – nicht nur die unmittelbare Umgebung, denn die kannte ich recht gut, sondern andere, weiter entfernte Orte. Ich suchte nach Hinweisen, mußt du wissen, Hinweisen, die mich betrafen. Ich hatte das Gefühl, je mehr ich über die Welt draußen entdeckte – oder wiederentdeckte –, desto größer war meine Chance, mein eigenes Rätsel zu lösen.

Bei einem dieser Treffen geschah es übrigens, daß ich meinen Namen bekam. Einige der Arbeiter auf dem Schrottplatz hatten angefangen, mich Horace zu nennen (der Himmel weiß, warum, aber es schien ihnen Spaß zu machen), und das war ein Name, den ich haßte. Sie gebrauchten ihn spöttisch, und gewöhnlich – sofern sie mir nicht etwas anboten (was selten der Fall war) – ignorierte ich ihre Rufe mit hochnäsiger Würde. Selbst Rumbo nannte mich hier und da in Augenblicken einer sarkastischen Anwandlung Horace statt ›Scheißer‹. Am Ende begann selbst ich mich daran zu gewöhnen.

Aber der Boß hatte sich nie die Mühe gemacht, mir einen Namen zu geben – dafür war ich ihm nie wichtig genug –, und nach unserem ersten Zusammentreffen, das jetzt Monate zurücklag, hatte er eigentlich auch wenig Anlaß, mich anzusprechen. Ich war zumindest dankbar dafür, daß er nicht diesen widerlichen Spitznamen von seinen Arbeitern übernommen hatte.

Aber meinen richtigen, passenden Namen bekam ich folgendermaßen:

Eine kleine Gruppe der Fremden hatte sich vor dem Büro – der Hütte – vom Boß versammelt und wartete auf seine Ankunft. Rumbo war auf einem seiner Läufige-Hündin-Ausflüge, und ich wanderte ziellos auf dem Platz herum, etwas verstimmt darüber, daß man mich wieder allein gelassen hatte. Ich trottete zu der Gruppe hinüber, um zu sehen, ob ich vielleicht etwas Interessantes hören (oder vielleicht um etwas Zuneigung betteln) konnte. Einer der jüngeren Männer sah mich kommen, kauerte sich nieder und streckte die Hand aus, um mich zu begrüßen. »Komm her, Junge. Komm her.«

Ich sprang auf ihn zu, erfreut darüber, gerufen zu werden. »Wie heißt du denn, he?«

Ich wollte ihm nicht sagen, daß man mich Horace nannte, also blieb ich still und leckte ihm die Hand.

»Laß mal sehen«, sagte er und zog mit der anderen Hand mein Halsband herunter. »Kein Name drauf, wie? Mal sehen, was wir für dich haben.« Er stand auf, griff in die Manteltasche, und mein Schwanz begann zu wedeln, als er ein kleines grünes Röhrchen mit Süßigkeiten zum Vorschein brachte. Er drückte ein Drops heraus und hielt es mir hin, daß ich es sehen konnte. Ich richtete mich sofort auf die Hinterbeine auf, mit aufgerissenem Mund, damit er die Leckerei hineinfallen lassen konnte. Der Mann lachte und ließ das kleine runde Ding fallen, und ich fing es geschickt mit der Zunge auf und hatte es bereits zerdrückt und hinuntergeschluckt, als meine Vorderbeine wieder den Boden berührten. Ich sprang auf, legte meine schlammigen Pfoten auf ihn und bat höflich um noch eines; sie hatten einen lekkeren Pfefferminzgeschmack. Er war ein wenig über den Schmutz an seinem Mantel verstimmt und stieß mich weg, versuchte die Schmierer mit der Hand wegzuwischen. »O nein, wenn du noch eins willst, mußt du es dir verdienen. Hier, fang schön!« Er warf das Pfefferminz hoch in die Luft, und ich sprang hoch, um es im Fallen aufzufangen, und schnappte es mir auch geschickt. Der junge Mann lachte, und seine gelangweilten Gefährten begannen Interesse zu zeigen. Sie hatten vorher an dem Wagen gelehnt, mit dem sie gekommen waren, einem dunkelbraunen Granada, und hatten mit den Füßen aufgestampft, um den Blutkreislauf in Bewegung zu halten, und die Mantelkrägen hochgeklappt, um die Kälte abzuhalten.

»Laß es ihn noch mal machen, Lenny«, sagte einer von ihnen.

Der, den sie Lenny nannten, warf noch ein Pfefferminz, und ich fing es wieder in der Luft auf.

»Ein bißchen höher das nächste Mal.«

Lenny warf, und ich sprang. Wieder ein Erfolg.

»Bist ein tüchtiger kleiner Bursche, wie?« sagte Lenny.

Da mußte ich ihm rechtgeben; ich war mit mir recht zufrieden. Während Lenny ein neues Pfefferminz mit Daumen und Zeigefinger hielt, bereitete ich mich darauf vor, meine Nummer zu wiederholen.

»Wart mal, Lenny!« Diesmal sprach ein anderer Mann. »Mach es ein wenig schwieriger.«

»Wie denn?«

Die Männergruppe überlegte ein paar Augenblicke, dann entdeckte einer ein paar Blechtassen auf dem Fenstersims der Hütte. »Nimm die«, sagte er und deutete auf die Becher. »Der alte Zirkustrick.«

»Laß das doch! Ist doch nur ein Hund, weißt du«, protestierte Lenny.

»Komm schon. Sieh mal, ob er es schafft.«

Er zuckte die Achseln und ging zu den Tassen hinüber. Normalerweise benutzten sie die Arbeiter, wenn sie Teepause hatten, aber ich glaube nicht, daß sie etwas dagegen einzuwenden gehabt hätten, daß diese Männer sie für andere Zwecke verwendeten. Mir war auch schon aufgefallen, daß die regulären Angestellten vom Boß sich abseits hielten, wenn ihr Chef geschäftlichen Besuch bekam. Lenny stellte die zwei Tassen umgedreht auf den Boden, während ich ihn anstupste, damit er mir weitere Süßigkeiten geben sollte. Er schob mich weg, und einer der anderen Männer packte mich am Halsband, um mich zurückzuhalten.

Wieder knipste Lenny eines der Drops heraus und zeigte es mir mit übertriebenen Bewegungen. Dann legte er es unter einen der Becher. Ich zerrte an der Hand, die mich festhielt, wollte die Leckerei haben.

Dann tat Lenny etwas Seltsames: Er legte auf jeden Becher eine Hand und wirbelte die Becher im Kreis herum, ohne sie dabei vom Boden zu heben. Er tat es ganz langsam, aber für einen Hund war es höchst verwirrend. Dann hielt er inne und nickte dem anderen Mann zu, er solle mich loslassen. Ich sprang mit einem Satz vor und stieß sofort den Becher um, der nach Pfefferminz roch.

Ich konnte die erstaunten Schreie der Gruppe ebensowenig wie Lennys Entzücken verstehen, als ich das Pfefferminz hinunterschlang. Ich ließ mir von Lenny freundlich auf den Rücken klopfen und wedelte mit dem Schweif, erfreut darüber, daß ich ihm Freude gemacht hatte.

»Ah, das war reiner Dusel. Ein zweites Mal schafft der Hund das sicher nicht«, sagte einer der Männer. Aber er grinste dabei.

»Oh, das kann er ganz bestimmt. Das ist ein ganz kluges Tier, dieser Köter«, erwiderte Lenny.

»Dann wollen wir doch mal wetten.«

Die anderen waren sofort dabei. Es ist wirklich komisch, was gelangweilte Männer nicht alles tun, um sich die Zeit zu vertreiben.

Wieder wurde ich festgehalten, während Lennys Hand ihr Ballett mit dem Pfefferminz vollführte. »Also schön. Ein Pfund drauf, daß er es wieder schafft.«

»In Ordnung.«

»Topp.«

»Mir soll's recht sein.«

Und plötzlich lagen vier Pfundnoten auf dem Boden. Die vier Männer sahen mich erwartungsvoll an.

Lenny wirbelte wieder die Becher herum, und einer der Männer sagte ihm, er solle sich gefälligst beeilen. Das tat er, und ich muß zugeben, daß er ein besonderes Geschick für so etwas hatte: Die Bewegungen waren für das bloße Auge verwirrend, aber nicht für eine empfindliche Nase. Ich hatte den Becher umgeworfen und das Drops verschluckt, kaum daß man mich freigelassen hatte.

»Fantastisch! Ein richtiges Wunder ist das.« Lenny war entzückt und steckte die vier Pfundnoten ein.

»Ich sage immer noch, daß es nur Dusel war«, murmelte eine etwas verärgerte Stimme.

»Dann leg doch dein Geld dorthin, wo du dein Maul hast, mein Lieber.«

Wieder wurden die Einsätze gemacht, aber diesmal blieb einer der Männer draußen. »Der schnüffelt es aus, schätze ich«, brummte er. Das brachte die Aktion zum Stillstand; daran hatten sie nicht gedacht.

»Nee«, meinte Lenny, nachdem er ein paar Augenblicke nachgedacht hatte. »Wenn der Becher drauf ist, kann er doch nichts riechen.«

»Ich weiß nicht, das Zeug ist ziemlich stark – Pfefferminz.«

»Okay, okay. Mal sehen, was wir sonst noch haben.«

Die Männer durchwühlten ihre Taschen, brachten aber die Hände wieder leer zum Vorschein. »Einen Augenblick«, sagte einer von ihnen und wandte sich dem Granada zu. Er öffnete die Tür auf der Fahrerseite, griff über den Vordersitz und wühlte im Handschuhfach herum. Dann brachte er eine halb aufgegessene Tafel Schokolade zum Vorschein. »Das hab ich immer für die Kinder dort drinnen«, sagte er etwas verlegen. »Lassen wir die Folie dran, dann riecht es nicht so stark.« Er reichte Lenny die Schokolade.

Bei dem Anblick wurde mir der Mund wäßrig, und man mußte einige Kraft aufwenden, um mich zurückzuhalten.

»Geht in Ordnung. Probieren wir's noch mal.« Lenny vergewisserte sich, daß die Schokolade fest eingewickelt war, und legte sie sorgfältig unter einen Becher. Der Becher hatte einen Ölschmierer am Boden.

Jetzt nahm der vierte Mann wieder an der Wette teil, und wieder traten Lennys blitzschnelle Hände in Aktion. Ich ging natürlich geradewegs auf den Becher mit dem Ölschmierer los.

Man riß mir die Schokolade vom Mund weg, ehe ich sie verschlingen konnte, aber Lenny war mit seinem Lob großzügiger. »Mit diesem Hund könnte ich ein Vermögen machen«, erklärte er den anderen und brach kleine Eckchen von der Schokolade und ließ sie mich fressen. »Er hat Verstand, er ist nicht so dumm, wie er aussieht.«

Das ärgerte mich, aber der Gedanke an noch mehr Schokolade hielt mich bei Stimmung. »Hättest du Lust, mit mir nach Edenbridge zu fahren? Connie und die Kinder wären begeistert von dir. Und 'ne Menge Geld könnt ich auch mit dir machen.«

»Der Hund gehört dem Boß. Der gibt ihn dir sicher nicht«, meinte der, den sie Ronald nannten.

»Vielleicht doch. Er hat schließlich zwei.«

»Und außerdem sag ich immer noch, daß das nur Glück war. Kein Hund ist so schlau.«

Lenny rollte die Augen zum Himmel. »Willst du's noch mal sehen?«

Diesmal war Ronald etwas vorsichtiger, und das Geräusch eines in den Hof rollenden Wagens ersparte ihm die Entscheidung, ob er nun ein weiteres Pfund riskieren sollte oder nicht. Ein schlanker Jaguar hielt hinter dem Granada an, und der Boß stieg aus; er wechselte seine Autos häufiger als die meisten Leute ihren Reifendruck prüfen ließen. Er trug einen dicken Schaffellmantel, und selbstverständlich ragte eine fette Zigarre aus seinem Mundwinkel. Die Männer begrüßten ihn mit einer Freundlichkeit, die ihren Ursprung mehr im Respekt als in Zuneigung hatte.

»Was treibt ihr denn da?« Die Hände tief in den Manteltaschen vergraben, stolzierte er um seinen Jaguar herum auf die Gruppe zu.

»Bloß 'n kleines Spielchen mit dem Hund, Boß«, sagte Lenny.

»Mhm, 'n raffinierter kleiner Teufel ist das«, sagte einer der anderen Männer.

Lenny schien nicht recht zu wissen, ob er dem Boß sagen sollte, für wie raffiniert er mich hielt; ich denke, daß er bereits mich betreffende Pläne zu schmieden anfing.

»Nee, ich wette, der würde das in tausend Jahren nicht wieder schaffen«, ließ Ronald sich vernehmen.

»Was schaffen, Ron?« fragte der Boß freundlich.

»Lenny hat seinen Hütchentrick gemacht, und der Hund hat jedesmal richtig geraten«, sagte ein anderer.

»Willst mich wohl auf den Arm nehmen?« brummte der Boß.

»Nee, ehrlich«, sagte Lenny, bei dem offenbar die Vorstellung, noch mal etwas Geld zu machen, die Oberhand über künftige Gelderwerbspläne gewonnen hatte.

»Das war sicher bloß Dusel. Hunde sind nicht so schlau.«

»Das hab ich auch gesagt, Boß«, tönte Ronald.

»Allerdings, und dein Geld hast du dann auch verloren, mein Sohn«, grinste Lenny.

»Wieviel hast du denn schon verdient, Lenny?«

»Ääähh, laß mal sehen, Boß – insgesamt acht Pfund.«

»Also schön. Ich wette noch mal acht, daß er es nicht wieder schafft.« Stil hatte er, der Boß, das mußte man ihm lassen.

Lenny zögerte nur eine Sekunde. Dann lachte er glucksend und nahm sich die Becher wieder vor. »Also, Junge, jetzt verlaß ich mich auf dich. Laß mich nicht im Stich.« Er sah mich bedeutungsvoll an. Was mich betrifft, so hatte ich Spaß an dem Spiel. Ich tat diesem Mann gern einen Gefallen, und es tat mir auch gut, daß er wußte, daß ich kein gewöhnlicher Hund war. Ich erniedrigte mich auch nicht für ein paar hingeworfene Brocken. Ich verdiente sie mir.

Lenny schob die Becher, diesmal noch schneller als das letzte Mal, unter dem wachsamen Blick vom Boß herum, aber diesmal hatte er die Schokolade unter den Becher ohne den Ölflecken gelegt. Er beendete seine komplizierten Handbewegungen und blickte zum Boß auf. »Okay?« fragte er.

Der Boß nickte, und Lenny sah zu mir herüber. »Okay, Junge, jetzt zeig, was du kannst.«

In dem Augenblick trottete Rumbo in den Hof.

Neugierde zog ihn zu der Gruppe, und als er sah, daß ich am Halsband festgehalten wurde und vor mir zwei Becher auf dem Boden standen, runzelte er verblüfft die Stirn. Im nächsten Augenblick hatte er erraten, daß für die Männer ein Trick vorgeführt wurde, und ich, sein Protegé, der Köter, den er unter seine Fittiche genommen hatte, der Bastard, dem er etwas Würde beizubringen versucht hatte, war der Star. Die Scham stieg in mir auf, und ich ließ den Kopf hängen. Ich sah betrübt zu Rumbo auf, aber der stand bloß da und ließ sich seine Verachtung anmerken.

»Komm schon, Junge«, drängte Lenny. »Hol die Schokolade. Los, schon!«

Der Schwanz hing mir herunter: Ich hatte Rumbo im Stich gelassen. Er hatte mich immer gelehrt, mich nicht zu erniedrigen, nie zum Schoßtier eines Menschen zu werden, mich nie ihnen zu unterwerfen. Und da war ich jetzt wie ein Zirkustier und unterhielt sie mit Kunststückchen. Ich trat auf die Becher zu, warf den einen mit der Pfote um und trottete davon, auf der Suche nach einem finsteren Loch, in dem ich mich vergraben konnte.

Lenny warf verärgert die Hände in die Luft, und der Boß lachte. Ronald wieherte, beugte sich vor, hob den Gewinn vom Boß auf und reichte ihn ihm. Als ich hinter der Hüttenecke verschwand, hörte ich den Boß sagen: »Ich hab euch doch gesagt, daß es nur Dusel war. Genau – Dusel. Das ist ein guter Name für ihn. He, Georgie«, rief er einem der Arbeiter zu. »Hol das Halsband von dem Köter und setz ihm seinen Namen drauf. Dusel. ja, das ist gut!« Er war mit sich zufrieden: Das Geld bedeutete ihm nichts, aber die Szene hatte ihn gut aussehen lassen. Er kostete seinen Triumph aus. Ich konnte ihn immer noch lachen hören, als er die Bürotür aufsperrte und die Gruppe mit ihm dahinter verschwand.

So, jetzt hatte ich einen richtigen Namen. Wie gesagt, er paßte: Dusel dem Namen nach und Dusel von Natur aus.

10

Rumbo erwähnte den Vorfall nie wieder. Ein paar Tage lang gab er sich mir gegenüber ein wenig förmlich, aber das, was ich am Ende getan hatte, hatte mich wenigstens teilweise rehabilitiert. Und weil wir einander brauchten (was Rumbo selbst nie zugegeben hätte), stellte sich die alte Beziehung bald wieder ein.

Lenny hatte das Interesse an mir verloren; meine Widerborstigkeit hatte seine Pläne, mit mir Geld zu verdienen, zunichte gemacht. Abgesehen von einem etwas wehmütigen Grinsen, mit dem er mich hier und da bedachte, nahm er kaum mehr Notiz von mir, wenn er den Hof betrat. Der Arbeiter, den sie Georgie nannten, nahm mir mein Halsband weg und brachte es eine Weile später zurück. Rumbo sagte mir, auf der kleinen Namensplatte aus Messing seien ein paar Kratzer, und ich nahm an, daß man ›DUSEL‹ daraufgeschrieben hatte. Jedenfalls nannten sie mich auf dem Schrottplatz von da an so, und die Leute, die mich auf der Straße streichelten, taten das auch, sobald sie einen Blick auf das Halsband geworfen hatten. Ich war froh, daß ich damit den Namen Horace los war.

Der Winter blieb kalt, und für Rumbo und mich wurden die Zeiten magerer. Wir machten immer noch unsere täglichen Ausflüge zum Obstmarkt, aber es wurde immer gefährlicher, in den Läden Beute zu machen. Die Ladenbesitzer kannten uns jetzt und verjagten uns gewöhnlich sofort, wenn wir angeschnüffelt kamen; das kalte Wetter machte die Hausfrauen auch vorsichtiger, weniger freundlich. Ich verlor schnell all das Drollige, das Welpen an sich haben (ich nehme an, daß ich um die Zeit sieben oder acht Monate alt war), und die Leute sind weniger geneigt, stehenzubleiben und eine dürre Promenadenmischung zu streicheln als ein wohlgenährtes wolliges Bündel, und damit war ich für Rumbo als Lockvogel ziemlich nutzlos geworden. Aber die harten Zeiten machten uns schlauer und raffinierter in unseren Angriffen und auch findiger in unseren Methoden.

Eine wilde Hetzjagd durch einen Supermarkt erwies sich gewöhnlich als ertragreich, solange es nur einen eindeutigen Ausgang gab. Einer von uns pflegte dabei Stapel mit Konserven umzuwerfen oder sonstwie Unruhe zu stiften, während der andere sich hineinschlich und irgend etwas Eßbares schnappte. Das war immer höchst aufregend. Eine kleine Aufführung vor einem Schulhof in der Mittagszeit brachte unweigerlich ein oder zwei Sandwiches ein, vielleicht auch einen Apfel oder etwas Schokolade. Das Getümmel war herrlich. Und ein Besuch auf irgendwelchen lokalen Straßenmärkten brachte uns stets Nahrung für unsere hungrigen Bäuche. Die Drohungen und Flüche, die unsere Raubzüge dort begleiteten, waren dennoch ein wenig beunruhigend. Außerdem waren wir zu abenteuerlich geworden, und das führte zu unserem Niedergang.

Eines Tages waren Rumbo und ich, von unseren Nasen ermutigt, welche köstliche Küchengerüche angelockt hatten, selbstbewußt in einen Hinterhof stolziert. Vor uns stand eine offene Tür, und von drinnen quoll Dampf heraus; wir befanden uns am Hintereingang eines Restaurants. Alle beide waren wir übermäßig selbstbewußt, ja geradezu tollkühn; wir waren zu lange mit unseren Tricks durchgekommen. Also schlenderten wir hinein.

Es handelte sich um ein Nobelrestaurant, obwohl der Zustand der Küche das nie hätte erahnen lassen. Ich wußte, daß es ein gutes Lokal war, das verriet allein schon die Speisekarte, von der ein Teil auf einem Tisch in der Mitte dampfte: Entenbraten mit Orangensoße. Die Platte war von anderen Tellern und Schüsseln umgeben, die einem aber nicht so sehr das Wasser im Mund zusammenlaufen ließen und jetzt darauf warteten, in den Speisesaal gebracht – oder von zwei hungrigen Hunden weggetragen – zu werden. Abgesehen von dem Koch, der uns seinen breiten Rücken zuwandte, während er damit beschäftigt war, in einem riesigen Suppenkessel zu rühren, war die Küche leer. Rumbo warf mir einen schnellen Blick zu und sprang dann mit einem Satz auf den Tisch. Ich legte die Vorderpfoten auf die Tischkante und lächelte selbstgefällig. Heute würden unsere Mägen voll sein.

Rumbo arbeitete sich bedächtig durch die verschiedenen Gerichte durch (wenn er ein Mensch gewesen wäre, hätte er jetzt vor sich hingesummt), bis er schließlich den Entenbraten erreichte. Seine Zunge schoß heraus, und er fing an, die Orangensoße abzulecken. Er blickte sich zu mir um, und ich schwöre dir, er verdrehte die Augen dabei. Mir lief inzwischen der Geifer aus den Mundwinkeln, und ich hüpfte in meiner Gier von einem Hinterbein auf das andere. Rumbo leckte noch ein paarmal und dann öffneten sich seine Kinnladen weit, um den ganzen gebratenen Vogel zu packen. In dem Augenblick flog die Tür zum Speisesaal auf.

Wir standen wie gelähmt da, als ein Kellner in einem weißen Jackett und mit einer kleinen schwarzen Schleife, ein Tablett mit halb geleerten Tellern mit beiden Händen haltend, hereinschoß und dem Koch eine neue Bestellung zurief, ehe er die Tür noch ganz hinter sich hatte. Der Kellner war für einen Mann ziemlich klein (für mich natürlich sehr groß) und hatte sein kohlschwarzes Haar mit einer Menge Pomade an den Kopf geklebt. Über seinem ebenso schmierigen Schnurrbart krümmte sich eine lange Nase, und darüber waren zwei übergroße hervortretende Augen zu sehen, die jetzt noch größer wurden und stärker hervortraten, als er uns sah. Die Kinnlade klappte ihm herunter, fast so weit wie die Rumbos, und das Geschirr auf seinem Tablett glitt wie eine Lawine zu Boden. Das schreckliche Krachen und Klirren, als alles auf den gefliesten Boden fiel, setzte erneut die ganze Szene in Bewegung.

Der Koch wirbelte herum, griff sich ans Herz, der Kellner schrie (ich nehme an, er war Italiener), Rumbo packte die Ente, und ich (was sonst?) machte mich naß.

Rumbo sprang vom Tisch, glitt auf einer schlüpfrigen Stelle aus, verlor die Ente, versuchte sie zurückzuholen, jaulte auf, als der heiße Suppenlöffel, den der Koch nach ihm schleuderte, ihn am Rücken traf, packte sich die Ente erneut am Bürzel und rannte auf den Ausgang zu.

Der Kellner warf das jetzt leere Tablett nach Rumbo, unterdrückte ein Schluchzen, nahm die Verfolgung auf, glitt auf derselben schlüpfrigen Stelle aus, krachte zu Boden und schaffte es, seine Beine in Hund und Ente zu verwickeln.

Der Koch nahm die Hand vom Herzen und bewegte sie zum Mund, brüllte vor Wut und Verzweiflung auf, machte ein paar Schritte, glitt auf dem Tablett aus, das eine weitere schlüpfrige Stelle zudeckte, die die auf dem Boden dahinrutschende, mit Orangensoße bedeckte Ente erzeugt hatte, landete schwer (er war sehr korpulent) auf der Brust des kleinen Kellners und schrie und trat mit beiden Füßen nach Hund, Ente, Kellner und allem.

Ich rannte davon.

Rumbo kam etwa fünf Minuten nach mir verstohlen in den Hof. Er kroch durch unseren eigenen Privateingang am hinteren Ende des Hofes hinter einem riesigen Haufen von Autowracks – in dem Wellblechzaun gab es dort ein ein Fuß hohes Loch –, wobei er immer noch die jetzt kalte gebratene Ente mit seinen Kinnladen festhielt. Der junge Vogel wirkte schon ein wenig abgenutzt, trotzdem war er für zwei hungrige Köter immer noch ein gastronomischer Triumph. Nachdem wir jeden einzelnen Knochen saubergeleckt hatten (ich warnte Rumbo davor, die Knochen zu knacken – zu splitterig, erklärte ich ihm), lachten wir vergnügt über unseren Erfolg. Ein paar Tage später freilich verging uns das Grinsen.

Ein uniformierter Polizist erschien auf dem Hof und fragte einen der Arbeiter, ob es hier zwei schwarze Köter gäbe. Rumbo und ich verzogen uns hinter einem halb verrotteten Ford Anglia und sahen einander nervös an. Offenbar hatten sich die Ladenbesitzer zusammengetan und sich bei den lokalen Bullen beschwert; vielleicht hatte der Restaurantbesitzer die Aktion eingeleitet. Jedenfalls hatte die Poliziei nicht lange gebraucht, um uns ausfindig zu machen. Wir spähten hinter dem Wrack hervor und sahen, wie der Arbeiter nervös auf das Büro vom Boß wies. Der junge Polizist schlenderte langsam auf die Hütte zu und musterte die verschiedenen Wagen, die daneben parkten. Der Boß hatte gerade eine seiner regelmäßigen Zusammenkünfte mit seinen Spießgesellen.

Der Bulle klopfte an der Tür, und der Boß tauchte auf. Wir studierten sein lächelndes Gesicht, als er die Fragen des Polizisten beantwortete, wobei er einen entwaffnenden Charme an den Tag legte, den wir vorher nie an ihm bemerkt hatten. Seine Handbewegungen drückten Überraschung, Schrecken und Besorgnis aus; er nickte ernst mit dem Kopf und schüttelte ihn dann ebenso ernst. Dann lächelte er wieder, wobei die ganze Zeit seine Zigarre nie seinen Mundwinkel verließ. Nach einem letzten beruhigenden Lächeln vom Boß machte der junge Polizist kehrt und schlenderte aus dem Hof.

Der Boß lächelte wohlwollend hinter dem Polizisten her, bis der durch das Tor verschwunden war: Dann wandte er seinen Blick dem Rest des Hofes zu, und seine jetzt an Stein erinnernden Gesichtszüge blickten wie Donnergrollen. Er sah unsere Schnauzen hinter dem Wrack hervorlugen und marschierte mit festen, entschlossenen Schritten auf uns zu.

»Hau ab, Scheißer, hau ab!« warnte mich Rumbo.

Ich war nicht schnell genug. Boß packte mich, ehe ich die Chance hatte wegzurennen. Er begann mit der Faust auf mich einzuschlagen, ließ dabei aber mein Halsband keine Sekunde los. Ich hatte immer schon das Gefühl gehabt, daß der Boß eine gewisse Grausamkeit an sich hatte (was ihn nicht notwendigerweise zu einem grausamen Menschen machte), und jetzt trat diese Grausamkeit an die Oberfläche; und sie galt mir. Ich heulte vor Schmerz auf und war sehr dankbar dafür, daß die empfindlichen Zellen eines Hundes unregelmäßig über den ganzen Körper verteilt sind, sonst hätten einige dieser Schläge noch weher getan.

Rumbo stand da und sah aus der Ferne zu, besorgt um mich und voll Angst um sich selbst.

»Komm nur her!« brüllte der Boß, aber Rumbo wollte davon nichts wissen. Er entfernte sich sogar noch ein Stückchen. »Warte nur, bis ich dich erwische!« schrie der Boß. Rumbo rannte aus dem Hof.

Unterdessen war der Zorn vom Boß verflogen, aber seine ganze Gemeinheit blieb noch. Er zerrte mich in den hinteren Teil des Hofes, schnappte sich unterwegs ein Stück Tau und band mich dann an ein Autowrack, das zwischen einem Haufen anderer Wracks eingezwängt war.

»Richtig«, knurrte er, als er die Schnur um den leeren Fensterrahmen des Wagens band. »Richtig!« Er verpaßte mir noch einen weiteren Hieb, ehe er davonmarschierte und irgend etwas vor sich hinmurmelte, daß die Bullen das allerletzte waren, was er hier brauchen konnte. »Richtig«, hörte ich ihn sagen, als er die Hüttentür zuknallte.

Ein paar Minuten später öffnete sich die Tür wieder,

und die Spießgesellen vom Boß kamen heraus, stiegen in ihre Fahrzeuge und fuhren davon. Als sie weg waren, tauchte der Boß wieder auf, brüllte nach Rumbo und ging, als nichts passierte, wieder hinein. Ich hatte das Gefühl, daß wir den alten Rumbo eine ganze Weile nicht mehr sehen würden.

Ich zog und zerrte an der Schnur, rief dem Boß zu, er solle zurückkommen und mich loslassen; aber es hatte keinen Sinn, er hörte nicht auf mich. Ich hatte Angst, zu heftig an der Schnur zu ziehen, weil die über mir aufgetürmten Autowracks sich in einem sehr labilen Gleichgewichtszustand befanden; es war mir ohnehin unbegreiflich, wie es möglich sein konnte, daß diese Haufen von Autowracks im Hof nie umkippten. Meine Rufe wurden zu ärgerlichen Schreien und dann einem jämmerlichen Winseln und schließlich, viel später, als der Hof dann verlassen war, wurde mürrisches Schweigen daraus.

Es war stockfinster, als mein Gefährte beschloß zurückzukehren. Ich fröstelte vor Kälte und befand mich wegen meiner Einsamkeit in jämmerlicher Stimmung.

»Ich hab dir doch gesagt, du sollst abhauen«, sagte er, als er aus der Nacht hereinkam.

»Wenn er wütend wird, kann er schrecklich sein«, fuhr Rumbo fort und schnüffelte um mich herum.

»Als er mich das letzte Mal anband, ließ er mich drei Tage ohne Nahrung hier hängen.«

Ich sah ihn mißbilligend an.

»Trotzdem, ich kann dir ja immer ein paar Stückchen bringen«, fügte er tröstend hinzu. Plötzlich blickte er auf. »Oh-oh. Jetzt fängt es zu regnen an.«

Ein Regentropfen klatschte mir auf die Nase.

»Hier gibt es wenig Schutz für dich, wie?« meinte er. »Schade, daß die Wagentür verschlossen ist – du hättest hineinsteigen können.«

Ich studierte ihn ein paar Augenblicke lang stumm und sah dann weg.

»Hungrig?« fragte er. »Ich glaube nicht, daß ich um diese Nachtzeit etwas für dich finden kann.«

Der Regen fiel jetzt immer dichter.

»Schade, daß wir diesen Vogel auf einen Sitz gegessen haben. Wir hätten uns ein wenig aufsparen sollen.« Er schüttelte wehmütig den Kopf.

Ich spähte unter den Wagen, an dem ich festgebunden war, und sah, daß darunter nicht genügend Platz war, um sich hineinzuzwängen. Ich wurde immer nasser.

»Also, Scheißer«, sagte Rumbo mit unechter Fröhlichkeit, »hat ja keinen Sinn, daß wir beide naß werden. Ich denk, ich werd unters Dach gehen.« Er sah mich nachsichtheischend an. Ich betrachtete ihn angewidert und wandte dann erneut den Kopf ab.

»Äh... wir sehen uns dann morgen früh«, murmelte er.

Ich sah ihm nach, wie er davontrottete. »Rumbo«, sagte ich.

Er sah sich mit hochgeschobenen Augenbrauen zu mir um. »Ja?«

»Tust du mir einen Gefallen?«

»Ja?«

»Laß dich kastrieren«, sagte ich mit sanfter Stimme.

»Gute Nacht«, erwiderte er und trottete weiter, zu unserem hübschen warmen Bett.

Der Regen begann jetzt rhythmisch auf meinen Körper herunterzutrommeln, und ich rollte mich, so gut ich konnte, zusammen, zog den Kopf ein. Es würde eine lange Nacht werden.

11

Es wurde nicht nur eine lange Nacht, sondern auch eine recht beunruhigende. Das kam nicht nur davon, daß ich patschnaß wurde, denn mein Pelz hielt die Feuchtigkeit fest und bildete einen behaglichen Mantel, hielt die schlimmste Kälte ab; aber da waren Erinnerungen, die an meinem Schlaf nagten.

Irgend etwas hatte die Gedanken ausgelöst, und ich wußte nicht, was es war; es versteckte sich irgendwo in den Randzonen meines Bewußtseins. Ich sah eine Ortschaft – ein Dorf? Ich sah ein Haus. Gesichter schwammen vor mir: Ich sah meine Frau, sah meine Tochter. Ich befand mich in einem Wagen. Die menschlichen Hände auf dem Steuerrad vor mir waren die meinen. Ich fuhr durch die Ortschaft. Ich sah das ärgerliche Gesicht eines Mannes, den ich kannte; er saß auch in einem Wagen und überholte mich. Aus irgendeinem Grund folgte ich ihm. Es war finster. Bäume, Hecken fegten vorbei, flach und gespenstisch im Licht der Scheinwerfer. Der Wagen vor mir bog ab, fuhr in eine schmale Seitenstraße. Ich folgte ihm. Er hielt an; ich hielt an. Der Mann, den ich kannte, verließ seinen Wagen und ging auf mich zu. Im grellen Licht meiner Scheinwerfer sah ich, daß er die Hand ausstreckte – hielt er irgend etwas? Ich öffnete meine Tür, als die Hand auf mich zeigte. Und dann wurde alles zu einem Kristall aus strahlendem, glitzerndem Licht. Und das Licht wurde dunkel; und dann wußte ich nicht mehr, was war.

Rumbo ließ eine halbgegessene Semmel vor mir fallen. Ich schnüffelte daran und zog mit den Zähnen den dünnen Streifen Schinken heraus. Ich würgte das Fleisch hinunter und leckte dann die Butter von der Semmel. Dann aß ich die Semmel.

»Du hast letzte Nacht im Schlaf gewinselt«, sagte Rumbo.

Ich versuchte mich an meine Träume zu erinnern, und nach einer Weile fügten sich die Fragmente zu einem Ganzen zusammen.

»Rumbo, ich bin nicht immer ein Hund gewesen«, sagte ich.

Rumbo überlegte, ehe er antwortete, dann sagte er: »Sei nicht albern.«

»Nein, hör mir zu, Rumbo. Bitte. Wir sind nicht so wie andere Hunde, du und ich. Das weißt du doch auch. Weißt du nicht, warum das so ist?«

Rumbo zuckte die Achseln. »Wir sind einfach schlauer.«

»Es ist mehr als das. Wir haben immer noch die Gefühle, die Gedanken von *Menschen.* Es ist nicht nur, daß wir schlauer als andere Hunde sind – wir erinnern uns daran, wie wir *waren!*«

»Ich erinnere mich, daß ich immer ein Hund war.«

»Ist das wirklich so, Rumbo? Erinnerst du dich nicht daran, einmal aufrecht gegangen zu sein? Erinnerst du dich nicht daran, Hände zu haben, Finger, die du benutzen konntest? Erinnerst du dich nicht an das Reden?«

»Das tun wir doch jetzt auch.«

»Nein, das tun wir nicht – jedenfalls nicht in Menschensprache. Wir denken jetzt, Rumbo, wir erzeugen Geräusche, aber unsere Worte sind mehr Gedanken als jene Laute. Kannst du das nicht erkennen?«

Er zuckte wieder die Achseln, und ich merkte, daß ihm das Thema unangenehm war. »Was macht das schon für einen Unterschied? Ich verstehe dich, du verstehst mich.«

»Denk doch nach, Rumbo! Gebrauche deinen Verstand! Versuche dich daran zu erinnern, wie es früher war.«

»Was soll das?«

Das stoppte mich einen Augenblick lang. Dann sagte ich: »Willst du nicht wissen, warum? Wie?«

»Nein«, antwortete er.

»Aber Rumbo, es muß doch einen Grund geben. Das Ganze muß einen Zweck haben.«

»Warum?«

»Ich *weiß* nicht, warum.« Jetzt klang meine Stimme enttäuscht. »Aber ich will es herausfinden!«

»Hör zu, Scheißer, wir sind Hunde. Wir leben wie Hunde, und man behandelt uns wie Hunde. Wir denken wie Hunde...« Dabei schüttelte ich den Kopf, aber er fuhr fort:

»... und wir essen wie Hunde. Wir sind etwas intelligenter als andere, aber das haben wir für uns behalten...«

»Warum zeigen wir denen denn nicht, daß wir nicht so wie die anderen sind?« platzte es aus mir heraus.

»Wir *sind* so wie die anderen, Scheißer. Wir unterscheiden uns nur in Kleinigkeiten.«

»Das stimmt nicht!«

»Doch, es stimmt; du wirst schon sehen. Wir könnten den Menschen zeigen, wie schlau wir sind – das tun eine Menge Tiere. Gewöhnlich enden sie dann im Zirkus.«

»Das ist nicht dasselbe! Das sind nur Tiere, die Kunststückchen lernen.«

»Wußtest du, daß die einem Schimpansen das Reden beibringen? Ist das ein Trick?«

»Woher weißt *du* das denn?«

Jetzt wirkte Rumbo etwas verlegen.

»Das war etwas, das du in der Vergangenheit gewußt hast, nicht wahr, Rumbo? Nicht als Hund, sondern als Mensch. Du hast davon gelesen.«

»Gelesen? Was ist gelesen?«

»Worte. Worte auf Papier.«

»Das ist doch lächerlich. Papier kann doch nicht reden!«

»Das können Hunde auch nicht.«

»Wir reden doch.«

»Nicht genauso wie Menschen.«

»Natürlich nicht. Wir sind keine Menschen.«

»Was sind wir dann?«

»Hunde.«

»Monstrositäten, Mißgeburten.«

»Mißgeburten?«

»Ja, ich denke, wir waren Menschen, und dann ist etwas passiert, und wir wurden Hunde.«

In Rumbos Augen war jetzt ein seltsamer Blick. »Ich glaube, der Regen letzte Nacht ist dir ins Hirn getropft«, sagte er langsam. Dann schüttelte er sich am ganzen Körper, wie um das Gespräch abzuschütteln. »Ich geh jetzt in den Park.

Wenn du mitkommen willst, kannst du ja die Schnur zerkauen.«

Ich ließ mich auf den Boden sacken; soweit es Rumbo betraf, war das Gespräch jetzt vorbei, das war offenkundig. »Nein«, sagte ich resigniert. »Ich werde hierbleiben, bis der Boß mich losläßt. Wir wollen ihn nicht noch zorniger machen.«

»Liegt ganz bei dir«, sagte Rumbo und trottete davon. »Ich will sehen, ob ich dir etwas mitbringen kann!« rief er zurück, während er sich durch das Loch im Zaun zwängte.

»Danke«, sagte ich zu mir selbst.

Als der Boß etwas später am Tag erschien, kam er zu mir herüber. Er schüttelte ein paarmal den Kopf und bedachte mich mit einigen wenig schmeichelhaften Ausdrücken. Ich versuchte jämmerlich zu blicken, und das muß wohl einige Wirkung gehabt haben, denn bald darauf löste er die Schnur von meinem Halsband. Er spürte, daß ich am Rücken feucht war, und riet mir, ein wenig herumzulaufen, um zu trocknen. Ich nahm seinen Rat an, schoß aus dem Hof und strebte auf den Park zu, wo ich wußte, daß ich meinen Gefährten finden würde. Seine Spur war leicht zu verfolgen, aber mein Vorrücken von Laternenpfahl zu Laternenpfahl machte viel mehr Spaß, als einfach nur Kurs auf den Park zu nehmen.

Ich fand Rumbo, wie er gerade eine kleine Hündin beschnüffelte, einen nervösen Yorkshire Terrier, dessen Besitzerin ängstlich bemüht war, meinen etwas struppigen Freund zu verjagen. Die komplexen Gedanken waren jetzt verflogen: Begreifen konnte ich Rumbos Interesse an diesen blöden Hundeweibern nicht, aber ein nettes Spiel machte Spaß. Und das sah so aus, als würde es sich zu einem netten Spiel entwickeln.

Die Wochen jagten dahin – vielleicht waren es auch Monate, und ich verlor mich wieder ganz in meiner hündischen Welt; nur gelegentlich plagten mich quälende Erinnerungen. Der Schnee stellte sich ein, schmolz, war dann verschwunden; Winde fegten eisig heran, verbrauchten ihren Ärger und zogen jämmerlich wieder ab. Der Regen regnete. Das Wetter konnte mich nicht deprimieren, denn ich fand seine verschiedenen Stimmungen interessant: Ich erlebte die Dinge jetzt aus einer neuen Perspektive; alles, was geschah, war eine *Neu*entdeckung. Es war wie das Gefühl, wenn man sich von einer langen Krankheit erholt hat. Alles ist frisch und häufig verblüffend; man nimmt es mit sehr viel mehr Wertschätzung auf. Man hat es alles schon vorher gekannt, aber die Vertrautheit hat die Dinge für einen abgestumpft. Das ist die einzige Art und Weise, wie ich es beschreiben kann.

Rumbo und ich überlebten das Schlimmste, was der Winter uns antun konnte, einigermaßen behaglich. Wir mußten weiterreisen, um uns Essen zu beschaffen; unsere unmittelbare Umgebung war ein wenig zu ›heiß‹ geworden. Aber ich hatte Spaß an diesen Ausflügen. Wir wurden engere Freunde, in dem Maße, wie ich meine überdrehte welpenhafte Launenhaftigkeit verlor und selbst begann, einige unserer Eskapaden vorzuschlagen, statt mich dazu überreden zu lassen. Rumbo nannte mich jetzt sogar öfter Dusel und nicht nur Scheißer, denn ich war jetzt fast so groß wie er. Wenn wir nicht nach Nahrung jagten oder in irgendwelche Schwierigkeiten gerieten, war Rumbo häufig damit beschäftigt, Hündinnen zu jagen. Er konnte meinen totalen Mangel an Interesse am anderen Geschlecht nicht verstehen und sagte mir wiederholt, ich sei jetzt alt genug, um irgendwelche Regungen in meinen Lenden zu verspüren, wenn ein weiblicher Körper zu riechen war. Ich war selbst verblüfft, konnte aber wirklich keinerlei Neigungen in Richtung auf meine weiblichen Artgenossinnen entwickeln; vermutlich waren meine Instinkte doch nicht hündisch genug. Abgesehen von dieser kleinen Sorge und gelegentlichen Blitzen, die mir Bruchstücke meines früheren Lebens zeigten, waren es gute Zeiten, aber wie alle guten Zeiten mußten sie auch einmal ein Ende haben.

Dieses Ende stellte sich eines verregneten langweiligen Tages auch ein.

Rumbo und ich waren gerade vom Obstmarkt zurückgekehrt und beschnüffelten ein neues Fahrzeug, das vor ein paar Tagen in den Hof gebracht worden war. Es war ein großer dunkelblauer Transit Lieferwagen, und aus irgendeinem Grund hatte man ihn im hinteren Teil des Hofes abgestellt. Die Buchstaben seitlich waren übersprüht worden, und ich hatte am vergangenen Tag zugesehen, wie einer der Arbeiter seine Nummernschilder austauschte. Die vordere Stoßstange war entfernt worden, und man hatte an ihrer Stelle eine wesentlich massivere angebracht. Daneben parkte ein anderer Wagen – ein Triumph 2000, und auch an diesem hatte man die Nummernschilder ausgetauscht. Beide Fahrzeuge waren vom Rest des Hofes durch Wracktürme abgeschirmt. Der Geruch aus dem Lieferwagen war es, der uns anzog – er mußte eine Weile für den Transport von Lebensmitteln eingesetzt gewesen sein –, aber meine menschlichen Fähigkeiten hätten mich vor dem warnen sollen, was hier vor sich ging. Die dauernden Zusammenkünfte in der Hütte zwischen dem Boß und seinen auffällig gekleideten Spießgesellen – Zusammenkünfte, die in letzter Zeit noch häufiger geworden waren; der seltsame Wohlstand vom Boß, sein Zorn darüber, daß vor einer Weile ein Polizist hier ›herumgeschnüffelt‹ hatte; es gehörte nicht viel Verstand dazu, um sich das alles zusammenzureimen. Unglücklicherweise war mein Verstand nicht sehr ausgeprägt.

Wir hörten, wie die Tore aufgesperrt wurden, und dann fuhr ein Wagen herein. Rumbo rannte durch das Labyrinth aus Schrott, um herauszufinden, wer gekommen war: Zu unserer Überraschung war es der Boß selbst. Eine Überraschung war es für uns deshalb, weil er nicht zum frühen Aufstehen neigte und gewöhnlich erst am späten Vormittag erschien. Im allgemeinen überließ er es seinen Angestellten, den Schrottplatz aufzusperren und sich selbst eine Arbeit zu suchen.

Der große Mann ignorierte uns, als wir um seine Beine hüpften und kläfften, während er die Hüttentür aufsperrte. Ich stellte fest, daß er seine Schaffelljacke gegen eine alte Lederjacke vertauscht hatte; darunter trug er einen dunkelroten Pullover mit Rollkragen. Handschuhe trug er nicht, und das war für ihn ungewöhnlich. Er warf seinen Zigarrenstummel in den Dreck und betrat die Hütte. Für uns gab es also heute nichts zu essen.

Rumbo und ich zuckten im Geist die Achseln und schlenderten davon, aber es dauerte nicht lange, bis die Geräusche weiterer Ankömmlinge uns zur Hütte zurücklockten. Zuerst rollte ein einzelner Wagen in den Hof; Lenny und ein weiterer Mann stiegen aus, gingen geradewegs auf die Hütte zu und hinein, ohne auf unsere wedelnden Schwänze und interessierten Gesichter zu achten. Drei weitere Männer erschienen zu Fuß.

Eine seltsame Spannung hatte sich über den ganzen Platz gelegt, machte Rumbo und mich nervös und reizbar. Die Stimmen, die aus der Hütte drangen, waren gedämpft; das waren nicht die vertrauten Laute von Zorn oder Heiterkeitsausbrüchen. Das beunruhigte uns noch mehr.

Nach kurzer Zeit öffnete sich die Tür wieder, und sechs Männer kamen heraus. Die ersten vier trugen jetzt dunkelgraue Arbeitsmäntel, wie Ladenangestellte, und ich sah, daß sie alle Pullover mit Rollkragen anhatten. Einer der Männer zog sich gerade den dicken Kragen seines mit Daunen gefüllten Mantels über das Kinn und deutete damit an, daß er den Kragen vorher noch bis zu den Ohren hochgeklappt hatte. Lenny kam als nächster heraus, und obwohl er keinen Arbeitsmantel trug, hatte auch er einen Rollkragenpullover. Der Boß kam als letzter heraus; er trug immer noch seine Lederjacke. Sie sagten nichts, als sie vorüberkamen und gingen in den hinteren Teil des Hofes. Die nervöse Spannung, die zwischen ihnen herrschte, war offenkundig und übertrug sich sogar auf uns, so daß auch wir gereizt waren. Lenny schnalzte mir mit der Zunge zu und schnippte halbherzig mit den Fingern, ignorierte mich aber, als ich auf ihn zusprang.

Wir folgten den sechs Männern zu dem Lieferwagen. Die hinteren Türen waren offen, und drei der Männer in Arbeitsmänteln kletterten hinein, der vierte nahm vorne Platz. Ehe der Boß seine mächtige Gestalt auf den Beifahrersitz des Triumph zwängte, sagte er zum Fahrer des Lieferwagens: »Also schön, du weißt, was zu tun ist. Sieh zu, daß du mit uns im Verkehr Schritt hältst, aber falls wir getrennt werden, weißt du, wo wir uns treffen.«

Der Fahrer nickte, und der Boß wandte sich ab. Unmittelbar bevor er seine Tür zuknallte, rief er: »Und nicht vergessen: Ihr handelt erst dann, wenn ihr seht, daß ich den Arm aus dem Fenster strecke.« Der Fahrer des Lieferwagens hob bestätigend den Daumen.

Lenny hatte bereits auf dem Fahrersitz des Triumph Platz genommen und ließ plötzlich den Motor aufheulen. Als der Sportwagen knirschend seinen Weg ins Freie bahnte, dicht gefolgt von dem großen blauen Lieferwagen, wurde mir bewußt, daß ich den Boß zum erstenmal ohne eine Zigarre im Mundwinkel gesehen hatte. Etwa eine Stunde später kehrte der Triumph 2000 zurück. Er brauste durch das Tor und fuhr geradewegs in den hinteren Teil des Hofes. Einer der Arbeiter rannte an das Tor und schob es zu. Dann machte er sich wieder an seine Arbeit, als ob nichts geschehen wäre. Rumbo und ich rannten hinter dem Wagen her und erreichten ihn gerade noch rechtzeitig, um den Boß und Lenny herausklettern zu sehen. Sie rannten nach hinten zum Kofferraum, klappten ihn auf und hoben zu zweit einen großen, schwer aussehenden Behälter aus Metall heraus. Er hatte an beiden Seiten Handgriffe, und die beiden Männer hatten alle Mühe, ihn in die Hütte zu schleppen. Der Boß schloß die Bürotür, ehe sie zu dem Wagen zurückkehrten. Die Männer stießen uns ärgerlich weg, als wir versuchten, an ihnen hochzuspringen. Sie wirkten jetzt aufgeregt, so als hätten sie es eilig – die mürrische Nervosität des Vormittags war verflogen –, und auch das wirkte ansteckend auf uns. Ein scharfer Klaps auf die Nase machte mir klar, daß ich hier nicht gebraucht wurde, und Rumbo nahm die Andeutung sofort auf.

»Okay, Lenny, sieh zu, daß du die Karre loswirst«, sagte der Boß und holte eine Zigarre aus der Innentasche seiner Lederjacke. »Denk dir nichts wegen der Mäntel hinten – die haben jetzt nichts mehr zu bedeuten. Du kannst ihn abstellen, wo du willst, aber fahr bloß nicht zu lang damit herum.«

»Okay, Boß«, sagte Lenny vergnügt. Ehe er die Zündung einschaltete, schob ihm der Boß eine weitere Zigarre durch das offene Fenster.

»Da. Hast deine Sache gut gemacht, Junge. Wir sehen uns dann Mittwoch wieder hier – aber ja nicht früher!«

Lenny steckte sich die Zigarre in den Mund, grinste, legte den Gang ein und brauste los.

Das Hoftor wurde gerade von demselben Arbeiter geöffnet, der es nur Minuten zuvor geschlossen hatte, als der Polizeiwagen kreischend hereinfuhr und Lenny völlig den Weg versperrte. Türen flogen auf, und plötzlich waren überall blaue Uniformen. Ein weiterer Polizeiwagen bremste hinter dem ersten, und weitere uniformierte Männer stürmten heraus.

Lenny sprang mit einem Satz aus dem Triumph, rannte in den Hof, das Gesicht kreideweiß. Der Boß, der auf halbem Weg zu seinem Büro war, als die Polizei eintraf, stand ein paar Sekunden wie gelähmt da, drehte sich dann um und schoß auf uns zu. Ich kann nur annehmen, daß er und auch Lenny die Absicht hatten, über den Wellblechzaun zu klettern und nach irgendwo draußen in die Nebenstraßen zu flüchten.

Doch ein mächtiger Satz, der jedem Rugbyspieler Ehre gemacht hätte, brachte Lenny zu Boden, und dann stürzten sich blaue Leiber auf ihn. Er schrie und verfluchte sie, aber sie ließen ihn nicht los.

Andere nahmen die Verfolgung von Boß auf, der jetzt an uns vorbeigerannt war und dabei seine Zigarre weggeworfen hatte. Die Polizei schrie ihm nach, er solle stehenbleiben, aber das tat er nicht. Er rannte auf das Labyrinth aus Autowracks zu.

Rumbo war gleichzeitig beunruhigt und ärgerlich. Er mochte diese blauen Männer nicht: Er mochte es nicht, daß sie seinen Boß jagten. Er knurrte sie an und befahl ihnen stehenzubleiben, aber das brachte nichts – sie hatten keine Angst vor Rumbo. Er sprang einen an und packte den Polizisten am Ärmel, zerrte mit ganzer Kraft daran. Der Mann ging zu Boden und wälzte sich im Schlamm, zog Rumbo mit sich herunter.

»Nicht, Rumbo, nicht!« schrie ich. »Laß ihn los! Sonst tun die dir weh!«

Aber Rumbo war zu wütend, um auf mich zu hören. Dies hier war sein Territorium, und der Mann hinter dem sie her waren, war der, den er sich als Herrn und Meister ausgewählt hatte. Ein weiterer Polizist trat nach ihm, ließ ihn schmerzerfüllt aufjaulen und den Uniformärmel loslassen. Ein kräftiger Holzknüppel krachte auf seine Nase herunter, und Rumbo taumelte zurück, worauf der hingefallene Polizist sich sofort aufrappelte und wieder die Jagd auf den Boß aufnahm.

»Bist du okay?« fragte ich, nachdem ich zu Rumbo gerannt war.

Er stöhnte, hatte den Schwanz zwischen den Beinen. »Lauf hinter ihnen her! Die dürfen ihn nicht fangen!« Er taumelte herum und schüttelte benommen den Kopf.

Ich hetzte in die Gassen, die von den Stapeln kaputter Fahrzeuge gebildet wurden, und überholte die Verfolger. Ich konnte den Boß vor mir sehen. Er stieg gerade auf die Motorhaube eines Wagens. Jemand packte ihn von hinten, aber er trat zu und warf den unglückseligen Polizisten um.

Er kletterte auf das Dach des Wagens und dann auf die Motorhaube des Wagens darüber. Wenn er diesen Schrotthaufen überquerte, würde ihn das dicht an den Zaun bringen, und er würde auf die Straße unten springen können. Das Wrack, auf das er jetzt kletterte, war nicht sehr stabil, und fast wäre er wieder in den Hof gefallen. Aber er hielt sich fest, und der Wagen kam zur Ruhe. Jetzt kletterte er weiter.

Zwei Polizisten kletterten hinter dem Boß her, während andere, in der Hoffnung, ihm den Weg abzuschneiden, in unterschiedliche Richtungen wegrannten. Ich konnte nicht einfach dastehen und zusehen, wie sie den Boß schnappten; Rumbo empfand ihm gegenüber Loyalität, und das schloß mich mit ein. Ich schnappte mir mit den Zähnen den Hosenboden eines der Polizisten, biß zu und zerrte ihn herunter. Er trat nach mir und schlug mit den Fäusten auf mich ein. Aber ich war wütend und spürte die Schläge kaum.

Jetzt tauchte Rumbo knurrend und schnappend auf, und der Polizist mußte seinen Kollegen um Hilfe bitten. Die Hunde rissen ihn in Stücke, schrie er.

Nun, ein wenig unsanft waren wir vielleicht, aber nicht besonders wild; ehrlich gesagt, machten wir uns eher einen Jux.

Der zweite Polizist sprang von der Motorhaube des Wagens mitten in das Getümmel und versuchte Mensch und Hunde voneinander zu trennen, schlug mit den Fäusten auf uns ein. Aber das stachelte Rumbo nur noch mehr an, und er wandte seine Aufmerksamkeit dem neuen Störenfried zu. Weitere Polizisten tauchten auf, und ich konnte erkennen, daß wir gegen eine solche Übermacht keine Chance hatten.

»Das hat keinen Sinn, Rumbo!« rief ich. »Es sind zu viele!«

»Du mußt weiterkämpfen, Scheißer!« erwiderte er, den Mund voll Fleisch und Uniformtuch. »Damit verschaffen wir dem Boß eine Chance zur Flucht.«

Aber es hatte keinen Sinn. Ich spürte, wie eine Hand mein Halsband packte, und dann wurde ich in die Höhe gerissen und über den Weg geschleudert. Ich landete unsanft am Kofferraum eines Wagens und fiel benommen zu Boden. Ich rang nach Luft und sah, daß Rumbo eine ähnliche Behandlung erfuhr. Um seiner Herr zu werden, brauchte es freilich zwei Polizisten.

Unterdessen hatte der Boß das Dach des zweiten Wagens erreicht, und ich konnte sehen, daß er sich verstört umblickte. Von allen Seiten drängten blaue Uniformen auf ihn ein, und er stieß einen trotzigen Schrei aus, als die Polizisten unten anfingen, ihm nachzuklettern.

»Paßt auf!« schrie einer von ihnen. »Er kippt die Wagen um!«

Der Polizist verdrückte sich, und ich sah, daß der Boß auf das Dach des nächsten halbzerquetschten Wagens gesprungen war und jetzt einen Fuß gegen den stemmte, den er gerade verlassen hatte. Er befand sich jetzt schon in höchst labilem Gleichgewicht, und viel gehörte nicht mehr dazu, ihn ganz zu kippen. Das einzig Unangenehme war, daß der Wagen auf dem der Boß stand, hinterrutschte.

Und was noch schlimmer war: Rumbo war wieder vorgesprungen, um den Polizisten abzudrängen.

Er konnte unmöglich gewußt haben, was ihn traf; das war das einzig Barmherzige daran. Im einen Augenblick kauerte er geduckt auf dem Boden und fletschte vor dem Polizisten die Zähne, im nächsten war er unter einem Haufen rostigem Metall verschwunden.

»Rumbo!« schrie ich und rannte los, ehe die herunterkrachenden Fahrzeuge zur Ruhe gekommen waren. »Rumbo! Rumbo! Ich zwängte mich zwischen den Blechteilen durch, versuchte unter die Wracks zu sehen, versuchte eine Lücke zu finden, um durchzukriechen, wollte, daß mein Freund durch ein Wunder am Leben sein sollte, weigerte mich, das Unvermeidliche zu akzeptieren.

Das dünne Rinnsal dunkelroten Blutes, das unter dem Wagen hervorquoll, rief mich in die Wirklichkeit zurück: Für Rumbo gab es überhaupt keine Chance.

Ich heulte, die Art von Heulen, wie man es manchmal meilenweit durch die Nacht hört: der Schrei eines Tieres in tiefster Verzweiflung. Dann weinte ich.

Der Boß litt höllische Schmerzen, denn sein Arm war zwischen zwei Wracks eingezwängt. Aber er hatte Glück; es hätte sein ganzer Körper sein können.

Eine Hand packte mich am Kragen und zerrte mich sachte von dem Grab aus Metall weg, und ich fühlte, wie Mitgefühl von dem Polizisten auf mich überströmte, als er mich in den vorderen Teil des Hofes führte. Ich war zu erregt, um Widerstand zu leisten. Rumbo war tot, und für den Augenblick war in mir jeder Lebenswille gelähmt. Ich hörte, wie einer der Beamten jemanden aufforderte, schnell eine Ambulanz kommen zu lassen; es gäbe einen Verletzten. Ich sah, wie zwei Männer in Zivil den Metallbehälter aus der Hütte schleppten und einem anderen Mann zunickten, der Lenny verhörte. Lenny war jetzt zornig, redete hitzig, während ihn zwei uniformierte Männer von hinten festhielten.

»Wer hat's dann getan?« fragte er. »Wer hat uns verpfiffen?«

»Wir haben diesen Schrottplatz schon lange beobachtet, Junge«, erwiderte der Mann vor ihm. »Seit einer unserer Jungs Ronnie Smileys Auto vor einer Weile hier entdeckt hat. Wir alle wissen, was Ronnie treibt, nicht wahr, also dachten wir, wir warten ein wenig und lassen den Dingen ihren Lauf. Sehr interessant, als wir den gestohlenen Lieferwagen hereinkommen sahen und dann den Wagen. Und noch interessanter, als sie nicht wieder herauskamen – bis heute morgen, meine ich.« Er lachte über Lennys offensichtliches Mißvergnügen. »Oh, keine Sorge, das war es nicht allein. Wir hatten diesen Platz schon eine ganze Weile in Verdacht. Fragten uns immer, wo euer Boß sein Geld herbekam. Jetzt wissen wir's, nicht wahr?«

Lenny blickte verdrossen. Der Polizist in Zivil sah, wie ich weggeführt wurde.

»Das Komische ist«, bemerkte er, »daß der Polizist nur

hinter ein paar diebischen Hunden her war, als er Smileys Wagen entdeckte. Die geraten ganz nach ihrem Herrchen, nicht wahr?« Er nickte dem Mann zu, der Lenny festhielt, und sie schoben ihn zu einem der Polizeiwagen am Eingang des Hofes. Ehe Lenny einstieg, warf er mir einen letzten durchdringenden Blick zu, der mich innerlich frösteln ließ.

Und in dem Augenblick wußte ich, wo ich hingehen mußte. Es drängte sich durch irgendwie benommene äußere Schichten meines Wesens und berührte mich fast körperlich.

Ich drehte den Hals herum und schnappte nach der Hand, die mich festhielt. Der erschreckte Polizist zog schnell die Hand zurück – und ich war frei. Ich schoß zur Straße hinaus, und wieder rannte ich, rannte, rannte.

Aber diesmal hatte ich ein Ziel.

TEIL II

[illegible]

[illegible] Beziehung [illegible]

[illegible]

Ich [illegible]

[illegible] Ablösung [illegible] Gedankens [illegible]

[illegible] der Kurve [illegible] Leben [illegible] Land [illegible] die Möglichkeit [illegible] schneller zu [illegible]

12

Wie fühlst du dich jetzt? Hat dein Verstand sich immer noch meiner Geschichte verschlossen, oder fängst du an, dich zu fragen? Laß mich fortfahren; bis zur Morgendämmerung sind es noch ein paar Stunden.

Meine Reise nach Edenbridge war lang, aber seltsamerweise kannte ich den Weg, als wäre ich ihn schon oft gegangen. Als die Ortschaft Tage zuvor auf dem Schrottplatz von Lenny erwähnt worden war, war damit allem Anschein nach ein Same in mein Bewußtsein gepflanzt worden, und es war ein Same, der plötzlich austrieb und gedieh. Ich wußte nicht genau, was die Ortschaft für mich bedeutete, ob dort etwa mein Zuhause war oder ob sie irgendeine andere Bedeutung hatte, aber ich wußte, daß ich dorthin mußte, daß ich dort beginnen mußte. Und was für eine andere Alternative hatte ich schon?

Ich mußte wenigstens eine Stunde lang gerannt sein und dabei mehr als einmal mit knapper Not dem Schicksal entronnen sein, vom gleichgültigen Verkehr überrollt zu werden, ehe ich schließlich einen Müllplatz erreichte, wo ich ganz für mich um meinen toten Freund trauern konnte. Ich kroch unter die Überreste eines Sofas, von dessen Polsterung schon der größte Teil verschwunden war, sank zu Boden und stützte meinen Kopf auf beide Vorderpfoten. Ich konnte immer noch dieses Rinnsal von Blut unter dem verrosteten Metall herausfließen sehen, konnte sehen, wie es eine kleine Pfütze auf der Erde bildete – ein Miniaturwirbel, der Rumbos Leben darstellte. Tiere können Leid genauso tief empfinden wie Menschen, vielleicht sogar noch intensiver; für sie ist die Möglichkeit, ihre Sorge auszudrücken, begrenzt, obwohl ihr natürlicher Optimismus es ihnen ermöglicht, sich schneller zu erholen – darin liegt der Unterschied. Unglücklicherweise litt ich sowohl als Mensch *wie auch* als Tier, und das war eine schwere Last.

Ich blieb bis weit in den Nachmittag hinein aufs neue voll Angst und Unruhe. Nur mein treuer Begleiter, der Hunger, veranlaßte mich schließlich weiterzuziehen. Ich habe vergessen, wo ich mir das Essen beschaffte, so wie ich eine ganze Menge über jene lange Reise vergessen habe; aber ich weiß, daß ich aß und dann wieder weiterzog. Ich zog bei Nacht durch die Stadt, zog die leere Stille der Straßen vor, wo die Aktivität des Tages den nächtlichen Geschöpfen Platz machte. Ich begegnete vielen nächtlichen Geschöpfen – Katzen, anderen Hunden, Geistern (eine ganze Menge gab es davon auf den Straßen der Stadt) und fremdartigen Männern, die sich zwischen den Schatten bewegten, als würde das Licht oder der freie Raum ihren Körper verletzen – aber ich vermied es, mit irgendeinem von ihnen Verbindung aufzunehmen. Ich hatte ein Ziel und würde nicht zulassen, daß irgend etwas mich davon ablenkte.

Durch Camberwell, Lewisham und Bromley zog ich, ruhte untertags aus, versteckte mich in leerstehenden Häusern, in Parks oder auf Müllkippen – irgendwo, wo keine suchenden Augen mich entdecken konnten. Ich aß nur wenig, weil ich kein Risiko eingehen wollte; du mußt wissen, ich wollte nicht nach Hause geschickt werden, nicht jetzt, wo ich ein Ziel hatte. Ich war wieder furchtsam geworden, jetzt, wo Rumbo nicht mehr da war, um mich anzustacheln, mich zu tadeln, wenn ich feige war, mich zu bedrohen, wenn ich mich sträubte, und zu lachen, wenn ich ihn überraschte.

Bald erreichte ich freies Land.

Es streckte sich vor mir, grün und frisch unter den sanften Anfängen des Frühlings. Es war noch nicht richtiges Land, ich hatte gerade erst die Vorstädte von London hinter mir gelassen; aber nach all dem Schwarz, dem Grau, dem Braun und dem Rot und dem Grellen, das allem in der Stadt anhing, schien es, als hätte ich eine Sperre passiert, hinter der die Natur herrschte und wo menschlicher Einfluß nur eine Nebenrolle spielte. Ich hatte nicht länger Angst, untertags zu reisen.

Die plötzliche Kraft wachsender Dinge rings um mich erfüllte mich mit Begeisterung. Frische grüne Schößlinge barsten aus der Erde, Knospen brachen auf Bäumen mit breiten Blättern auf. Überall regte es sich, überall wurde neues Leben geschaffen. Die Luft war wie Nektar, füllte meine Lungen, erfüllte meine Gliedmaßen mit prickelndem Leben. Das Grün und das Gelb waren neuer, belebender, und das Rot und das Orange glühten mit innerem Feuer, strahlten Wellen der Energie aus. Alles glitzerte, alles strahlte feucht. Alles war fest und lebendig, selbst die zartesten Blumen. Das verlieh mir neues Leben.

Ich kroch durch eine Hecke, die entlang der Straße verlief, und ignorierte den kratzenden Protest der Dornen. Zwei aufgeschreckte Zaunkönige kreischten und erstarrten, als ich an ihnen vorbeihuschte. Eine Gruppe strahlender gelber Sterne blitzte vor mir auf, als ich mir meinen Weg durch das Scharbockskraut bahnte, Pflanzen, die als erste im Frühling zu neuem Leben erwachen. Ich rannte durch ein Feld, genoß die Feuchte des Taus, wälzte mich auf dem Rücken, bis ich über und über durchnäßt war. Ich sog den Duft des Grases ein, trank das reine Wasser von den Halmen und grub Löcher in die weiche Erde, um zu sehen, was dort zu finden war. Käfer huschten vor meiner neugierigen Nase davon, und ein Maulwurf wandte sich von mir ab. Eine zwanzig Zentimeter lange Ringelnatter rollte sich zu einem Ball zusammen, als ich sie beschnüffelte, und ich spuckte sie schnell wieder aus, nachdem ich vorsichtig gekostet hatte.

Aber mein Appetit stellte sich bald wieder ein, und ich begann das Feld nach Nahrung abzusuchen. Ich hatte Glück, ein junges Kaninchen zu finden, das an der Borke eines Baumes knabberte, und war unglücklich genug, es nicht fangen zu können. Ich verfluchte seine Schnelligkeit und fragte mich dann, ob ich das Häschen hätte töten können, wenn ich es erwischt hätte. Ich hatte noch nie zuvor getötet, um zu essen.

Zum Glück fand ich zwischen einer Baumgruppe ein paar verspätete Winterpilze ud verschlang die gelben Kappen und Stengel voll Entzücken, wußte irgendwie, daß die Pilze nicht giftig waren. War das animalischer Instinkt oder menschliches Wissen? Die Frage beschäftigte mich nur ein oder zwei Sekunden lang, denn eine schläfrige Feldmaus trollte sich träge zwischen meinen Beinen, und ihre schwarzen kleinen Äuglein suchten den Boden nach Nahrung ab. Ich verspürte weder den Drang, sie zu essen oder mit ihr zu kämpfen, tippte sie aber verspielt mit der Pfote an. Sie blieb stehen, blickte zu mir auf, eilte dann weiter und ignorierte mich völlig. Ich blickte ihr nach und beschloß dann, daß für mich jetzt auch Zeit war weiterzuziehen; die kurze Episode war zwar recht angenehm gewesen, führte mich aber auf dem Wege der Selbstfindung nicht weiter. Ich rannte über das Feld zurück, kroch durch die Hecke und eilte auf der Straße weiter.

Es dauerte nicht lange, bis ich mich wieder zwischen Läden und Häusern befand. Aber ich zog weiter, hielt nur einmal an, um aus der Auslage eines Obsthändlers einen Apfel zu stehlen. Die Straße wurde mir jetzt immer vertrauter, jetzt, wo die Kompliziertheit der Stadtstraßen hinter mir lag, und ich wußte, daß dies eine Route war, die ich in der Vergangenheit oft benutzt haben mußte.

Als ich schließlich Keston erreichte, waren meine Fußballen ziemlich wund, aber ich eilte weiter, bis ich eine kleine Ortschaft erreichte, die sich Leaves Green nannte. Dort verbrachte ich die kalte Nacht in einem kleinen Gehölz, von den nächtlichen Geräuschen nervös gemacht, bis mich schließlich meine Unruhe dazu trieb, in einem Vorgarten Unterschlupf zu suchen. Ich fühlte mich in Reichweite von Menschen behaglicher.

Am darauffolgenden Tag aß ich nicht viel, aber ich will dich nicht mit den verschiedenen Mißgeschicken behelligen, die mich auf der Suche nach Nahrung überkamen; es reicht, wenn ich sage, daß ich, als ich schließlich Westerham erreichte, einer Kuh das Bein hätte abreißen können.

Und in Westerham erwartete mich ein recht unangenehmes Erlebnis. Davon muß ich dir erzählen.

13

Die Kirchenglocken weckten mich. Sie hatten den eindringlichen Klang von Sonntagmorgen, und der jagte meine Gedanken zurück in andere Zeiten – menschliche Zeiten.

Das Bewußtsein meiner gegenwärtigen Not verdrängte die Erinnerungen, ehe sie sich festsetzen konnten, und ich streckte meine schmerzenden Glieder, zuckte zusammen, so weh taten meine Fußballen, wenn ich sie auf den Boden setzte. Eine Bushaltestelle war meine Unterkunft für die Nacht gewesen, aber die Kühle des frühen Morgens war mir in die Knochen gekrochen und schien mich nicht mehr verlassen zu wollen. Ich gähnte, und mein Magen knurrte nach Nahrung. Ich sah mich um und entdeckte in der unmittelbaren Nachbarschaft keine Geschäfte. Also trottete ich vorsichtig die Straße entlang, die Nase hocherhoben, damit mir auch die leiseste Andeutung von Nahrungsdüften nicht entgehen möge. Bald fand ich mich auf der High Street und mußte betrübt feststellen, daß tatsächlich Sonntag war, denn alle Läden – abgesehen von ein paar Zeitungsständen – waren geschlossen. Der Hund, der da auf dem Bürgersteig stand und zuerst nach rechts dann nach links sah, unschlüssig, unerwünscht und ungefüttert, machte einen ziemlich jämmerlichen Eindruck.

Die Glocken brachten mich schließlich auf die Idee. Kleine Gruppen von Menschen gingen mit schnellen Schritten dem Klang entgegen, alle in Sonntagskleidung, ein Strahlen an sich, das sich im Laufe des Tages legen würde. Kinder wurden von ihren Eltern an der Hand geführt oder hüpften vor ihnen herum, Großeltern hielten sich an den Ellbogen ihrer Nachkommen in mittleren Jahren fest; ernstblickende Ehemänner gingen steif mit strahlenden Frauen. Ein frisches, freundliches Gefühl lag in der Luft, und der Frühlingsanfang verlieh dem morgendlichen Sonntagsritual neue Frische, forderte die Menschen auf, guten Mutes zu sein. Und die Hunde vielleicht auch.

Ich folgte den Leuten zu ihrer Kirche. Sie stand auf einem Hügel, durch eine Baumgruppe teilweise von der Straße verborgen; man erreichte ihren Eingang über einen Kiesweg, der sich durch den Friedhof, der die Kirche umgab, hindurchschlängelte. Ein paar von den Leuten schnalzten mit der Zunge, als sie mich sahen, oder betätschelten mich freundlich, wenn sie vorüberkamen. Aber bald waren sie alle in dem kalten, aus grauem Stein erbauten Gebäude verschwunden. Ich ließ mich auf einem flachen Grabstein nieder und wartete.

Der gedämpfte Gesang, der aus der Kirche kam, bereitete mir ungeheures Vergnügen, und gelegentlich sang ich sogar mit, wenn ich eine Stelle kannte. Der Gottesdienst schien ewig zu dauern, und bald langweilten mich die langen, schweigenden Passagen zwischen den Hymnen, so daß ich anfing, den Kirchhof zu erforschen und bald von dem reichen Tier- und Insektenleben an diesem Platz der Toten überrascht war. Das unverkennbare Geräusch der sich wie ein Mann erhebenden Kongregation in der Kirche lenkte mich von meinem faszinierenden Studium eines regenbogenfarbenen Spinnennetzes ab, und ich trottete zu dem mächtigen Türbogen, hielt mich an das feuchte Gras, das meinen wunden Füßen so guttat. Ich wartete, und bald strömte die Herde heraus, einige wirkten aufgebaut, einige erleichtert, jetzt, wo ihre wöchentliche Pflicht getan war. Mein Interesse galt einem der hochgestimmten Kirchenbesucher.

Ich entdeckte sie bald: eine kleine alte Dame, vermutlich

Mitte Sechzig, mit rundem Gesicht, unablässig lächelnd, alle kennend, wie es schien, und selbst allen bekannt. Ganz Spitzenkragen und Freundlichkeit. Perfekt.

Sie unterhielt sich ein paar Minuten mit dem Vikar und unterbrach ihr Gespräch gelegentlich, um einem vorbeikommenden Bekannten zuzurufen und ihm mit der weiß behandschuhten Hand den Segen zu geben. Ich wartete geduldig, bis ihr Dialog mit dem Priester beendet war, und folgte ihr dann, als sie sich ihren Weg durh die Grüppchen von Plaudernden bahnte. Süß lächelnd und bei jedem dritten oder vierten stehenbleibend, um sich zu unterhalten, hatte sie schließlich die Menschenschar hinter sich gelassen und schritt eilig den Kiesweg hinunter. Ich folgte ihr, mich ein paar Meter hinter ihr haltend, noch nicht bereit, etwas zu unternehmen, solange sie noch abgelenkt werden konnte. Wir erreichten die Straße, und sie bog nach links, ging den steilen Hügel hinauf und entfernte sich damit noch weiter von der Ortschaft.

»Guten Morgen, Miß Birdle!« riefen die Leute, an denen wir vorüberkamen, und sie winkte freundlich zurück.

Jetzt ist der Augenblick da, dachte ich, und überholte sie. Ich blieb vielleicht vier Meter vor ihr stehen, drehte mich um, sah sie an und lächelte freundlich.

»Wuff!« machte ich.

Miß Birdle hob überrascht beide Hände und strahlte entzückt. »Was für ein hübscher Hund!« rief sie aus, und ich wedelte stolz. Sie ging auf mich zu und nahm meinen Kopf in beide weißbehandschuhten Hände.

»Oh, was bist du für ein netter Kerl!« Sie rieb mir den Rücken und ich versuchte ihr das Gesicht zu lecken, gratulierte mir dazu, eine neue Bella gefunden zu haben. »Ja, ja, wirklich!« fuhr sie fort.

Nach ein paar Augenblicken ungezügelter Zuneigung verabschiedete sie sich von mir und ging weiter, winkte mir noch zu. Ich sprang hinter ihr her und versuchte in ihre Arme zu hüpfen, sabbernd und grinsend und verzweifelt bemüht, mir den Weg in ihr Herz und ihre Barmherzigkeit zu bahnen. Ich gebe ja zu: Ich war ohne Schamgefühl.

Miß Birdle schob mich sanft von sich und tätschelte mir den Kopf. »Verschwind jetzt, so ist's brav«, sagte sie freundlich.

Tut mir leid, Rumbo, aber ich fing jetzt zu winseln an.

Nicht nur das: Ich ließ den Kopf und den Schwanz hängen und sah sie kuhäugig an. Es war jämmerlich.

Es funktionierte, denn plötzlich sagte sie: »Oh, du mein Armer, Lieber, du verhungerst ja, das ist es! Schau dir doch die mageren Rippen an.« Mein Kinn berührte fast den Boden, als ich meine Schau abzog. »Dann komm halt mit, du Lieber, komm halt mit, und wir bringen das in Ordnung. Du armer Kleiner.«

Ich hatte es geschafft. Ich versuchte erneut, ihr entzückt das Gesicht zu lecken, aber sie hielt mich mit erstaunlich fester Hand zurück. Ich brauchte keine Aufmunterung ihr zu folgen, obwohl sie das anscheinend für nötig hielt, denn sie klopfte sich dauernd auf den Schenkel und rief: »Komm schön mit!«

Sie steckte wirklich voll Energie, diese reizende alte Dame, und wir kamen bald an ein rostiges Eisentor, hinter dem ein schlammiger Weg von der Straße wegführte. Zu beiden Seiten des schmalen Weges wuchs Gestrüpp, und als wir den Weg einschlugen, war ständig das Rascheln von verborgenen Lebewesen zu hören. Ich schnüffelte die Witterung von Miß Birdle auf diesem häufig benutzten Weg, nicht den frischen pudrigen Geruch, der jetzt hinter ihr herwehte, sondern eine etwas abgestandene Version davon, in die sich die Witterung vieler Tiere mischte. Hier und da blieb ich stehen, um einen besonders interessanten Geruch zu erforschen. Aber dann rief sie mich wieder, und ich eilte weiter.

Plötzlich kamen wir auf eine Lichtung, und vor uns stand ein aus Feldsteinen erbautes Haus, dessen Ecken sowie die Tür und Fensteröffnungen mit behauenem Stein verstärkt waren. Es war ein herrliches Bild – so als würde man plötzlich in eine Schokoladenschachtel hineinsteigen – und paßte perfekt zu Miß Birdle selbst. Selbstgefällig ob meiner Schlauheit trottete ich auf die verwitterte Tür zu und wartete, daß Miß Birdle nachkam.

Sie schob die Tür auf, ohne einen Schlüssel zu benutzen, und winkte mir einzutreten. Das tat ich und stellte zu meiner Freude fest, daß das Innere des Hauses ganz zu dem Eindruck paßte, den es von außen bot. Alte Möbel, abgewetzt und behaglich, erfüllten das Wohnzimmer, in dem ich mich befand, denn einen Flur gab es nicht. Gepflegte Einzelstücke standen im ganzen Zimmer herum, und einer dieser interessanten Sammlerschränke mit wunderschön bemaltem Porzellan nahm den größten Teil einer Wand ein. Ich wedelte zustimmend.

»Jetzt wollen wir mal sehen, ob du eine Adresse auf dem Halsband hast, und dann bekommst du zu fressen, ja?« Miß Birdle legte ihre Handtasche auf einen Stuhl und beugte sich über mich, griff nach dem Namensschild an meinem Halsband. Ich beugte mich entgegenkommend vor, fest entschlossen, die Gans, die die goldenen Eier legt, nicht durch zu große Beflissenheit zu töten. Sie starrte kurzsichtig die eingekratzten Buchstaben auf dem Namensschild an und gab dann ein paar mißbilligende Laute von sich.

»Meine alten Augen werden auch immer schlechter«, erklärte sie mir, und ich lächelte mitfühlend. Nichts hätte mir mehr Freude bereitet, als ihr von meinem eigenen besonders scharfen Gesichtssinn zu erzählen, von den vielen sich abwechselnden Farben, die ich in ihrem Gesicht sehen konnte, von der blauen Tiefe in ihren alternden Augen, von den blitzenden Farben, die uns umgaben, selbst in dem verblaßten Mobiliar. Es war wirklich enttäuschend, all diese Dinge für mich behalten zu müssen. Und selbst Rumbo hatte meine visuelle Empfindlichkeit nicht verstehen können.

Sie suchte in ihrer Handtasche herum, brachte eine Brille zum Vorschein und murmelte: »So ist's besser«, als sie sie aufsetzte. Sie mußte immer noch die Augen zusammenkneifen, konnte aber schließlich den Namen auf dem Metallstreifen lesen.

»Dusel«, sagte sie. »Dusel. Das ist ein komischer Name für einen Hund. Und keine Adresse. Manche Leute sind wirklich recht sorglos, nicht wahr? Ich hab dich hier noch nie gesehen und wüßte gern, wo du herkommst. Ich wette, du bist weggelaufen, wie? Laß mal die Füßchen ansehen...« Sie hob eine meiner Pfoten. »Ja, die sind wund, nicht wahr? Du bist von weit hergekommen. Man hat dich wohl schlecht behandelt, wie? Spindeldürr. Das gehört sich einfach nicht.«

Mein Hunger machte mich jetzt ein wenig ungeduldig, und ich winselte wieder, nur damit sie begreifen sollte.

»Ja, ich weiß schon, was du willst, oder? Etwas in den Bauch?« Es ist wirklich ein Jammer, daß die Leute mit Tieren reden müssen, als wären sie Kinder, aber ich war in nachsichtiger Stimmung und hätte noch viel mehr als Babysprache ertragen. Ich klopfte mit dem Schwanz auf den Teppich, in der Hoffnung, sie würde das als Bejahung ihrer Frage auffassen. »Natürlich hast du Hunger«, sagte sie. »Wir wollen dir etwas holen.«

Die Küche war winzig, und auf dem Boden in einem Korb lag Victoria in tiefem Schlaf.

Victoria war die gemeinste, unangenehmste Katze, die mir je über den Weg gekommen ist, sei es nun vor oder nach jener Zeit. Nun sind diese Katzengeschöpfe wegen ihrer Reizbarkeit bekannt, weil sie sich für eine Rasse halten, die mit anderen Tieren nicht zu vergleichen ist und die weit über unsereinem steht. Aber dieses Monstrum schoß wirklich den Vogel ab. Es setzte sich kerzengerade auf, sträubte das Fell und streckte den Schwanz gerade wie einen Ladestock von sich, zischte mich angewidert an.

»Beruhige dich, Katze«, sagte ich besorgt. »Ich bin nur auf der Durchreise.«

»Ganz ruhig, Victoria«, sagte Miß Birdle gleichermaßen

besorgt. »Dieses arme Hündchen ist am Verhungern. Ich geb ihm nur etwas zu fressen, dann schicken wir ihn weiter.«

Aber es macht keinen Sinn, einer Katze mit vernünftigen Argumenten zu kommen, die hören einem einfach nicht zu. Victoria war wie der Blitz aus ihrem Korb, sprang mit einem Satz auf den Ausguß und verschwand durch das halb offene Küchenfenster.

»Oh, du liebe Güte!« seufzte Miß Birdle. »Jetzt hast du Victoria aufgeschreckt.« Und dann versetzte mir diese nette alte Dame einen heftigen Tritt in die Rippen.

Ich war so schockiert, daß ich zuerst dachte, ich hätte mir das nur eingebildet, aber der Schmerz bestätigte mir das Gegenteil.

»Jetzt wollen wir mal sehen, was wir haben«, sagte Miß Birdle nachdenklich, den Zeigefinger im Mundwinkel, und sie sah in den Schrank, den sie gerade geöffnet hatte. Es war, als ob nichts geschehen wäre, und ich fragte mich noch einmal, ob wirklich etwas passiert war. Aber der pochende Schmerz an meiner Seite sagte mir, daß sie mich wirklich getreten hatte.

Von jetzt an hielt ich sicheren Abstand zu ihr, beobachtete sie aufmerksam und vorsichtig, als sie einen Teller mit gehackter Leber vor mich auf den Boden stellte. Das Essen war delikat, aber von meiner plötzlichen Nervosität bezüglich der alten Dame etwas beeinträchtigt. Ich konnte einfach nicht verstehen, was passiert war. Ich leckte den Teller sauber und sagte danke, jetzt sehr auf gute Manieren bedacht. Sie streichelte mich am Kopf und gab zufrieden glucksende Geräusche von sich, als sie den leeren Teller sah.

»Du warst *wirklich* hungrig, wie?« sagte sie. »Ich wette, jetzt hast du Durst. Du sollst etwas Wasser haben.« Sie füllte dieselbe Schüssel mit Wasser und stellte sie mir wieder hin. Ich leckte es gierig aus.

»So, und jetzt komm mit und ruh deine armen Beine aus.« Ich folgte ihr zurück ins Wohnzimmer, wo sie auf einen haarigen Teppich vor dem nicht brennenden offenen Kamin deutete. »Da ruh dich aus, es ist nett und bequem, und ich werd uns ein Feuer machen. Für meine alten Knochen ist es immer noch zu kalt, mußt du wissen. Ich hab's gern warm.« Sie plapperte weiter, während sie das bereits vorbereitete Feuer anzündete, und ihre letzten Worte waren weich und behaglich. Ich wurde wieder zuversichtlich und war jetzt überzeugt, daß der seltsame Zwischenfall in der Küche nur ein Ausrutscher ihrerseits gewesen war, ausgelöst dadurch, daß ihre geliebte Katze durch das Fenster gesprungen war. Vielleicht war sie auch nur ausgeglitten. Ich döste, während sie auf dem Sessel vor dem Feuer saß und ihre Worte mich in ein warmes Gefühl von Sicherheit einlullten.

Ich wachte rechtzeitig zum Mittagessen auf, was nichts Besonderes war, weil sie ja eine alte Dame war, die auf sich alleine gestellt lebte. Aber sie gab mir einen anständigen Anteil davon. Die Katze kehrte zurück und war wieder recht verstimmt, als sie mich sah, wie ich Essen hinunterwürgte, von dem sie der Ansicht war, daß es rechtmäßig ihr gehörte. Aber Miß Birdle machte ein großes Theater um sie, rannte in die Küche und kam mit einer offenen Dose Katzenfutter zurück. Sie schüttete etwas davon auf einen kleinen Teller und stellte ihn dem säuerlich blickenden Biest hin. Mit einem drohenden Blick auf mich begann Victoria zu essen, ruckartig, wie Katzen das tun, ordentlich, aber auf Raubtierart, ganz anders, als wir Hunde das in unserer schwerfälligen, uns immer wieder die Lippen leckenden Art tun. Mein Anteil an Miß Birdles Mittagessen war bald verdrückt, und ich schlenderte beiläufig zu Victoria hinüber, um zu sehen, wie sie vorankam, bereit, ihr beim Säubern ihres Tellers zu helfen, falls sich das als notwendig erweisen sollte. Ein bösartiges Zischen warnte mich, und ich beschloß, mich zu Miß Birdles Füßen niederzusetzen, das Gesicht nach oben gewandt und sorgfältig zu einer Komposition milden Bettelns geformt. Ein paar wohlschmeckende Brocken flogen mir zu, also war mein Gehabe nicht vergebens. Das widerte die Katze natürlich noch mehr an, aber ihre bösen Blicke störten mich überhaupt nicht.

Nachdem Miß Birdle den Tisch abgedeckt und abgespült hatte, machten wir es uns wieder vor dem Feuer bequem. Victoria blieb darauf bedacht, Abstand zu halten, und die alte Dame mußte ihr eine Weile zureden, bis sie es sich schließlich auf ihrem Schoß bequem machte. Wir dösten alle, und ich hatte dabei den Kopf auf die mit Hausschuhen bekleideten Füße meiner Wohltäterin gelegt. Ich fühlte mich warm und zufrieden – und sicherer als je zuvor. Vielleicht sollte ich bei dieser freundlichen alten Dame bleiben und meine Suche vergessen, die mir möglicherweise nur weiteres Leid einbringen würde. Hier konnte ich glücklich sein; die Katze würde zwar ein leichtes Ärgernis bedeuten, aber nichts, worüber es sich lohnte, sich Sorgen zu machen. Ich brauchte menschliche Freundlichkeit, ich hatte es bitter nötig, irgend jemandem zu gehören. Ich hatte einen guten Freund verloren, und die Welt war ein großer einsamer Ort für einen kleinen Mischlingshund. Ich konnte ja immer noch irgendwann einmal in der Zukunft meine andere Vergangenheit besuchen, wenn ich einmal gelernt hatte, so zu leben, wie ich jetzt war. Ich konnte Miß Birdle meine Gesellschaft anbieten und ihr Haus für sie bewachen. Auf die Weise würde ich für immer mit Nahrung versorgt sein.

Diese Gedanken gingen mir durch den Kopf, während ich döste, und ich traf die Entscheidung, daß ich so lange wie möglich dort bleiben würde – wobei ich keine Ahnung hatte, was mir bevorstand.

Später regte sich Miß Birdle und begann Vorbereitungen zu treffen, um auszugehen. »Den Nachmittagsgottesdienst darf man nie verpassen, mein Lieber«, erklärte sie mir.

Ich nickte zustimmend, regte mich aber nicht von meinem behaglichen Platz. Ich hörte die alte Dame eine Weile im Obergeschoß herumfuhrwerken und dann das Stampfen ihrer schweren Schritte, als sie die Treppe herunterkam. Sie erschien unter der Tür, mit weißen Handschuhen und einem dunkelblauen Strohhut bekleidet. Ihr Kostüm war rosa, ihre Bluse strahlend smaragdgrün. Sie sah hinreißend aus.

»Komm schon, Dusel, jetzt mußt du gehen«, sagte sie.

Mein Kopf schoß in die Höhe. Was? Gehen?

»Was? Gehen?«

»Ja, du mußt jetzt gehen, Dusel. Ich kann dich nicht hierbehalten, du gehörst jemand anderem. Mag schon sein, daß sie sich nicht um dich gekümmert haben, aber du gehörst ihnen. Ich könnte Ärger bekommen, wenn ich dich hierbehalte, also wirst du leider weg müssen.« Sie schüttelte nachsichtheischend den Kopf, packte mich dann zu meinem großen Unbehagen am Halsband und zerrte mich trotz allen Widerstrebens zur Tür. Für eine alte Dame war sie recht kräftig, und meine Pfoten scharrten über den hölzernen Boden, als ich mich einzustemmen versuchte. Victoria genoß jeden Augenblick meiner Schmach, denn ich konnte sie vom Fenstersims aus kichern hören.

»Bitte, laß mich bleiben«, bettelte ich. »Ich gehöre niemandem. Ich bin ganz allein.«

Aber es hatte keinen Zweck: Ich fand mich draußen auf der Türschwelle. Miß Birdle schloß die Tür hinter uns und marschierte den Weg hinunter, rief mir zu, ich solle ihr folgen. Da ich keine andere Wahl hatte, folgte ich ihr.

An der Tür tätschelte sie mir den Kopf und gab mir einen kleinen Schubs. »So, jetzt verschwinde«, drängte sie. »Nach Hause. So ist's brav, Dusel.«

Ich rührte mich nicht von der Stelle. Nach einer Weile gab sie auf und marschierte den Hügel hinunter, entfernte sich von mir, sah sich zweimal um, um sich zu vergewissern, daß ich ihr nicht folgte. Ich wartete geduldig, bis sie außer Sichtweite war, schob dann das Gartentürchen wieder auf und trottete den schlammigen Weg zum Haus zurück. Victoria funkelte mich durch das Fenster an, als sie mich kommen sah, und schrie, ich solle abhauen.

»Ganz gewiß nicht«, sagte ich ihr, machte es mir bequem

und bereitete mich darauf vor, die Rückkehr der alten Dame abzuwarten. »Mir gefällt es hier. Warum solltest du das für dich alleine haben?«

»Weil ich zuerst hier war«, sagte Victoria unfreundlich. »Du hast hier kein Recht.«

»Schau, es ist doch genug für uns beide da«, sagte ich, bemüht, nicht unvernünftig zu sein. »Wir könnten Freunde sein.« Bei dem Gedanken, mit diesem armseligen Wesen befreundet zu sein, lief es mir eisig über den Rücken, aber ich war bereit, mich bei ihr einzuschmeicheln, falls damit meine Chancen auf ein nettes, sicheres Zuhause zu steigern waren. »Ich würde dir auch nicht im Wege sein«, sagte ich mit einschmeichelnder Stimme. »Du könntest als erste essen und den größeren Teil bekommen.« (Bis ich besser mit der alten Dame bekannt war, dachte ich.) »Du kannst die beste Schlafstelle haben.« (Bis ich mich bei Miß Birdle eingeschmeichelt habe.) »Und du kannst Chef im Hause sein, mir macht das nichts aus.« (Bis ich dich eines Tages einmal allein erwische und dir zeige, wer wirklich der Chef ist.) »So, was meinst du jetzt?«

»Verdufte!« sagte die Katze.

Ich gab auf. Sie würde sich eben damit abfinden müssen.

Eine Stunde später kehrte Miß Birdle zurück, und als sie mich da sitzen sah, schüttelte sie den Kopf. Ich setzte mein einschmeichelndstes Lächeln auf.

»Du bist wirklich ein böser Junge«, schalt sie, aber ihre Stimme klang nicht zornig.

Sie ließ mich in das Haus, und ich machte ein großes Theater daraus, ihr die Füße zu lecken. Es schmeckte scheußlich, aber wenn ich mich einmal ranschmeißen will, gibt es für mich keine Grenzen. Es tat mir leid, daß ich nicht die Würde Rumbos besaß, aber Unsicherheit kann einen recht demütig machen.

Nun, die Nacht durfte ich bleiben. Und die darauffolgende auch. Aber die dritte Nacht – da fingen meine Probleme wieder von vorne an.

Um halb zehn Uhr abends pflegte Miß Birdle mich hinauszuschicken, und ich verrichtete dann pflichtgemäß meine Notdurft; ich wußte, daß man das von mir erwartete, und hatte keineswegs die Absicht, das Haus zu beschmutzen. Kurz darauf pflegte sie mich wieder hereinzulassen und in ein kleines Zimmer hinten im Haus zu locken, wo sie allen möglichen Kram aufbewahrte. Das meiste davon war nicht kaubar – alte Bilderrahmen, ein Klavier, ein alter, nicht angeschlossener Gaskocher, solches Zeug. Es war gerade genug Platz vorhanden, daß ich mich unter dem Klavier einrollen konnte, und hier verbrachte ich die Nacht, ganz behaglich, wenn auch zuerst etwas verängstigt. (In jener ersten Nacht weinte ich, aber in der zweiten war alles in Ordnung.) Miß Birdle schloß die Tür hinter sich ab, um mich und Victoria, die in der Küche schlief, auseinanderzuhalten. Die Katze und ich waren immer noch nicht Freunde geworden, und das war der alten Dame wohlbewußt.

In jener dritten Nacht versäumte sie es, die Tür ordentlich abzuschließen; der Riegel schnappte nicht ein, und so blieb die Tür zwei Zentimeter weit offenstehen. Wahrscheinlich hätte es mir nichts ausgemacht, aber als ich in der Nacht jemanden herumkriechen hörte, weckte das meine Neugierde. Ich habe einen leichten Schlaf, und das leise Klatschen von Füßen reichte schon aus, um mich zu beunruhigen. Also kroch ich zur Tür und schob sie mit der Nase auf; das Geräusch kam aus der Küche. Ich nahm an, daß es Victoria war, die dort herumschnüffelte, und wäre zu meiner Schlafstelle zurückgekehrt, wenn diese zwei Unruhestifter, der Hunger und der Durst, nicht in dem Augenblick meinen gierigen Magen attackiert hätten. Vielleicht würde ein Abstecher in die Küche von Vorteil sein, dachte ich.

Ich kroch verstohlen aus der Kammer und schlich mich durch den schmalen Flur in die Küche. Miß Birdle ließ im Flur immer eine kleine Lampe brennen (vermutlich weil sie alleine lebte und ein wenig nervös war), und so bereitete es mir keine Schwierigkeiten, die Küchentür zu finden. Sie stand ebenfalls offen.

Ich schob meine Nase vor und spähte in die Dunkelheit. Zwei schrägliegende grüne Augen erschreckten mich.

»Bist du das, Victoria?« fragte ich.

»Wer wohl sonst?« zischte die Antwort.

Ich schob mich weiter hinein. »Was machst du da?«

»Das geht dich nichts an. Geh in dein Zimmer zurück.«

Aber ich sah, was sie tat. Sie hatte eine kleine Feldmaus zwischen den Pfoten. Die Krallen hatte sie eingezogen, also spielte sie mit dem unglücklichen Geschöpf offenbar ihr Spiel. Der rotbraune Rücken der Maus war in lähmender Furcht gekrümmt, und ihre winzigen schwarzen Augen leuchteten wie in Trance. Sie mußte auf der Suche nach Nahrung in das Haus geraten sein. Daß es keine Hausmäuse gab (was ohne Zweifel Victorias Wachsamkeit zuzuschreiben war), hatte sie wohl ermutigt, und sie mußte zu dumm (oder zu hungrig) gewesen sein, um diese Anwesenheit der Katze wahrzunehmen. Jetzt freilich war diese Antwort nicht mehr wegzudiskutieren, und die Maus zahlte den Preis, den die Natur unbarmherzig für Sorglosigkeit forderte.

Die Maus war zu verängstigt, um etwas zu sagen, also ergriff ich an ihrer Stelle das Wort.

»Was wirst du mit ihr machen?«

»Geht dich nichts an«, kam kurzangebunden die Antwort.

Ich trat weiter in die Küche hinein und wiederholte meine Frage. Diesmal kam nur ein zischendes Knurren als Erwiderung.

Es liegt nicht in der Natur eines Tieres, viel Sympathie für seine Mitgeschöpfe zu haben, aber die Not dieses kleinen hilflosen Dinges sprach die andere Seite *meines* Wesens an: die menschliche Seite.

»Laß sie laufen, Victoria«, sagte ich leise.

»Na klar, nur daß ich ihr zuerst den Kopf abreißen werde«, sagte sie.

Und genau das versuchte sie zu tun, in diesem Augenblick, schon um mich herauszufordern.

Ich bewegte mich blitzschnell und hatte Victorias Kopf zwischen meinen Kinnladen, ehe sie die leiseste Chance hatte, mir auszuweichen. Wir drehten uns in der Küche, der Mäusekopf im Mund der Katze und der Katzenkopf in meinem.

Victoria war gezwungen, die erschreckte Feldmaus fallenzulassen, ehe sie wirklichen Schaden angerichtet hatte, und ich sah befriedigt, wie das kleine Geschöpf in eine dunkle Ecke davonhuschte und dort ohne Zweifel ein dunkles Loch fand, in dem sie sich verkroch. Victoria quiekte, zog den Kopf zwischen meinen Kinnladen hervor und kratzte mich dabei an der Brust. Ich jaulte über den stechenden Schmerz und stürzte mich wieder auf sie – jetzt sehr, sehr zornig.

Wir rannten in der Küche herum, warfen dabei Stühle um, stießen gegen Schränke, schrien einander an, ganz im Bann animalischer Wut und überhaupt nicht mehr auf den Lärm achtend, den wir erzeugten, oder den Schaden, den wir anrichteten. Einmal klappten meine Zähne über Victorias peitschendem Schwanz zu. Die Katze kam ruckartig zum Stillstand, und ein überraschter Schrei entrang sich ihr. Sie wirbelte herum und zog ihre scharfen Klauen über meine Nase, und ich mußte loslassen. Aber ihr Schwanz war jetzt an der Spitze haarlos. Ich sprang wieder vor, und sie sprang am Ausguß in die Höhe und warf dabei den Stapel Geschirr um, den Miß Birdle zum Trocknen aufgestellt hatte. Er krachte herunter und zerschellte auf dem steinernen Boden in Hunderte von Splittern. Ich versuchte, selbst auf das Abflußbrett zu springen und hätte es beinahe geschafft, aber der Anblick Victorias, die mit dem Kopf voraus durch eine Scheibe in dem geschlossenen Fenster hechtete, verblüffte mich so sehr, daß ich meine Konzentration verlor und wieder auf den Boden zurückglitt. Ich hatte noch nie eine Katze – oder sonst ein Tier – *das* tun sehen!

Ich lag immer noch halb auf dem Boden, verdutzt und ein wenig entzückt, glaube ich, als die weißgewandete Gestalt unter der Küchentür erschien. Ich erstarrte einen Augenblick lang, als ich die Erscheinung sah, und begriff, daß es nur Miß Birdle war. Dann erstarrte ich erneut. Ihre Augen schienen in der Dunkelheit zu glühen. Das weiße Haar hing ihr zerzaust bis auf die Schultern herab, und das weite Nachthemd, das sie trug, knisterte vor statischer Elektrizität. Ihr ganzer Körper zitterte in aufwallender Wut. Der Mund stand ihr offen, aber sie war nicht fähig, zusammenhängende Wörter zu bilden; sie konnte nur ein seltsam gurgelndes Geräusch hervorbringen. Aber immerhin schaffte sie es, mit zitternder Hand zum Lichtschalter zu greifen und ihn anzuknipsen. In der hellen Beleuchtung fühlte ich mich plötzlich inmitten all des zerschmetterten Geschirrs sehr nackt.

Ich schluckte und begann mich zu entschuldigen, wollte der Katze die ganze Schuld geben, aber das Kreischen, das sich der alten Dame entrang, machte mir klar, daß in diesem Augenblick jedes Wort zuviel war. Ich huschte unter den Küchentisch.

Unglücklicherweise bot der mir nur wenig Schutz, denn einer dieser mit Pantoffeln bekleideten Füße fand mit untrüglicher Akkuratesse meine Rippen. Er fand meine Rippen noch ein paarmal, bis ich auf die Idee kam, mich zu entfernen. Ich schoß hinaus, strebte auf die offene Tür zu, hatte vor dieser lieben alten Dame eine Heidenangst. Dann warf die liebe alte Dame einen Stuhl nach mir, und ich jaulte, als er an meinem Rücken abprallte. Mit wild fuchtelnden Armen schoß sie auf mich zu und erschreckte mich mit ihrer Kraft. Sie packte mich am Halsband, und ich spürte, wie ich in den überfüllten ›Gästeraum‹ gezerrt wurde. Ich wurde hineingeworfen, und dann knallte die Tür hinter mir zu. Von der anderen Seite der schweren Tür hörte ich eine Sprache, wie ich sie vom Schrottplatz her gewohnt war, die ich aber ganz sicher nicht in einem malerischen alten Häuschen und von einer so reizenden alten Dame erwartet hätte. Ich lag zitternd da und gab mir die größte Mühe, meinen Darm und meine Blase unter Kontrolle zu halten. Ich war auch ohne *das* schon hinreichend in Ungnade gefallen.

Wieder eine armselige Nacht für mich. Ein Hund wie ich weiß im wahrsten Sinne, was der Ausdruck ›Hundeleben‹ bedeutet. Ich kenne kein anderes Tier, das so viele Hochs und Tiefs der Gefühle durchlebt wie der Hund. Vielleicht machen wir uns selbst Ärger; vielleicht sind wir überempfindlich; und vielleicht sind wir auch einfach nur dumm. Vielleicht sind wir zu menschlich.

Ich schlief kaum. Ich rechnete die ganze Zeit damit, daß die Tür plötzlich aufflog und der alte Dämon erschien und das nächste Strafgericht über mich hereinbrach. Aber sie flog nicht auf; tatsächlich öffnete sie sich sogar die nächsten drei Tage nicht.

Ich winselte, ich heulte, ich wurde zornig und bellte; aber nichts geschah. Ich verunreinigte den Boden und weinte, weil ich wußte, daß mir das Ärger eintragen würde. Ich hungerte und verfluchte die Maus, die mich in diese Lage gebracht hatte. Meine Kehle wurde wund, weil ich nichts zu trinken hatte, und ich verfluchte die bösartige Katze, die diese Situation hervorgerufen hatte, und ich verfluchte Miß Birdle ob ihrer Senilität. Wie konnte sie sich von einem Augenblick zum nächsten von einer bezaubernden zarten alten Dame in ein wütendes Monstrum verwandeln? Also schön, ich weiß, daß ich in gewissem Maße selbst schuld war – ihre Katze war mit dem Kopf voran durch das Fenster gesprungen –, aber reichte das als Anlaß, um mich auszusperren und auszuhungern? Das Selbstmitleid ließ mich schmollen, ein Schmollen, das gelegentlich in Zorn umschlug und dann wieder zu Schmollen wurde.

Am dritten Tag klapperte der Türgriff, und die Tür öffnete sich langsam.

Ich kauerte unter dem Klavier und wagte kaum aufzublikken, bereit, mit so wenig Würde wie möglich Prügel zu beziehen.

»Na, komm schon, Dusel, was gibt's denn?« Sie stand da

und lächelte auf mich herab, jenes süße Omalächeln, jene sanfte Unschuld, die nur die sehr alten und die sehr jungen an sich hatten. Ich schnüffelte und weigerte mich, mich herauslocken zu lassen.

»Komm schon, Dusel, alles ist verziehen.«

O ja, dachte ich, bis zu meinem nächsten Anfall.

»Komm und sieh, was ich für dich habe.« Sie verließ die Tür und verschwand in die Küche, rief lockend meinen Namen. Ein fleischiger Geruch schlug mir entgegen; ich zog den Schwanz ein und schlich vorsichtig hinter ihr her. Ich fand Miß Birdle in der Küche damit beschäftigt, wie sie eine ganze Dose Hundefutter in eine Schüssel auf den Boden leerte.

Mag ja sein, daß *ich* nicht vergeben kann, aber mein Magen hat seinen eigenen Kopf, und der bestand darauf, daß ich aß. Was ich natürlich ohne zuviel inneren Konflikt tat, obwohl ich die ganze Zeit die alte Dame aufmerksam beobachtete. Das Essen war bald weggeputzt und dann auch das Wasser, das sie mir reichte. Aber bis meine Nervosität verflogen war, verging etwas mehr Zeit. Victoria beobachtete mich die ganze Zeit von ihrem Korb in der Ecke aus und peitschte ihren Schwanz in langsamen, regelmäßigen Bewegungen, die kalte Wut ausdrückten. Ich ignorierte sie, aber es freute mich tatsächlich, daß sie sich bei dem Sprung durch die Fensterscheibe keinen ernsthaften Schaden zugezogen hatte. (Und die haarlose Schwanzspitze freute mich auch.)

Ich scheute zurück, als Miß Birdle sich zu mir herunterbeugte, um nach mir zu greifen, aber ihre mit ruhiger Stimme gesprochenen Worte besänftigten meine angespannten Nerven, und ich ließ mich von ihr streicheln. Bald waren wir wieder Freunde, und das blieben wir wenigstens die nächsten zwei Wochen.

Victoria achtete darauf, mir aus dem Weg zu gehen, und ich gestehe, ich achtete meinerseits darauf, mich ihr gegenüber ebenso zu verhalten. Wenn Miß Birdle in die Stadt ging, um einzukaufen, ging ich mit und gab mir immer die größte Mühe, mich dabei anständig zu benehmen. Die Versuchung zu stehlen war beinahe unwiderstehlich, aber ich widerstand ihr trotzdem. Ich wurde einigermaßen gut gefüttert, und der schreckliche Kampf mit Victoria war bald vergessen. Miß Birdle stellte mich all ihren Freunden und Freundinnen vor (sie schien alle und jeden zu kennen), und man machte großes Aufhebens um mich. Am Nachmittag pflegte ich dann hinter dem Haus auf den Feldern herumzutoben, die dort lebenden Tiere aufzuscheuchen, die Süße der knospenden Blumen einzuatmen und an der zunehmenden Wärme, die die Sonne ausstrahlte, meine Freude zu haben. Farben umgaben mich, neue Gerüche reizten meine Sinne: Das Leben wurde wieder gut, ich wurde gesünder. Zwei Wochen des Glücks, und dann schaffte es dieses Rattenbiest von einer Katze, wieder alles zunichte zu machen.

Es war ein sonniger Nachmittag, und Miß Birdle war im vorderen Teil ihres Gartens mit ihren Blumenbeeten beschäftigt. Die Haustür stand offen, und ich ging durch sie ein und aus, genoß den Luxus, ein Zuhause zu haben, wo ich ganz nach Belieben kommen und gehen konnte. Als ich das das dritte oder vierte Mal tat, wanderte Victoria nach mir in das Haus, und ich hätte ahnen müssen, daß etwas geschehen würde, als sie ein Gespräch mit mir begann. Aber da ich ein Narr bin und immer darauf aus, neue Freunde zu gewinnen, legte ich meinen Argwohn bereitwillig beiseite und beantwortete ihre Fragen, ließ mich auf den Teppich nieder, ganz darauf eingestellt, einen kleinen Plausch zu führen. Wie ich schon sagte: Katzen neigen wie Ratten nicht sehr zur Gesprächigkeit, und es freute mich, daß Victoria sich meinetwegen die Mühe machte. Ich nahm an, sie hätte mich jetzt als Dauergast akzeptiert und versuchte das Beste daraus zu machen. Sie fragte mich, wo ich herkäme, ob ich andere Katzen kannte, ob ich gern Fisch hatte – alle möglichen belanglosen Fragen. Aber die ganze Zeit huschten ihre gelben Augen im Zimmer herum, als suchte sie etwas. Als sie dann schließlich den großen Schrank mit all dem feinen Geschirr erfaßte, lächelte sie bei sich. Dann kamen die Beleidigungen: Was ein so räudiges Geschöpf wie ich eigentlich hier verloren hätte? Ob alle Hunde so dumm wie ich wären? Warum ich so röche? Kleine Dinge von der Art. Ich blinzelte, über diesen plötzlichen Wechsel in ihrem Verhalten verblüfft. Hatte ich sie irgendwie beleidigt?

Sie kam ganz dicht an mich heran, so daß wir beinahe Nase an Nase waren, und starrte mir eindringlich in die Augen. »Du bist ein schmutziger, triefnäsiger, von Flöhen zerbissener Köter. Du bist ein Dieb und ein Schuft!« Victoria sah mich befriedigt an. »Deine Mutter war ein Schakal und hat sich mit einer Hyäne gepaart. Du bist vulgär, und du bist widerwärtig!«

Nun kann man einem Hund eine ganze Menge Beleidigungen an den Kopf werfen und damit durchkommen, aber eine lassen wir uns nicht gefallen, ein Wort gibt es, das uns wirklich beleidigt. Stimmt – schmutzig! (Wir sind das natürlich oft, aber wir mögen es nicht, wenn man uns das sagt.) Ich knurrte sie an, sie solle still sein.

Das nahm sie natürlich nicht zur Kenntnis, sondern schimpfte weiter, überschüttete mich mit Beleidigungen, die es gar nicht wert sind, daß man sie hier wiederholt. Aber einige davon waren für jemanden mit einem so beschränkten Wortschatz einigermaßen genial. Trotzdem hätte ich wahrscheinlich all diese Beleidigungen ertragen, wenn sie mir nicht am Ende ins Gesicht gespuckt hätte. Ich ging auf sie los, und genau das hatte sie die ganze Zeit gewollt.

Sie sprang spuckend und heulend auf den Schrank. Ich versuchte ihr zu folgen, schrie, so laut ich konnte, und erfand dabei meinerseits ein paar nette Beleidigungen. Victoria zog sich auf den Schrank zurück, während ich vergebens versuchte, sie zu erreichen. Und während sie den Körper nach hinten bewegte, kamen die Zierteller, die auf dem ersten Regal aufgereiht waren, klirrend herunter.

Ein Schatten fiel durch die Tür, aber der Blödmann (ganz

richtig) bellte weiter die Katze an. Miß Birdles Anwesenheit wurde mir erst in dem Augenblick bewußt, als der Rechen auf meinen Rücken herunterkrachte. Ich raste auf die Haustür zu, aber die alte Dame hatte offenbar Flügel, denn sie erreichte sie vor mir. Sie knallte die Tür zu, drehte sich zu mir herum, den Rechen wie eine Lanze in den knorrigen alten Händen und seine eisernen Zähne fast an meiner Nase. Ich blickte zu ihrem Gesicht auf und schluckte laut.

Es hatte einen tief purpurnen Farbton angenommen, und die winzigen aufgeplatzten Äderchen schienen wie ein Feuerwerk auf ihrer Haut zu explodieren; ihre früher einmal freundlichen Augen traten aus ihren Höhlen hervor, als wollten sie gleich herausplatzen und über ihre Wangen rollen. Ich bewegte mich den Bruchteil einer Sekunde vor ihr, und der Rechen krachte nur wenige Zentimeter hinter mir auf den Boden herunter. Wir umkreisten schnell den Raum, während die Katze von ihrem sicheren Platz auf dem Schrank zusah, ein breites Grinsen im Gesicht. Bei der dritten Runde entdeckte Miß Birdle sie und schlug mit dem Rechen nach ihr. (Vermutlich lag das an der Enttäuschung, die sie darüber empfand, daß sie mich nicht erwischen konnte.) Sie traf die Katze, die daraufhin wie eine Kanonenkugel vom Schrank schoß und sich mir in der Arena hinzugesellte. Unglücklicherweise (hauptsächlich für uns) hatte Miß Birdles weitausholender Schlag nach Victoria weitere Teller sowie ein paar Tassen und eine kleine antike Vase heruntergefegt. Sie folgten der Katze, schlossen sich aber natürlich unserer wilden Jagd nicht an; sie lagen zerbrochen und tot dort, wo sie hingefallen waren.

Der erschreckte Schrei hinter uns verriet uns, daß die Lage sich keineswegs gebessert hatte: Miß Birdle war im Begriff, Amok zu laufen! Victoria wählte die enge Höhle, die es zwischen der Sofalehne und der Wand unter dem Vorderfenster gab, um sich dort zu verstecken. Ich zwängte mich hinter ihr hinein und wäre in meiner Hast fast auf ihren Rücken gestiegen. Es war recht eng dort, aber wir schafften es immerhin, halb in den dunklen Korridor einzudringen. Dort zitterten wir und hatten Angst, noch weiterzugehen, weil uns das wieder nach draußen führen würde.

»Das ist deine Schuld!« beklagte sich die Katze.

Ehe ich Gelegenheit zum Protest hatte, fand der lange Rechenstiel mein Hinterteil, und ich wurde plötzlich auf eine höchst schmerzhafte und würdelose Art nach vorne gestoßen. Wir wurden ein wirrer Knäuel haariger Körper, als wir uns jetzt abmühten, das andere Ende des engen Tunnels zu erreichen, wobei uns heftige Stöße von hinten dabei behilflich waren, unser Ziel zu erreichen. Wir kamen gemeinsam heraus, und die alte Dame rannte um das Sofa herum, um uns zu begrüßen.

Da ich das größere Ziel war, traf der Rechen vor allem mich. Aber ich kann doch mit gewisser Befriedigung sagen, daß auch die Katze einen angemessenen Teil abbekam. Die Jagd dauerte noch weitere fünf Minuten an, bis Victoria schließlich beschloß, daß der beste Fluchtweg für sie durch den Kamin führte. So schoß sie in die Höhe, und dafür kam Ruß herunter – riesige schwarze Wolken. Das trug nicht gerade dazu bei, Miß Birdles Stimmung zu heben, denn der Ruß bildete eine schwarze Schicht rings um den Kaminsims. Nun war es die alte Dame gewöhnt, jeden Morgen das Feuer vorzubereiten und es dann anzuzünden, wenn sie sich am Nachmittag hinsetzte, obwohl die warme Jahreszeit bereits begonnen hatte. Aber diesmal beschloß sie, den Tagesplan etwas zu beschleunigen. Sie zündete also das Feuer an.

Ich sah schreckerfüllt zu, wie das Papier aufflammte und dann die Holzspäne Feuer fingen. Miß Birdle vergaß mich für den Augenblick und machte es sich auf ihrem Lehnsessel bequem, den Rechen griffbereit auf dem Schoß. Wir starrten den Kamin an: Miß Birdle mit grimmiger Geduld, ich mit äußerstem Unbehagen. Der Raum um uns hatte jeglichen Anschein von Gemütlichkeit verloren.

Die Flammen leckten höher, und der Rauch stieg auf. Ein

halbersticktes Husten fiel mit weiterem Ruß herunter, und wir wußten, daß die Katze immer noch dort oben im Dunkeln kauerte und nicht weiterklettern konnte. Miß Birdles schmale Lippen verzogen sich an den Mundwinkeln zu einem starren Lächeln empor, während wir warteten und nur das Knistern des brennenden Holzes das Schweigen durchbrach.

Ein Klopfen an der Tür ließ uns beide zusammenzucken.

Miß Birdles Kopf fuhr herum, und ich konnte Panik in ihren Augen sehen. Es klopfte erneut, und dann rief eine halberstickte Stimme: »Miß Birdle? Sind Sie da?«

Die alte Dame fuhr in die Höhe und reagierte. Der Rechen wurde hinter das Sofa geschoben, umgekippte Stühle aufgerichtet und zerbrochenes Porzellan unter den Lehnsessel gekehrt. Nur der rußgeschwärzte Teppich und eine gewisse Unordnung im Raum deuteten darauf hin, daß etwas Außergewöhnliches vorgefallen war. Miß Birdle hielt ein paar Sekunden lang inne, zupfte sich die Kleidung zurecht, arrangierte ihre Persönlichkeit neu und ging zur Tür.

Die Hand des Vikars hob sich gerade, um erneut zu klopfen, und er lächelte nachsichtheischend auf Miß Birdle herunter.

»Tut mir leid, wenn ich störe«, sagte er. »Es ist wegen der Blumenarrangements am Samstag. Wir dürfen doch wieder mit Ihrer Hilfe rechnen, nicht wahr, Miß Birdle?«

Die alte Dame lächelte ihn süßlich an. »Aber selbstverständlich, Mr. Shelton. Hab ich Sie je im Stich gelassen?«

Der Wandel, der sich an ihr vollzogen hatte, war verblüffend; aus dem Würgeengel der Rache war wieder ein alter Engel der Unschuld geworden. Sie scharwenzelte um den Vikar herum, und der scharwenzelte um sie herum, und die ganze Zeit röstete die Katze im Kamin.

»Und wie geht's Ihrem kleinen Strolch?« hörte ich den Vikar fragen.

»Oh, er genießt es bei mir«, erwiderte Miß Birdle und besaß die Unverschämtheit, sich zu mir umzudrehen und zu lächeln. »Komm her, Dusel, sag dem Vikar guten Tag.«

Wahrscheinlich hätte ich jetzt gerannt kommen, dem Priester die Hand lecken und dabei mit dem Schweif wedeln sollen, um zu zeigen, wie erfreut ich war, ihn zu sehen. Aber ich befand mich immer noch im Schockzustand und konnte mich nur hinter den Sessel ducken.

»Oh, er mag wohl Fremde nicht, wie?« lächelte der Vikar.

Ich weiß nicht, ob er zu mir oder zu Miß Birdle sprach, denn seine Stimme hatte jenen albernen Tonfall angenommen, den die Leute gewöhnlich für Tiere reserviert haben. Sie starrten mich beide liebevoll an.

»Nein, Dusel ist sehr menschenscheu«, sagte Miß Birdle mit einer Stimme wie schmelzende Butter.

»Hat die Polizei schon seinen Besitzer ausfindig gemacht?« wollte der Vikar wissen.

»Hollingbery hat mir erst gestern gesagt, daß ihn niemand als abgängig gemeldet hat, also nehme ich an, daß Dusels Besitzer nicht sehr interessiert an ihm war.«

Sie nickten beide in voller Harmonie und sahen mich mitfühlend an.

»Das macht nichts«, sagte der Vikar vergnügt. »Er hat ja jetzt ein hübsches Zuhause, und ich bin sicher, daß er sich hier wohlfühlt. Und er ist doch ein braves Hundchen, oder nicht?« Die Frage war unmittelbar an mich gerichtet.

O ja, dachte ich, und die Mieze ist eine brave Mieze, wenn auch eine gut gekochte.

»Ach du liebe Güte, Miß Birdle, der Raum ist ja ganz voll Rauch. Ist Ihr Kamin verstopft?«

Ohne mit der Wimper zu zucken, lachte die alte Dame ein wenig und meinte: »Nein, das ist immer so, wenn man ihn anzündet. Es dauert eine Weile, bis die Luft richtig fließt.«

»An Ihrer Stelle würde ich das einmal nachsehen lassen, schließlich darf man doch ein so hübsches Heim nicht mit Rauch verderben. Ich schicke morgen jemanden, der das für Sie in Ordnung bringt. Was nun die Versammlung der Frauengilde nächsten Mittwoch betrifft...« An dem Punkt fiel Victoria aus ihrem Versteck.

Der Vikar stand mit offenem Mund da, als die rußbedeckte rauchende Katze ins Feuer fiel und schreiend und vor Wut spuckend aus dem Kamin sprang und auf die Tür zuhetzte. Sie flog an ihm vorbei, und er konnte nur dem angesengten schwarzen Körper nachsehen, wie dieser mit einer Rauchfahne hinter sich den Weg hinunterraste. Mit immer noch offenstehendem Mund wandte der Vikar seine Aufmerksamkeit wieder Miß Birdle zu und hob die Brauen.

»Ich hab mich schon *gewundert*, wo Victoria sich versteckt hielt«, meinte die.

Die Katze kam nie wieder, wenigstens nicht, solange ich dort war, und ich bezweifle ernsthaft, daß sie das je tat. Das Leben in dem Haus ging auf seine verrückte normale Art weiter, und meine Wohltäterin schien den Vorfall vergessen zu haben, als hätte er sich nie zugetragen. In der folgenden Woche stand Miß Birdle einige Male an der Haustür und rief Victorias Namen. Ich nehme an, daß die Katze inzwischen bereits einige hundert Kilometer entfernt war. (Ich habe immer noch Alpträume von ihr, in denen sie mich in der Nacht anstarrt und in der Finsternis Funken sprüht.) Miß Birdle vergaß Victoria bald ganz und wandte ihre volle Aufmerksamkeit mir zu. Aber ich hatte, was wahrscheinlich nicht überrascht, das Gefühl, daß ich ihr nie würde ganz vertrauen können. Ich verbrachte meine Zeit damit, nervös auf ihren nächsten Ausbruch zu warten, bewegte mich sehr vorsichtig und lernte meine Undiszipliniertheit im Zaum zu halten. Es kam mir in den Sinn wegzugehen, aber ich muß gestehen, daß die Verlockung guten Essens und eines bequemen Bettes kräftiger war als meine Angst vor dem, was vielleicht bald passieren könnte. Mit einem Wort, ich war dumm. (Rumbo hatte recht gehabt.) Und selbst ich staune darüber, wie dumm mein nächster Fehler war.

Eines Nachts fand ich am Rand des Ausgusses einen netten kaubaren Plastikgegenstand. Jetzt, da Victoria ausgezogen und ihr Korb mein Bett geworden war, war die Küche zu meiner nächtlichen Domäne geworden. Ich stöberte oft in der Nacht oder in den frühen Morgenstunden herum, und diesmal hatte ich das Glück gehabt, ein Spielzeug zu finden. Nicht zu hart, nicht zu weich und knusprig, als ich kräftig daraufbiß. Nicht gut zu essen, aber hübsch anzusehen, mit seiner rosafarbenen Oberfläche und den kleinen weißen Verzierungen an einem Rand. Ich amüsierte mich stundenlang damit.

Als Miß Birdle am nächsten Morgen in die Küche kam, vermittelte sie keineswegs den Eindruck besonderer Vergnügtheit. Ihr zahnloser Mund öffnete sich und stieß einen wütenden, tonlosen Schrei aus, und als ich in ihren zahnlosen Mund sah, begriff mein menschlicher Teil, was da zerkaut, zerdrückt und zersplittert zwischen meinen Pfoten lag.

»Meine Tssähne!« stieß Miß Birdle nach ihrem ersten wortlosen Aufschrei heraus. »Meine falschen Tssähne!« Und wieder trat dieses goldene Leuchten in ihre Augen.

Ja, ich bin dumm, so dumm, daß ich selbst über mich staune. Aber auch im Leben des dümmsten Hundes kommt einmal der Augenblick, wo er ganz genau weiß, was er als nächstes tun muß. Und das tat ich.

Ich schoß durch das Fenster, genau wie die Katze das getan hatte (durch die neue Fensterscheibe, um das genau zu sagen), und Angst und Schrecken halfen mir, das zu schaffen, was ich bisher nicht zustande gebracht hatte (nämlich auf den Ausguß zu springen). Die Tatsache, daß Miß Birdle nach dem langen Fleischmesser griff, das mit seinen kulinarischen Gefährten an der Wand hing, überzeugte mich, daß dies vielleicht ihr schlimmster Anfall sein könnte. Ich hielt es für unnötig abzuwarten, um es genau zu erfahren.

Ich hetzte über ihre Blumenbeete, zwängte mich durch Büsche und Unterholz und rannte auf das freie Feld dahinter. Das erschreckende Bild von Miß Birdle im langen weißen Nachtgewand, die mich jagte und dabei mit dem bösen Schlachtermesser herumfuchtelte, hielt mich eine ganze

Weile in Trab. Es ist ganz sicher angenehm, vier Beine zu haben, wenn man dauernd davonrennt.

Ich war weit von jenem Haus entfernt, als ich schließlich erschöpft zusammenbrach, und hatte bereits den festen Entschluß gefaßt, niemals dorthin zurückzukehren. Nicht einmal ein Hund konnte so leben. Ich schauderte bei dem Gedanken an die schizophrene alte Dame, die im einen Augenblick so bezaubernd und im nächsten so tödlich war. Ließen sich etwa alle ihre Freundinnen durch ihre bezaubernd altjüngferliche Art täuschen? Sah denn niemand, was hinter dieser Fassade lauerte, bereit, auf den leisesten Anstoß entfesselt zu werden? Vermutlich nicht, denn sie schien so populär und von allen respektiert. *Alle* liebten Miß Birdle. Und Miß Birdle liebte *alle.* Wer würde je ahnen, daß die reizende alte Dame diesen bösen Zug an sich hatte? Weshalb sollte auch jemand so etwas denken? Da ich ihre liebenswerte Seite so gut kannte, bereitete es selbst mir Schwierigkeiten zu glauben, daß ihre Freundlichkeit in solche Gewalttätigkeit umschlagen konnte. Aber ich werde niemals wieder süßen alten Damen vertrauen. Wie kann man diesen menschlichen Zug verstehen? Was machte jemanden in einem Augenblick gut und im nächsten böse? Aber das war in Wirklichkeit ganz einfach: Sie war verrückt.

14

Hundeleben, Hundetage, schmutziger Hund, verrückter Hund, fauler Hund, hundemüde – warum treibt man mit unserem Namen eigentlich solches Schindluder? Man sagt ja auch nicht Igelleben oder froschmüde oder Hasentage. Freilich benutzt man gewisse Tiernamen, um bestimmte Arten von Menschen zu beschreiben – Affe, Gans, Schwein –, aber das sind nur individuelle Beschreibungen, man weitet den Bereich jedenfalls nicht aus. Nur Hunde müssen sich diese Mißhandlungen gefallen lassen. Man benutzt sogar die Namen verschiedener Gattungen in lobender Weise: Ein Elefant vergißt nie etwas (stimmt nicht), tapfer wie ein Löwe (stimmt ganz entschieden nicht), weise wie eine Eule. (Das soll wohl ein Witz sein?) Aber wo macht man dem Hund Komplimente? Und doch liebt ihr uns und haltet uns für den besten Freund des Menschen. Wir bewachen euch, wir führen euch; wir können mit euch jagen, mit euch spielen. Einige Angehörige unserer Art eignen sich sogar für Rennen. Ihr nutzt uns zur Arbeit, und wir können Preise für euch gewinnen. Wir sind loyal, wir vertrauen, wir lieben euch – selbst wenn einer von euch noch so gemein ist, sein Hund bewundert ihn. Warum also dieser geringschätzige Gebrauch unseres Namens? Warum könnt ihr nicht einfach sagen, ›so frei wie ein Hund‹ oder ›so stolz wie ein Hund‹ oder ›so schlau wie ein Hund‹? Warum sollte ausgerechnet ein unglückliches Leben ein Hundeleben sein? Warum würdet ihr *nicht einmal einen Hund* bei schlechtem Wetter hinausjagen? Was haben *wir* getan, um solche Blasphemie zu verdienen? Liegt das daran, daß wir immer irgendwie ein Mißgeschick erleiden? Ist es, weil wir dumm wirken? Ist es, weil wir zu Übertreibungen neigen? Ist es, weil wir im Kampf tapfer sind, aber feige, wenn unser Herr und Meister die Hand gegen uns hebt? Ist es, weil wir schmutzige Angewohnheiten haben? *Oder ist es, weil wir euch ähnlicher sind als jedes andere lebende Geschöpf?*

Erkennt ihr, daß unsere Mißgeschicke den euren ähnlich sind, unsere Persönlichkeiten eine Widerspiegelung der euren, nur einfacher? Bedauert, liebt und haßt ihr Hunde, weil ihr in uns eure eigene Menschlichkeit seht? Ist das der Grund, warum ihr unseren Namen beleidigt? Beleidigt ihr in Wirklichkeit nur euch selbst?

Die Bezeichnung ›Hundeleben‹ hatte für mich, wie ich so im Gras lag und keuchte, eine ganz reale Bedeutung. Sollte mein Leben immer nach diesem unglückseligen Schema verlaufen? Siehst du, da trat wieder der menschliche Teil meines Wesens in den Vordergrund, denn es gibt nicht viele Tiere, die auf solche Weise philosophieren – wenn es auch Ausnahmen gibt. Die Angst und jene gute, alte menschliche Eigenschaft, das Selbstmitleid, hatten wieder einmal die halbverdrängte Seite meiner Persönlichkeit zum Leben erweckt, und ich begann wieder in menschlichen Kategorien zu denken, wenn auch immer noch mit hündischem Einfluß.

Ich schüttelte mein Leid ab, so wie Hunde das tun, und stand auf. Ich hatte ein Ziel, das ich vernachlässigt hatte, und jetzt war die Zeit, meine Suche fortzusetzen. Es war ein wunderbarer, frischer Tag, und die Luft war von verschiedenen Gerüchen erfüllt. Ich war aufs neue ohne Patron und immer noch ohne Freund, aber dafür war ich frei; frei, um zu tun, was mir Spaß machte, und frei, um dorthinzugehen, wo es mir Spaß machte. Ich hatte nur mir selbst Rechenschaft abzulegen!

Meine Beine setzten sich ohne lange Überlegung in Trab, und ich war aufs neue mit höchstem Tempo unterwegs, nur daß diesmal das Zwanghafte, das mich antrieb, vor mir lag, nicht hinter mir. Die Richtung, die ich einschlagen sollte, kannte ich instinktiv, und ich fand mich bald wieder auf der Straße zu der Ortschaft unterwegs, die so vertraut geklungen hatte.

Autos fegten in kurzen Abständen an mir vorbei und ließen mich jedesmal zusammenzucken. Ich hatte immer noch vor diesen mechanischen Ungeheuern große Angst, selbst nach all den Monaten, die ich in der Stadt verlebt hatte. Aber irgendwie wußte ich, daß ich einmal selbst ein solches Fahrzeug gesteuert hatte. In einem anderen Leben. Ich erreichte eine dichtbewaldete Stelle und beschloß, einen kleinen Umweg zu machen, wußte, daß ich auf diese Weise ein paar Kilometer abkürzen würde.

Der Wald war ein faszinierender Ort. Es summte in ihm von verborgenen Lebewesen, die meine Augen bald zu entdecken begannen und denen ich – was mich überraschte –

sogar Namen geben konnte. Da gab es Käfer, Schnaken, Fliegen, Moskitos, Wespen und Bienen. Schmetterlinge tanzten von Blatt zu Blatt, Mäuse huschten durch das Unterholz, und überall waren Eichhörnchen zu sehen. Ein Specht starrte mich neugierig von seinem Hochsitz aus an und ignorierte meinen freundlichen Gruß. Ein erschrecktes Reh sprang davon, als ich versehentlich auf sein Versteck stieß. Tausende und Abertausende von Blattläusen saugten den Saft aus Blättern und Pflanzenstielen und sonderten Honigtau aus, von dem sich Ameisen und andere ernährten. Vögel – Singdrosseln, Buchfinken, Eichelhäher flogen von Ast zu Ast oder tauchten ins Unterholz, um dort Nahrung zu suchen. Erdwürmer krümmten sich vor meinen Füßen und verschwanden wieder. Ich war von dem Gewimmel erstaunt und auch ein wenig beeindruckt davon, weil mir nie klar gewesen war, daß in diesen Bereichen so viel vor sich ging. Die Farben taten in ihrer Intensität meinen Augen beinahe weh, und das dauernde Plappern und Schnattern so vieler Lebewesen drohte meinen Schädel zum Platzen zu bringen. Aber es war belebend und aufmunternd und tat mir gut.

Ich verbrachte den ganzen Tag mit der Erforschung dieser für mich neuen Welt und hatte großes Vergnügen daran, sah die Dinge durch neue Augen und mit einer ganz anderen geistigen Einstellung, denn ich war jetzt Teil jener Welt, nicht nur ein menschlicher Beobachter. Ich gewann hier und da ein paar neue Freunde, wenn mich auch im allgemeinen dieses geschäftige Völkchen von Tieren, Insekten, Vögeln und Reptilien ignorierte. Ihr Verhalten mir gegenüber war völlig unvorhersehbar, denn ich führte ein sehr angenehmes kurzes Gespräch mit einer giftigen Otter, wohingegen ein nett aussehendes Eichhörnchen, auf das ich zufällig stieß, äußerst unfreundlich war. Sein Aussehen stand in keiner Beziehung zu seinem Wesen. (Mein Gespräch mit der Otter war eigenartig, denn Schlangen haben natürlich nur ein inneres Ohr, das Schwingungen durch den Schädel aufnimmt. Es ließ mich aufs neue erkennen, daß wir über die Gedanken miteinander kommunizierten.) Ich entdeckte, daß Schlangen eine Gattung sind, der man viel Unrecht antut, denn diese hier war ein durch und durch freundliches Wesen, so wie es die meisten anderen Angehörigen dieser Gattung auch waren, denen ich seitdem begegnet bin.

Ich vergaß sogar meinen Bauch und gestattete mir, meine Umgebung zu genießen, hinterlassene Spuren oder markierte Grenzen auszuschnüffeln, die verschiedene Tiere hinterlassen hatten. Von Zeit zu Zeit markierte ich meine eigene Spur, eher ein Zeichen ›Dusel war hier‹ als ein Mittel, um meinen Weg wiederzufinden. Es würde für mich kein Zurück in diesen Wald geben.

Am Nachmittag döste ich in der Sonne, und als ich erwachte, schlenderte ich zu einem Bach hinunter, um zu trinken. Ein Frosch saß da und verzehrte einen langen rosafarbenen Wurm, schabte beim Schlucken die Erde von dem glänzenden Körper. Er hielt einen Augenblick inne und betrachtete mich neugierig, während der arme Wurm sich verzweifelt abmühte, sich aus dem Maul des Frosches zu befreien. Der Frosch blinzelte zweimal und aß dann weiter, und der Wurm verschwand dann wie eine lebende Nudel. Der Schwanz (Kopf?) des Wurmes ringelte sich noch einmal, ehe er das Land der Lebenden verließ, und war dann verschwunden; die Augen des Frosches traten noch deutlicher hervor, als er konvulsivisch schluckte.

»Ein schöner Tag«, sagte ich liebenswürdig.

Er blinzelte noch einmal und sagte dann: »Ja, ganz nett.«

Ich fragte mich kurz, wie er schmecken würde, entschied dann aber, daß er nicht besonders appetitlich aussah. Von irgendwoher erinnerte ich mich daran, daß seine Beine vielleicht ganz gut sein könnten.

»Ich hab dich hier noch nie gesehen«, bemerkte er.

»Ich bin nur auf der Durchreise«, erwiderte ich.

»Auf der Durchreise? Was bedeutet das?«

»Nun... ich bin auf einer Reise.«

»Einer Reise wohin?«
»In eine Ortschaft.«
»Was ist eine Ortschaft?«
»Eine Ortschaft – wo Leute leben.«
»Leute?«
»Große Dinger auf zwei Beinen.«
Er zuckte die Achseln. »Nie gesehen.«
»Kommen hier nie Leute durch?«
»Nie gesehen«, wiederholte er. »Ortschaft hab ich auch nie eine gesehen. Hier gibt's keine Ortschaften.«
»Es gibt eine, die ist gar nicht weit weg.«
»So was kann's nicht geben. Nie eine gesehen.«
»Nein, nicht hier im Wald, sondern weiter weg.«
»Einen anderen Ort gibt's nicht.«
»Natürlich gibt es den. Die Welt ist viel größer als nur dieser Wald hier!«
»Was ist Wald?«
»Das was uns hier umgibt«, sagte ich und deutete mit der Nase. »Hinter diesen Bäumen dort.«
»Hinter diesen Bäumen ist nichts. Ich kenne nur die.«
»Bist du nie aus dieser Lichtung herausgekommen?«
»Wozu?
»Um zu sehen, was es sonst noch gibt.«
»Ich kenne alles, was es gibt.«
»Kennst du nicht. Es gibt noch mehr.«
»Du täuschst dich.«
»Mich hast du noch nie gesehen, oder?«
»Nein.«
»Nun, ich komme von jenseits dieser Bäume.«
Das verwirrte ihn eine Minute lang. »Warum?« sagte er schließlich. »Warum bist du von jenseits dieser Bäume hierhergekommen?«
»Weil ich auf der Durchreise bin. Ich bin auf einer Reise.«
»Einer Reise wohin?«
»Einer Ortschaft.«
»Was ist eine Ortschaft?«

»Wo Leute... ach, vergiß es!«

Und das tat er sofort. Den Frosch interessierte es wirklich nicht sehr.

Ich trottete etwas verstimmt davon. »Du wirst dich nie in einen schönen Prinzen verwandeln!« rief ich ihm über die Schulter zu.

»Was ist ein Schöner?« rief er zurück.

Das Gespräch ließ mich über die Weltsicht dieses Tieres nachdenken. Offenbar dachte er, daß die Welt nur das war, was er sehen konnte. Und ob es jenseits dieser Welt noch etwas gab – diese Frage hatte er sich nie gestellt. So stand es um alle Tiere (abgesehen von ein paar von uns): Die Welt bestand nur aus dem, was sie kannten – sonst gab es nichts.

Ich verbrachte eine unruhige und etwas ängstliche Nacht unter einer Eiche, wobei mich die Geräusche einer Eule und ihres Gefährten den größten Teil der Nacht wach hielten. (Es überraschte mich zu entdecken, daß das ›Hu-witt-huu-huu‹ eine Kombination beider Vögel war; der eine machte ›huu‹, der andere ›witt‹). Dabei störte mich nicht so sehr ihr Rufen, sondern, wenn sie plötzlich auf Wühlmäuse herunterstießen, die in der Dunkelheit herumhuschten, das plötzliche Kreischen, das in dem erschreckten Quieken des Opfers seinen Höhepunkt fand und mich immer wieder aufschreckte, mir angst machte. Ich hatte nicht den Mumm, die Eulen aufzuscheuchen, da sie mir als bösartige und ziemlich kräftige Lebewesen erschienen; noch hatte ich den Mut, in der Dunkelheit einen neuen Schlafplatz zu suchen. Schließlich sank ich in unruhigen Schlaf und ging am Morgen mit meinem neuen Freund (wie ich dachte) – einem Rotfuchs – auf Hühnerjagd.

Ich erwachte, weil ich Kläffen hörte. Es war noch dunkel; ich nahm an, daß es noch ein paar Stunden bis zur Morgendämmerung waren, und das Bellen kam aus nicht zu weiter Ferne. Reglos daliegend, versuchte ich herauszufinden, aus welcher Richtung das Kläffen kam und von wem. Waren da

Welpen im Wald? Da ich sicher war, daß die Eulen jetzt ruhten, schob ich mich vorsichtig unter den Bäumen heraus, alle Sinne geschärft, und war noch nicht weit gekommen, als ich unter einer vorstehenden Baumwurzel auf den Fuchsbau stieß. Ein kräftiger Geruch nach Exkrementen und Nahrungsüberresten stieg mir in die Nase, und dann sah ich vier Augenpaare, die mich aus der Dunkelheit anglühten.

»Wer ist da?« sagte jemand, halb verängstigt, halb aggressiv.

»Keine Angst«, beruhigte ich sie hastig, »das bin nur ich.«

»Bist du ein Hund?« wurde ich gefragt, und ein Augenpaar löste sich von den anderen. Ein Fuchs kroch aus der Düsternis nach vorne, und ich fühlte eher, als daß ich es sah, daß es eine Sie war. Eine Füchsin.

»Nun?« sagte sie.

»Äh, ja. Ja, ich bin ein Hund«, erklärte ich ihr.

»Was willst du hier?« Ihr Verhalten war jetzt drohend geworden.

»Ich habe deine Welpen gehört. Ich war nur neugierig, sonst gar nichts.«

Sie schien zu erkennen, daß ich keine Bedrohung darstellte, und ihr Verhalten entspannte sich etwas. »Was machst du in diesem Wald?« wollte sie wissen. »Hunde kommen nachts nur selten her.«

»Ich bin unterwegs... irgendwohin.« Würde sie begreifen, was eine Ortschaft war?

»Zu den Häusern, wo die großen Tiere leben?«

»Ja, zu einer Ortschaft.

»Gehörst du auf den Bauernhof?«

»Den Bauernhof?«

»Den Bauernhof auf der anderen Seite des Waldes. Hinter der Wiese.«

Ihre Welt war größer als die des Frosches.

»Nein, dort gehör ich nicht hin. Ich komme aus einer großen Ortschaft, einer Stadt.«

»Oh.«

Die Füchsin schien jetzt ihr Interesse an mir verloren zu haben und machte kehrt, als eine kleine Stimme aus der Dunkelheit rief.

»Mama, ich hab Hunger!« beklagte sie sich.

»Sei still! Ich komme gleich.«

»Ich habe auch Hunger«, sagte ich, und das hatte ich wirklich.

Der Kopf der Füchsin fuhr zu mir herum. »Dann geh und such dir was zu essen!«

»Äh... ich weiß nicht, wie man das in einem Wald macht.«

Sie sah mich ungläubig an. »Du kannst dich nicht selbst ernähren? Du bist nicht imstande, dir einen Hasen, eine Maus oder ein Eichhörnchen zu fangen?«

»Das mußte ich bis jetzt noch nie. Ich meine, ich habe Ratten und Mäuse umgebracht, aber noch nichts Größeres.«

Sie schüttelte verblüfft den Kopf. »Wie hast du dann überlebt? Wahrscheinlich von den Großen verhätschelt – ich hab schon gesehen, wie ihr es mit ihnen treibt. Die benutzen euch ja sogar dazu, uns zu jagen!«

»Mich nicht! Ich komme aus der Stadt. Ich habe nie Füchse gejagt.«

»Warum sollte ich dir das glauben? Woher weiß ich, daß du mich nicht reinlegen willst?« Sie zeigte mir ihre spitzen Zähne mit einem Grinsen, das gar kein Grinsen, sondern eine Drohung war.

»Wenn du willst, gehe ich weg, ich will dich nicht beunruhigen. Aber vielleicht kann ich mit deinem Gefährten weggehen und für uns alle etwas zu essen besorgen.«

»Ich habe keinen Gefährten mehr.« Das spie sie förmlich aus, und ich konnte die Wut und den Schmerz in ihren Worten fühlen.

»Was ist mit ihm passiert?« fragte ich.

»Gefangen und umgebracht«, stieß sie hervor.

»Besorg uns was zu essen, Mama«, kam der klägliche Ruf aufs neue.

»Nun, dann könnte ich vielleicht *dir* behilflich sein«, schlug ich vor.

»Phh!« spottete die Füchsin. Und dann veränderte sich ihre Stimme. »Aber vielleicht kannst du dich doch nützlich machen«, meinte sie nachdenklich.

Ich spitzte die Ohren. »Ich bin wirklich am Verhungern.«

»Also, gut dann. Ihr Kleinen bleibt hier und geht nicht weg! Habt ihr verstanden?«

Sie hatten verstanden.

»Dann komm, du!« Die Füchsin fegte an mir vorbei.

»Wohin?« fragte ich eifrig und folgte ihr.

»Das wirst du schon sehen.«

»Wie ist dein Name?« rief ich.

»Still!« herrschte sie mich an und fragte dann: »Was ist ein Name?«

»Wie man dich ruft, nennt.«

»Man nennt mich Fuchs. Füchsin, genaugenommen. Dich nennt man Hund, nicht wahr?«

»Nein, das *bin* ich. Du *bist* ein Fuchs. Man nennt mich Dusel.«

»Das ist doch albern. Hund reicht doch.«

»Ja, aber die Menschen nennen mich Dusel – das ist ein Name.«

Sie tat meine Albernheit mit einem Achselzucken ab und sagte nichts mehr, bis wir etwa drei Kilometer hinter uns gebracht hatten. Dann wandte sie sich zu mir um und sagte: »Jetzt sind wir gleich da. Von hier an mußt du ganz leise sein – und dich sehr vorsichtig bewegen.«

»Okay«, flüsterte ich und zitterte vor Erregung.

Ich konnte den Bauernhof sehen, der sich vor uns ausdehnte. Dem Gestank nach schloß ich, daß dort hauptsächlich Milchkühe gehalten wurden.

»Was werden wir jetzt tun – eine Kuh töten?« fragte ich ernsthaft, und die ganze Aufregung war dahin.

»Sei nicht albern!« zischte die Füchsin. »Hühner. Die halten hier auch Hühner.«

Das ist dann schon in Ordnung, dachte ich. Das könnte recht interessant sein.

Wir krochen auf die Farm zu, und ich bemühte mich, den Fuchs dabei exakt zu kopieren, rannte schnell ein paar Schritte, blieb stehen, lauschte, schnüffelte, lief dann wieder weiter, von Busch zu Busch, von Baum zu Baum und dann verstohlen durch das hohe Gras. Ich stellte fest, daß der Wind uns entgegenwehte und herrliche, würzige Bauernhofdüfte zu uns trug. Wir erreichten einen riesigen offenen Schuppen und schlüpften hinein. Zu unserer Linken lagen einige Ballen Stroh vom letzten Winter, und zu unserer Rechten waren Säcke mit Düngemittel aufgetürmt. Als wir herauskamen, machte ich an einem Wassertrog halt, stützte die Vorderpfoten auf seinen Rand und trank.

»Komm weiter!« wisperte die Füchsin ungeduldig. »Dafür ist jetzt keine Zeit. Die Morgendämmerung kommt gleich.«

Ich trottete hinter ihr her, fühlte mich jetzt recht erfrischt, und all meine Nerven tanzten. Die Füchsin und ich gingen durch den Hof, über die Futtertröge, am Silo und dann an einem beinahe leeren, aber kräftig riechenden Misthaufen vorbei. Ich rümpfte die Nase – man kann auch vom Guten zuviel bekommen – und rannte dann hinter der Füchsin her. Wir konnten die Kühe in ihrem riesigen Stall schnarchen hören, und der Geruch von Hafer überdeckte den Geruch von Dung (wenn auch nicht völlig, als wir an einem riesigen Behälter mit Getreide vorbeikamen. Bald hatten wir den Hof hinter uns und ich konnte im Mondlicht vor uns den dunklen Umriß eines Hauses sehen.

Die Füchsin blieb stehen und sog prüfend die Luft ein. Dann lauschte sie. Nach einer kleinen Weile entspannte sich ihr Körper, und sie wandte sich wieder mir zu.

»Da ist einer von deiner Art hier, ein häßlicher großer Köter. Wir müssen vorsichtig sein, um ihn nicht aufzuwecken – er schläft dicht beim Haus. Wir machen das jetzt so...« Sie kam näher zu mir heran, und ich sah, daß sie auf eine scharf aussehende Art recht attraktiv war. »Die Hühner sind dort drüben. Es gibt da eine dünne, aber scharfe Sperre, die dafür sorgt, daß sie drinnen bleiben und wir draußen. Wenn ich die Sperre unten mit den Zähnen zu fassen kriege, kann ich sie in die Höhe ziehen, und wir können unten durchschlüpfen. Ich hab das schon mal gemacht – es ist ein kleiner Trick dabei. Sobald wir drinnen sind, wird die Hölle los sein...« (Begriff sie das Konzept der Hölle, oder war es nur mein Verstand, der ihre Gedanken übersetzte?) »... und dann werden wir nur ganz wenig Zeit haben, gerade genug, daß jeder sich eine Henne schnappen und davonrennen kann.«

Ich bin überzeugt, daß ihre Augen dabei in der Dunkelheit geblitzt haben mußten, aber ich war zu aufgeregt – oder zu dumm –, um es zu bemerken.

»Also«, fuhr die Füchsin fort, »wenn wir wegrennen, müssen wir in unterschiedliche Richtungen laufen. Das wird den großen Hund verwirren und das große Ding, dem er gehört. Das zweibeinige Ding...«

»Mensch«, sagte ich.

»Was?«

»Mensch. So nennt man sie.«

»Wie Dusel?«

»Nein, das *ist* er: ein Mensch.«

Die Füchsin zuckte die Achseln. »Na schön. Mensch hat einen langen Stock, der schreit. Er tötet auch – ich hab gesehen, wie er tötet –, du mußt also vorsichtig sein. Am besten rennst du hier durch den Hof zurück, weil es da eine Menge Deckung gibt, und ich renne auf der anderen Seite über die Felder hinten, weil ich wahrscheinlich schneller bin. Okay?«

»Einverstanden«, nickte ich. Wahrscheinlich drehte Rumbo sich im Augenblick in seinem Grab um.

Wir schlichen weiter, leise und atemlos, und hatten bald den Hühnerstall und den Zaun aus Flechtdraht erreicht. Es war kein besonders großer Pferch – der Bauer hielt sich die Hühner wahrscheinlich nur nebenbei und bezog seinen

Verdienst von seinen Kühen –, aber er mochte wohl dreißig bis fünfzig Hühner beherbergen. Wir hörten gelegentlich Flattern aus dem Pferch, aber unsere Anwesenheit hatten sie offenbar noch nicht wahrgenommen.

Die Füchsin schlich sich an den Drahtzaun heran und versuchte den Draht mit den Zähnen zu fassen. Sie schaffte es auch und zog ihn mit ganzer Kraft nach oben. Der Draht riß von dem Holzgestell ab, aber meine Begleiterin konnte ihn nicht festhalten, und so fiel er wieder herunter, blieb aber lose. Es hatte ein fetzendes Geräusch gegeben, als das Drahtgitter sich löste, und dieses Geräusch hatte die Hühner im Stall aufgeschreckt. Wir konnten hören, wie sie sich drinnen bewegten. Bald würden sie anfangen, Lärm zu machen.

Die Füchsin versuchte es ein zweites Mal, und diesmal hatte sie Erfolg. Das Drahtgitter sprang in die Höhe und rutschte nicht mehr ganz herunter, als sie es losließ.

»Schnell!« flüsterte sie und schoß durch die Öffnung. Ich versuchte ihr zu folgen, aber mein Körper war größer als der der Füchsin, und der Draht schnitt mir in den Rücken, hielt mich auf halbem Wege fest. Unterdessen war die Füchsin über ein kleines Brett nach oben hinaufgerannt, hatte mit der Nase die kleine Tür hochgeschoben und war blitzschnell im Inneren des Verschlags verschwunden. Das Geschrei und der Lärm, der sich jetzt erhob, lähmten mich. Das plötzliche tiefe Bellen, das von irgendwo in der Nähe des Hauses kam, machte mich wieder beweglich. Ich versuchte mich zu befreien, wußte, daß der Bauer und sein ›schreiender Stock‹ bald hier auftauchen würden.

Plötzlich flog die kleine Klappe des Hühnerverschlags auf, und heraus strömte die Hühnerschar, Federn und Hühner flogen wie zerfetzte Kissen durch die Luft.

Ich weiß nicht, ob dir das bekannt ist, aber Hühner haben, so wie das auch bei vielen anderen Tiergruppen der Fall ist, ihre eigene Hierarchie. Man nennt das die ›Hackordnung‹, und das Huhn, mit dem größten und schärfsten Schnabel ist

Chef, und der zweitschärfste Schnabel ist unter dem ersten, aber Chef all der anderen, und so weiter, bis ganz hinunter. Aber jetzt sah es so aus, als ob alle gleich wären.

Wie die Verrückten rannten sie alle herum, und der einzige Wettbewerb bestand darin, wer am höchsten fliegen konnte.

Die Füchsin kam heraus, und ein Huhn, ebenso groß wie sie selbst, flatterte hilflos zischen ihren Zähnen. Sie rannte auf die Lücke zu, wo ich kauerte, ohne hinein oder heraus zu können.

»Beweg dich!« befahl sie halblaut.

»Ich stecke fest!« rief ich zurück.

»Der Hund kommt. Beeil dich!« sagte sie und lief verzweifelt am Pferch entlang vor und zurück. Aber der Hund mußte an der Kette gelegen haben, denn obwohl wir ihn bellen hören konnten, war er immer noch nicht zu sehen. Dann hörten wir das Brüllen des Bauern, als hinten am Haus ein Fenster aufgerissen wurde.

Das setzte mich in Bewegung. Mit einem schrecklichen Ruck nach hinten löste ich mich von dem Draht und riß mir dabei scheußlich den Rücken auf. Die Füchsin mit dem Huhn schoß blitzartig hinaus.

»Lauf du in die Richtung«, schrie sie mir zu, wobei ihr die Federn aus dem Maul flogen.

»Okay!« stimmte ich zu. Und dann rannte ich los, auf das Haus zu und den Hund, und auf den Bauern und sein Gewehr während meine Freundin in entgegengesetzter Richtung davonhetzte.

Ich hatte die Hälfte des Weges zurückgelegt, ehe ich anhielt und ›Halt!‹ zu mir sagte. Ich sah mich um und konnte gerade noch eine fliegende schwarze Silhouette über ein Feld rennen sehen, ehe das Dunkel einer Hecke sie verschlang.

Ich drehte mich um und hörte, wie die Haustür krachend aufflog und der Bauer herausgesprungen kam, mit Hosen, einer Weste und schweren Stiefeln bekleidet. Der Anblick des langen Gegenstandes, den er mit beiden Händen hielt, ließ mich fast in Ohnmacht fallen. Der andere Hund wurde jetzt bei dem Versuch, auf mich loszugehen, halb verrückt, und ich sah, daß es sich um eine sehr gesund aussehende Dogge handelte. Ich hatte das Gefühl, seine straff gespannte Kette würde jeden Augenblick reißen.

Ich stöhnte und überlegte, in welche Richtung ich rennen sollte. Das Ende des Kuhstalles lag zu meiner Linken, die Nebengebäude zu meiner Rechten. Vor mir waren der Bauer und sein monströser Hund. Eigentlich gab es nur einen Fluchtweg, und den hatte natürlich der Fuchs für sich ausgewählt. Ich machte kehrt und rannte auf das freie Feld zu.

Ein halberstickter Schrei entrang sich dem Bauern, als der mich sah, und ich hörte ihn in den Hof poltern. Ich brauchte mich nicht umzusehen, um zu wissen, daß er jetzt das Gewehr an die Schulter hob. Der Knall sagte mir, daß es sich um eine Schrotflinte handelte, und das Pfeifen über meinen Ohren verriet mir, daß der Bauer kein schlechter Schütze war. Mein Tempo steigerte sich, und mein sich beschleunigender Herzschlag funktionierte für meine Beine als eine Art verrücktes Metronom.

Weitere Schritte, Stille, und ich wartete auf den zweiten Schuß. Ich bog so weit ich konnte zur Seite und duckte mich, um ein möglichst kleines Ziel abzugeben. Die Hühner sprangen schreckerfüllt in die Luft, als ich an ihnen vorbeihetzte; ohne Zweifel glaubten sie, daß ich gekommen war, um mir einen Nachschlag zu holen.

Ich sprang selbst in die Luft, als mein Schwanz in tausend Fetzen zu explodieren schien. Ich jaulte auf jene schnelle Art, wie Hunde das tun, wenn sie verletzt sind, rannte aber weiter, erleichtert darüber, daß ich noch weiterrennen konnte. Das Bellen hinter mir erreichte einen neuen Höhepunkt, und dann wußte ich, daß die Dogge jetzt losgelassen worden war, denn ihr Bellen veränderte ihren Rhythmus. Die Felder rasten mir entgegen, ich zwängte mich unter einem Zaun durch und war draußen; mein Schwanz stand in Flammen.

»Schnapp ihn dir!« hallte es hinter mir, und ich wußte, daß der Monsterhund im Begriff war aufzuholen. Das Feld schien sich im Mondlicht vor mir auszustrecken und breiter und länger zu werden. Die Dogge hatte mich noch nicht eingeholt, wohl aber ihr Keuchen. Sie hatte zu bellen aufgehört, um ihren Atem zu schonen und Energie zu sparen. Er war wirklich scharf auf mich, dieser Hund.

Ich verfluchte mich innerlich, daß ich so dumm gewesen war und zugelassen hatte, daß der Fuchs mich als Köder benutzte; das machte mich sehr zornig und hätte mich beinahe dazu veranlaßt, kehrtzumachen und meine Wut an dem Hund auszulassen, der mich verfolgte. Beinahe, aber nicht ganz – *so* dumm war ich nicht.

Die Dogge schien jetzt an meinem linken Ohr zu keuchen, und ich begriff, daß sie mir sehr nahe gekommen war. Ich drehte schnell den Kopf herum, um zu sehen, wie weit hinter mir sie war, und wünschte mir im gleichen Augenblick, ich hätte es nicht getan – ihre grinsenden Zähne waren auf gleicher Höhe mit meiner linken Flanke!

Ich schlug einen Haken, als sie nach mir schnappte, und sie segelte vorbei, kugelte durch das Gras, als sie versuchte, haltzumachen. Dann kam die Dogge zurückgerannt, und ich raste weiter.

Vor mir türmte sich die Hecke auf. Ich warf mich hinein, betete darum, nicht gegen einen Baumstamm zu prallen; die Dogge dicht hinter mir. Dornen fetzten an uns, und erschreckte Vögel beklagten sich über den Lärm, aber wir waren im nächsten Augenblick durch und hetzten über das nächste Feld. Da ich wußte, daß sie bald wieder aufholen würde, begann ich erneut Haken zu schlagen. Zum Glück war die Dogge nicht sonderlich intelligent und fiel jedesmal wieder auf meine Tricks herein. Aber das war recht anstrengend, und ein paarmal kratzten ihre Zähne über meine Flanke, doch am Ende schien selbst ihre Energie erschöpft. Bei einem besonders erfolgreichen Haken war sie fast fünf Meter an mir vorbeigeschossen, also hielt ich inne, um Luft zu schnappen. Die Dogge blieb ebenfalls stehen, und so sahen wir einander über das Gras hinweg an, beide keuchend und mit fliegenden Flanken.

»Hör zu«, keuchte ich, »laß uns doch darüber reden.«

Aber dazu verspürte sie gar keine Neigung. Sie schoß knurrend auf mich los. Also ergriff ich wieder die Flucht.

Beim Rennen nahm ich eine Witterung auf. Füchse verstehen sich gewöhnlich recht gut darauf, ihre Spuren zu verdecken – sie laufen ein Stück in umgekehrter Richtung, klettern auf Bäume, springen ins Wasser oder mischen sich unter Schafe –, aber wenn sie ein totes Huhn im Maul haben, das Blut und Federn verliert, ist das eine andere Geschichte. Sie hatte eine Spur hinterlassen, die so deutlich wie Katzenaugen auf einer Straße waren.

Die Dogge bekam einen Hauch davon ab und verlor sofort das Interesse an mir; dann hetzten wir beide hinter dem Duft her. Durch die nächste Hecke ging es, und dann waren wir im Wald, wichen Bäumen und größeren Büschen aus. Erschreckte Nachtgeschöpfe huschten in ihre Behausungen zurück, als wir vorbeibrausten, und schimpften über unser Eindringen.

Ich glaube nicht, daß die Nachtsicht der Dogge so gut wie meine war – vermutlich war sie ein gutes Stück älter –, denn sie kam nicht so schnell voran, und einige Male hörte ich sie erschreckt aufschreien, wenn sie gegen einen Baum stieß. Ich konnte jetzt etwas Abstand gewinnen und wurde langsam etwas zuversichtlicher, daß mir die Flucht gelingen würde. Dann prallte ich gegen die Füchsin.

Das Huhn hatte ihre Flucht behindert, und sie mußte es an dieser Stelle fallen gelassen haben und stehengeblieben sein, um es wieder aufzuheben. Ich war ihr nicht böse – und hätte sie wahrscheinlich überhaupt nicht beachtet, wenn ich nicht geradewegs gegen sie geprallt wäre. Wir bildeten einen wirren, um sich schlagenden Haufen,

Fuchs, Huhn und Hund, lösten uns aber sofort wieder, als die Dogge sich zu uns gesellte. Sie biß nach allem, was in Reichweite war, und zu unserem Glück – der Füchsin und meinem – konnten wir sie mit einem Mundvoll Huhn zurücklassen, sichtlich mit ihrem Fang zufrieden. Sie schüttelte das tote Stück Federvieh und versuchte es in Stücke zu reißen. Der Bauer würde wirklich zufrieden sein, wenn sein Wachhund mit einem Maul voll Federn und Blut zurückkehrte.

Wir gingen unserer getrennten Wege, die Füchsin und ich: sie zurück zu ihren Jungen und ich auf der Suche nach einem ruhigen Platz, wo ich mich um meine Wunden kümmern konnte. Es wurde jetzt schnell heller, und ich beeilte mich weiterzukommen, nicht ganz sicher, welches die richtige Richtung war, aber jedenfalls daran interessiert, vor Tagesanbruch so weit wie möglich zu kommen. Ich wußte (woher wußte ich es?), daß Bauern sehr darauf bedacht waren, streunende Hunde ausfindig zu machen und zu töten, wenn diese ihnen einmal lästig geworden waren, und dieser ganz bestimmte Bauer würde mich sicherlich als Streuner betrachten. Mein Schwanz tat jetzt schrecklich weh und übertönte die Schmerzen aus meinen verschiedenen anderen Wunden. Aber ich wagte nicht anzuhalten und mir den Schaden anzusehen. Ich kam an einen Bach und schwamm hinüber, genoß die Kühle an meinen Wunden, und als ich schließlich das andere Ufer erreichte, krabbelte ich widerstrebend heraus. Ich schüttelte mich gründlich und hetzte dann weiter, entschlossen, das Land des Bauern schnell hinter mir zu lassen.

Als ich schließlich einen Rastplatz fand, war die Sonne aufgegangen und fing bereits an, Kraft zu sammeln. Mir tat alles weh, und alles, was ich tun konnte, war, in einer Bodensenke zu liegen und langsam wieder zu Kräften zu kommen. Nach einer Weile konnte ich den Kopf drehen und meinen brennenden Schwanz untersuchen. Die Wunde war nicht halb so schlimm, wie ich erwartet hatte; nur die äußerste Spitze war beschädigt, und die meisten Haare waren weg. Victoria wäre zufrieden gewesen, denn unsere Schwänze waren einander jetzt wirklich sehr ähnlich. Die Kratzwunden an meinem Rücken und den Flanken, die der Drahtzaun und die Doggenzähne hinterlassen hatten, waren nicht besonders gefährlich, aber immerhin unangenehm. Ich legte den Kopf zwischen die Vorderpfoten und schlief.

Als ich erwachte, stand die Sonne hoch am Himmel und hüllte meinen Körper in ihre Wärme. Mein Mund und meine Kehle fühlten sich trocken an, und meine Wunden pochten dumpf. Mein Magen knurrte, weil ich Hunger hatte. Ich richtete mich auf, sah mich um und stellte fest, daß ich in einer kleinen Bodenvertiefung an einem sanften Abhang lag. Unter mir dehnte sich ein Tal, und auf der anderen Seite erhoben sich weitere grasbedeckte Hügel, auf deren Gipfel Birken standen. Ich schlenderte hinunter, in der Hoffnung, unten am Hügel eine Quelle zu finden, und knabberte dabei an bestimmten Gräsern. Das Gras – Schwingelgras nennt es sich, war nicht besonders schmackhaft, aber ich wußte, daß viele Tiere es aßen, also würde es mir zumindest Nahrung liefern. Wieder fragte ich mich, woher es kam, daß ich solche Dinge wußte: Woher ich wußte, daß die Schnecke, die ich gerade weggeschoben hatte, eine Römerschnecke war, die das Kalzium in dem kalkigen Boden dazu benutzte, ihr Haus zu machen; und warum der Vogel, der irgendwo rechts von mir sang, eine Lerche war; und wieso der Schmetterling, der vorbeiflatterte, ein Admiral war, den das plötzliche warme Wetter vorzeitig geweckt hatte. Offenbar hatte mich in meinem vergangenen Leben das Land sehr interessiert, und ich hatte mir die Mühe gemacht, einiges darüber zu lernen. War ich vielleicht Botaniker oder so etwas gewesen? Oder war das nur ein Hobby von mir gewesen? Vielleicht war ich auf dem Land aufgewachsen. Ich schüttelte verwirrt den Kopf: Ich mußte herausfinden, *wer* ich gewesen war, *was* ich gewesen war; wie ich gestorben war, und warum ich ein Hund geworden war. Und ich mußte herausfinden, wer der Mann war, der Mann in meinen Träumen, der mir so böse erschien, der für meine Familie eine solche Bedrohung zu sein schien. Meine Familie, die Frau und das kleine Mädchen – ich mußte sie finden, mußte sie wissen lassen, daß ich nicht tot war. Ich mußte ihnen sagen, daß ich ein Hund geworden war. Gab es denn nicht irgend jemanden, der mir helfen konnte?

Den gab es. Aber ich sollte ihm erst zwei Nächte später begegnen.

15

Und jetzt mußt du aufpassen, denn das ist wichtig. Das ist der Punkt in meiner Geschichte, wo ich einen Grund für meine Existenz erfuhr, warum ich ein Hund war. Das ist die Stelle, die dir vielleicht helfen kann, wenn du bereit bist, sie zu akzeptieren. Wenn nicht, dann macht mir das nichts aus; das liegt bei dir. Aber denk an das, worum ich dich am Anfang gebeten habe: Halte deinen Verstand offen.

Ich wanderte noch zwei Tage weiter, fand die Straße wieder und war darüber erleichtert. Ich war entschlossen, keine Zeit mehr zu vergeuden, sondern mein Zuhause und ein paar Antworten zu finden.

Es fiel mir jetzt schwerer, die Straßenschilder zu lesen; ich mußte sie lange anstarren und mich konzentrieren. Aber ich fand den richtigen Weg und setzte meine Reise fort, erfreut darüber, schließlich zu einer Ortschaft zu kommen; wenn ich unter Leuten und Läden war, war es viel leichter für mich, Nahrung zu bekommen. Ein paar Leute bedauerten meinen armseligen Zustand – wenn mich auch andere verjagten (als wäre ich etwas Unsauberes – und gaben mir Küchenabfälle. Ich verbrachte die Nacht bei einer Familie, die mich aufnahm, und nehme an, daß sie sich mit der Absicht trug, mich als Haustier zu behalten. Aber am folgenden Morgen, als man mich hinausließ, damit ich mich erleichtern konnte, rannte ich zur nächsten Ortschaft weiter. Es war mir unangenehm, die Freundlichkeit dieser Familie so schlecht zu vergelten, aber jetzt konnte nichts mehr mich von meinem Ziel abhalten.

In der nächsten Ortschaft fiel es mir nicht ganz so leicht, Nahrung zu bekommen, obwohl ich immer noch hinreichend zu essen bekam. Die Straße wurde mir immer vertrauter, und ich wußte, daß ich mich meinem Heim näherte. Meine Erregung wuchs.

Als die Dämmerung sich senkte, fand ich mich zwischen zwei Ortschaften; also verließ ich die Straße und suchte einen dichten Wald auf. Hungrig (selbstverständlich) und müde (natürlich) suchte ich nach einem sicheren Ort, um dort zu schlafen. Ich weiß nicht, ob du je eine Nacht alleine in einem Wald verbracht hast, aber es ist recht unheimlich. Zunächst einmal ist es stockdunkel (keine Straßenlaternen), und es herrscht ein dauerndes Rascheln und Knacken von trockenen Zweigen, während die Nachttiere herumstöbern. Ich kann bei Dunkelheit gut sehen – besser als du –, trotzdem war es schwierig, in der Dunkelheit viel zu erkennen. Unheimliche glühende Lichter beschleunigten meinen Herzschlag, bis ich genauere Nachforschungen anstellte und ein Glühwürmchenpaar entdeckte, das gerade damit beschäftigt war, Bekanntschaft zu schließen. Ein anderes blaugrünes Leuchten beunruhigte mich, bis ich erkannte, daß es sich nur um Honigpilz handelte, der auf einem verrottenden Baumstamm wuchs.

Ich konnte Fledermäuse herumflattern hören, und ihr schrilles Pfeifen ließ mich immer wieder zusammenzucken. Dann stieß ein Igel mich an, und seine Stacheln stachen mir in die Nase. Ich zog in Erwägung, zur Straße zurückzugehen, aber die blendenden Lichter und die brüllenden Motoren der vorüberziehenden Autos waren noch beängstigender.

Im Wald herrscht nachts beinahe soviel Betrieb wie untertags, nur daß alles viel verstohlener wirkt. Ich machte mir selbst diese verstohlene Haltung zu eigen und stöberte, so leise und unauffällig ich konnte, herum, um mir einen Ruheplatz zu suchen. Schließlich entdeckte ich einen hübschen weichen Erdhaufen unter einem dicken Blätterdach genau unter einem Baum. Das war ein angenehmes Versteck, und ich machte es mir für die Nacht bequem, wobei mich ein seltsames Gefühl der Behäbigkeit erfüllte. Meine Instinkte hatten mich nicht getäuscht, denn etwas später in jener Nacht störte der Dachs meine Ruhe.

Und der Dachs erklärte mir, wie die Dinge lagen.

Ich hatte es nicht geschafft, tiefen, behaglichen Schlaf zu finden, und so lag ich im Dunkeln und döste; meine Augen öffneten sich immer wieder beim leisesten Geräusch. Etwas, das sich hinter mir in der Erde bewegte, ließ mich hochfahren und den Kopf herumdrehen. Drei breite weiße Streifen tauchten aus einem Loch im Boden auf, und eine zuckende Nase ganz unten am mittleren Streifen schnüffelte nach allen Richtungen.

Sie hielt inne, als sie meine Witterung aufnahm.

»Wer ist da?« sagte eine Stimme.

Ich gab keine Antwort – ich war bereit davonzurennen.

Die weißen Streifen verbreiterten sich, als sie aus dem schwarzen Loch hervorkamen. »Komischer Geruch«, sagte die Stimme. »Laß dich sehen.«

Ich sah jetzt, daß da zu beiden Seiten des Mittelstreifens zwei glänzende schwarze Augen waren. Ich erkannte, daß das ein Dachs war. Zwei *schwarze* Streifen verliefen an seinem weißen Kopf herunter und verliehen ihm dieses weißgestreifte Aussehen. Ich zog mich zurück, weil ich wußte, daß diese Geschöpfe, wenn man sie ärgerte oder erschreckte, recht bösartig sein konnten.

»Ist das... ist das ein... Hund? Ja, es ist ein Hund, nicht wahr?« riet der Dachs.

Ich räusperte mich, unschlüssig, ob ich bleiben oder wegrennen sollte.

»Hab keine Angst«, sagte der Dachs. »Ich tu dir nichts, wenn *du* uns nichts Böses willst.« Sein großer, rauhhaariger Körper schob sich weiter aus dem Bau heraus, und ich sah, daß er mindestens einen Meter lang und sehr groß war.

»Ja, ich wußte doch, daß ich den Geruch kenne. Hier kommen nicht sehr viele Hunde her. Du bist doch allein, oder? Du bist doch nicht mit einem dieser Bauern auf Jagd, oder?«

Ebenso wie der Fuchs schien er von der Verbindung zwischen Hunden und Menschen nicht viel zu halten. Ich fand meine Stimme wieder und versicherte ihm nervös, daß das nicht der Fall sei.

Er schien einen Augenblick verdutzt, und ich fühlte mehr, als daß ich es sah, daß er mich neugierig musterte. Doch was auch immer ihm durch den Kopf gehen mochte, wurde unterbrochen, als ein weiterer Dachs aus dem Bau kroch. Ich vermutete, daß das seine Gefährtin war.

»Was geht hier vor? Was ist das?« ertönte eine scharfe Stimme.

»Sei still. Das ist nur ein Hund, und er will uns nichts Böses«, erklärte ihr der Dachs. »Warum bist du alleine im Wald, Freund? Hast du dich verlaufen?«

Ich war zu nervös, um gleich zu antworten, und die Dächsin piepste: »Ja, geh weg! Er hat's auf die Kleinen abgesehen!«

»Nein, nein«, brachte ich schließlich hervor. »Bitte, nein. Ich bin nur auf der Durchreise. Ich geh jetzt weiter. Nicht unruhig werden.« Ich wandte mich um, um in die Dunkelheit davonzutrotten.

»Einen Augenblick!« sagte der Dachs schnell. »Bleib noch eine Weile. Ich will mit dir reden.«

Jetzt hatte ich Angst wegzurennen.

»Verjag ihn, verjag ihn! Ich mag ihn nicht!« drängte die Dächsin.

»Sei still!« sagte der Dachs leise, aber mit fester Stimme. »Kümmere du dich um deine Jagd. Hinterlaß mir eine gute Spur, daß ich dir folgen kann. Ich komme dann später nach.«

Die Dächsin wollte sich sichtlich nicht mit ihm streiten, schlurfte an mir vorbei und stieß eine stinkende Wolke aus ihren Afterdrüsen, um ihre Meinung zum Ausdruck zu bringen.

»Komm näher!« sagte der Dachs, als seine Gefährtin gegangen war. »Komm, damit ich dich besser sehen kann.« Sein riesiger Körper war zusammengeschrumpft, und ich begriff, daß er die Borsten gespreizt hatte, als er mich gesehen hatte. »Sag mir, warum du hier bist. Gehörst du einem Menschen?«

Ich schlurfte auf ihn zu, immer noch zur Flucht bereit.

»Nein, ich gehöre niemandem. Das war früher einmal, aber jetzt nicht mehr.«

»Hat man dich schlecht bandelt?«

»Hunde, denen das nicht passiert ist, können von Glück reden.«

Er nickte zustimmend. »Jedes Tier und jeder Mensch können das von sich sagen«, meinte er.

Jetzt war ich an der Reihe, ihn neugierig zu mustern. Was wußte *er* von Menschen?

Der Dachs machte es sich auf dem Boden bequem und lud mich ein, es ihm gleichzutun. Nach kurzem Zögern kam ich der Aufforderung nach.

»Erzähl mir von dir. Hast du einen Menschennamen?« fragte er.

»Dusel«, sagte ich, von seinem Wissen verblüfft. Für einen Dachs schien er mir sehr menschlich. »Und wie ist deiner?«

Der Dachs gluckste trocken. »Wilde Tiere haben keinen Namen. Wir wissen, wer wir sind. Nur die Menschen geben den Tieren Namen.«

»Und wie kommt es, daß du davon weißt? Über die Menschen meine ich.«

Da lachte er laut. »Ich war einmal einer«, sagte er.

Ich saß wie vom Donner gerührt da. Hatte ich richtig gehört? Die Kinnlade fiel mir herunter.

Wieder lachte der Dachs, und einen Dachs lachen zu hören, kann einem angst machen. Ich kämpfte gegen den Drang an wegzurennen und stieß schließlich stammelnd hervor: »D-d-du w-warst...«

»Ja, und du warst auch einer. Alle Tiere waren das.«

»Aber... aber ich weiß, daß *ich* einmal ein Mensch war. Ich dachte, ich wäre der einzige! Ich...«

Er brachte mich mit einem Grinsen zum Schweigen. »Sei jetzt still. Ich wußte gleich, daß du nicht wie die anderen bist. Beim ersten Schnüffeln. Ich bin schon anderen begegnet, die ähnlich waren, aber an dir ist etwas Merkwürdiges. Beruhige dich jetzt, und laß mich deine Geschichte hören, und dann werde *ich* dir ein paar Dinge über dich sagen – über uns.«

Ich versuchte mein wie wild schlagendes Herz zu beruhigen und begann dem Dachs aus meinem Leben zu erzählen: Meine ersten Erinnerungen an den Markt, mein erster Besitzer, das Hundeheim, der Schrottplatz, der Boß, Rumbo, die alte Dame und meine Episode mit der schlauen Füchsin. Ich sagte ihm, wo ich hinging, erzählte ihm von meinen Menschenerinnerungen, und während ich ihm alles das erzählte, beruhigten sich meine Nerven, obwohl da noch genug Erregung blieb. Es war wunderbar, so zu reden, mit jemandem zu sprechen, der einem zuhörte, der die Dinge, die ich sagte, begriff, der verstand, wie ich fühlte. Der Dachs blieb die ganze Zeit stumm, nickte hier und da, schüttelte gelegentlich mitfühlend den Kopf. Als ich fertig war, kam ich mir ausgepumpt vor, ausgepumpt und doch von einem seltsamen Hochgefühl erfüllt. Es schien, als hätte man eine Last von mir genommen. Ich war nicht länger allein – es gab einen anderen, der wußte, was ich wußte! Ich sah den Dachs erwartungsvoll an.

»Warum willst du in diese Ortschaft – dieses Edenbridge?« fragte er, ehe ich eine Frage stellen konnte.

»Um meine Familie zu sehen natürlich! Meine Frau, meine Tochter – um sie wissen zu lassen, daß ich nicht tot bin!«

Er blieb einen Augenblick lang stumm und sagte dann: »Aber du bist tot.«

Der Schock hätte beinahe mein Herz zum Stillstand gebracht. »Das bin ich nicht. Wie kannst du das sagen? Ich bin am Leben – nicht als Mensch, aber als Hund. Ich bin im Körper eines Hundes!«

»Nein. Der Mann, der du warst, ist tot. Der Mann, den deine Frau und deine Tochter kannten, ist tot. Für sie wärst du nur ein Hund.«

»Warum?« heulte ich. »Wie bin ich so geworden? Warum bin ich ein Hund?«

»Ein Hund? Du hättest alles mögliche werden können; das hing in weitem Maße von deinem früheren Leben ab.«

Ich schüttelte mich verzweifelt und stöhnte: »Das versteh ich nicht.«

»Glaubst du an Reinkarnation, Dusel?« fragte der Dachs.

»Reinkarnation? Als jemand anderer wiedergeboren zu werden in einer anderen Zeit? Ich weiß nicht. Ich glaube nicht.«

»Du bist doch ein lebender Beweis dafür.«

»Nein, es muß eine andere Erklärung geben.«

»Welche denn?«

»Keine Ahnung. Aber warum sollten wir als jemand oder als etwas *anderes* zurückkommen?«

»Welchen Sinn hätte nur eine Existenz auf dieser Erde?«

»Welchen Sinn hätten zwei?« konterte ich.

»Oder drei, oder vier? Der Mensch muß lernen, Dusel. In einem Leben könnte er das nie. Viele Menschenreligionen verkünden das, und viele akzeptieren die Reinkarnation auf der Ebene von Tieren. Der Mensch muß von allen Daseinsformen lernen.«

»Was lernen?«

»Das Hinnehmen.«

»Warum? Warum sollte er das Hinnehmen lernen? Wofür?«

»Damit er zur nächsten Stufe weitergehen kann.«

»Und was ist das für eine Stufe?«

»Das weiß ich nicht. Ich habe sie noch nicht erreicht. Aber sie ist gut, das glaube ich. Das fühle ich.«

»Und wie kommt es, daß du so viel weißt? Was macht *dich* so besonders?«

»Weil ich schon eine Weile dabin, Dusel. Ich habe beobachtet, ich habe gelernt, ich habe viele Leben gelebt. Und ich glaube, daß ich hier bin, um solchen wie dir zu helfen.«

Seine Worte klangen weich und seltsam beruhigend, aber ich kämpfte gegen sie an. »Schau doch«, sagte ich, »ich bin verwirrt. Willst du sagen, daß ich es hinnehmen muß, ein Hund zu sein?«

»Du mußt hinnehmen, was auch immer das Leben dir gibt – und ich meine *hinnehmen.* Du mußt Bescheidenheit lernen, Dusel, und das geht nur, wenn man hinnimmt. Dann wirst du für die nächste Ebene bereit sein.«

»Warte mal«, sagte ich und schlug aus Verzweiflung eine neue Richtung ein. »Wir *alle* werden Tiere, wenn wir sterben?«

Er nickte. »Beinahe alle. Vögel, Fisch, Säugetiere, Insekten – es gibt keine Regeln bezüglich der Spezies, in die wir hineingeboren werden.«

»Aber es muß doch heute Milliarden und Abermilliarden lebender Geschöpfe in der Welt geben. Das können doch nicht alles reinkarnierte Menschen sein; so lange gibt es unsere Zivilisation doch noch gar nicht.«

Der Dachs lachte glucksend. »Ja, du hast recht. Es gibt wenigstens eine Million bekannter Tiergattungen, und über dreiviertel davon sind Insekten – die Fortgeschritteneren von uns.«

»Insekten sind die Fortgeschritteneren?« fragte ich mit ausdrucksvoller Stimme.

»Das ist richtig. Aber laß mich deine erste Frage beantworten. Dieser unser Planet ist sehr alt und viele Male wieder reingewaschen worden, damit das Leben aufs neue beginnen kann. Das ist ein beständiger Zyklus der Entwicklung, der es uns erlaubt, jedesmal ein wenig mehr zu lernen. Unsere Zivilisation, wie du sie nennst, ist keineswegs die erste gewesen.«

»Und diese... diese Leute kommen immer noch zurück und... lernen immer noch?«

»O ja. Ein großer Teil unseres Fortschritts ist dem Rassengedächtnis zu verdanken, nicht der Inspiration.«

»Aber ganz gleich, wie lange es her ist, daß alles anfing: Der Mensch hat sich doch aus dem Tier herausentwickelt, oder nicht? Wie könnten Tiere reinkarnierte Menschen gewesen sein, wenn sie zuerst hier waren?«

Darüber lachte er nur.

Du kannst dir ja vorstellen, in welchem Zustand ich mich jetzt befand: Eine Hälfte von mir wollte ihm glauben, weil ich Antworten brauchte (und er sprach in so beruhigender, selbstverständlicher Art), und die andere Hälfte fragte sich, ob er irre war.

»Du sagtest, Insekten seien fortgeschrittener...«, drängte ich.

»Ja, sie akzeptieren ihr Leben, das kürzer ist und vielleicht viel anstrengender. Eine weibliche Fruchtfliege vollendet ihren ganzen Lebenszyklus in zehn Tagen, wohingegen beispielsweise eine Schildkröte dreihundert Jahre leben kann.«

»Der Gedanke, was die Schildkröte in ihrem vorangegangenen Leben wohl angestellt haben muß, um eine solch lange Buße zu verdienen, macht mir angst«, sagte ich trocken.

»Ja, das ist ein guter Ausdruck dafür«, sagte er nachdenklich.

Ich stöhnte innerlich und war verblüfft, als der Dachs laut auflachte. »Das ist für dich alles zuviel, nicht wahr?« sagte er. »Nun, das ist verständlich. Aber überleg doch: Warum sind bestimmte Geschöpfe für den Menschen so widerwärtig? Warum trampelt man auf ihnen herum, mißhandelt oder tötet sie oder verachtet sie einfach? Könnte es sein, daß diese Geschöpfe in ihrem vorangegangenen Leben vielleicht so widerwärtig waren, daß davon noch etwas hängengeblieben ist? Ist dies ihre Strafe für vergangene Verbrechen? Die Schlange verbringt ihr Leben damit, auf dem Bauch herumzukriechen. Die Spinne wird unweigerlich zerdrückt, wann immer ein Mensch mit ihr in Berührung kommt. Der Wurm wird verachtet, die Schnecke erzeugt im Menschen Schauder. Selbst der arme alte Hummer wird bei lebendigem Leibe gekocht. Aber ihr Tod ist für sie ein Segen, eine Erleichterung nach ihrem schrecklichen Dasein. Es ist das Wesen der Natur, daß ihr Leben kurz sein muß, und der Instinkt des Menschen bringt ihn dazu, diese Geschöpfe zu vernichten. Das ist nicht nur der Abscheu von ihnen, mußt du wissen, sondern zugleich Mitgefühl, das Bestreben, ihrem Leid ein Ende zu machen. Diese Geschöpfe haben ihren Preis bezahlt.

Und es gibt noch viel mehr, *viel, viel viel mehr* Geschöpfe unter der Oberfläche der Erde. Geschöpfe, auf die nie eines Menschen Blick gefallen ist; Käfer, die nahe dem Erdkern im Feuer leben. Was ist das Böse, das sie getan haben, um eine solche Existenz zu verdienen? Hast du je darüber nachgedacht, warum die Menschen in der Hölle ein Inferno sehen, warum sie für sie immer ›dort unten‹ ist? Und warum blikken wir himmelwärts, wenn wir vom ›Jenseits‹ sprechen? Ist uns ein Instinkt für solche Dinge angeboren?

Warum fürchten viele den Tod, während andere ihn begrüßen? Wissen wir bereits, daß wir nur in einer Art erzwungener Überwinterung leben, in anderer Gestalt, daß wir unsere Missetaten sühnen müssen? Kein Wunder, daß diejenigen, die ein friedliches Leben gelebt haben, weniger Angst haben.«

An dem Punkt hielt der Dachs inne, entweder um Atem zu schöpfen, oder um mir Zeit zu lassen, das Gehörte zu verdauen.

»Wie erklärst du dann Geister? Ich sehe sie immer wieder«, sagte ich. »Warum sind sie nicht wieder als Tiere geboren worden? Oder sind sie über dieses Stadium schon hinaus? Ist das die Stufe, der wir entgegenstreben? Wenn sie das ist, weiß ich nicht, ob ich sie mir wünsche.«

»Nein, nein, sie haben leider unsere Entwicklungsstufe noch nicht erreicht, Dusel. Doch sie sind unserer Welt näher als ihrer vorangegangenen – deshalb fällt es uns leichter, sie zu sehen; aber sie sind verloren, mußt du wissen, und deshalb umgibt sie eine solche Aura der Traurigkeit. Verwirrt und verloren. Mit ein wenig Hilfe finden sie schließlich ihren Weg. Sie werden wiedergeboren.«

Wiedergeboren. Die Worte trafen mich. War das der Grund, weshalb mein Sehvermögen, weshalb die Farben, die ich sehen konnte, so unglaublich waren? War dies der Grund, weshalb ich Gerüche – die feinsten und die schärfsten – so voll wahrnehmen konnte? War es, weil ich wiedergeboren worden war und noch vage Erinnerungen behalten hatte? *Ich hatte Sinne aus der Vergangenheit, die ich mit den neuen vergleichen konnte!* Ein neugeborenes Baby sieht von Anfang an, lernt aber schnell, sein Sehvermögen so anzupassen, daß Farben gedämpft und Umrisse organisiert werden – es lernt, *nicht* hinzunehmen. Deshalb ist man bei der Geburt nahezu blind; wäre es anders, so wäre es nicht zu ertragen. Dein Gehirn muß die Dinge erst auseinandersortieren und sie stufenweise zu dir hereinlassen. Mein eigenes Sehvermögen war jetzt bei weitem nicht mehr so klar oder vorurteilsfrei, wie es zu meiner Zeit als junger Welpe gewesen war. Und mein Gehör auch nicht. Mein Gehirn, das mit der Fähigkeit geboren worden war, meine Sinne zu beurteilen, war jetzt dabei, sich zu organisieren, damit sie akzeptabel wurden, damit sie es nicht länger so wie vorher verwirrten.

Ich schüttelte den Kopf, um den Gedanken loszuwerden, und sagte: »Aber warum können andere sich nicht erinnern? Warum sind sie nicht auch wie ich?«

»Das kann ich nicht beantworten, Dusel. Du bist anders, und ich weiß nicht warum. Vielleicht bist du der erste einer neuen Entwicklung. Eine Evolution. Ich bin anderen begegnet, die dir ähnlich waren, aber nicht ganz wie du. Ich wünschte, ich wüßte es.«

»Bist du nicht ebenso wie ich? War Rumbo es nicht fast auch? Und eine Ratte, der wir einmal begegnet sind, schien ganz wie wir zu sein.«

»Ja, wir sind ein wenig wie du. Ich nehme an, ich noch mehr als dein Freund Rumbo und die Ratte. Aber du bist besonders, Dusel. Ich bin auch besonders, aber auf andere Art, wie ich schon sagte: Ich bin hier, um zu helfen. Rumbo und die Ratte mögen vielleicht ähnlich gewesen sein, aber ich bezweifle, daß sie genauso waren. Ich glaube, daß du vielleicht eine Art Vorläufer bist; vielleicht bereitet sich für alles ein Wandel vor.«

»Aber warum erinnere ich mich nur an Fragmente? Warum kann ich mich nicht an alles erinnern?«

»Du solltest dich eigentlich an *gar nichts* erinnern. Viele Geschöpfe tragen die Eigenschaften ihrer früheren Persönlichkeiten, viele haben vielleicht sogar unbestimmte Erinnerungen, aber sie denken nicht wie du, nicht in menschlichen Kategorien. In dir vollzieht sich ein Kampf, eine Auseinandersetzung – Mensch gegen Hund –, aber ich glaube, am Ende wird dieser Gegensatz sich auflösen. Du wirst entweder gänzlich ein Hund werden, oder zwischen den beiden wird ein Gleichgewicht eintreten. Ich hoffe, es wird letzteres sein – das könnte bedeuten, daß sich für uns alle eine Entwicklung vollzieht. Aber hör mir zu: Du wirst in diesem Leben nie wieder physisch ein Mensch sein.«

Verzweiflung packte mich. Was hatte ich erwartet? Daß ich vielleicht eines Tages durch irgendein Wunder in meinen alten Körper zurückkehren würde? Daß ich wieder ein normales Leben leben würde? Ich heulte in die Nacht hinaus und weinte wie nie zuvor.

Schließlich, ohne jede Hoffnung in der Stimme, sagte ich

zu dem Dachs: »Was soll ich jetzt tun? Wie kann ich so leben?«

Er schob sich näher zu mir heran und sagte ganz leise: »Du nimmst es jetzt hin. Nimm hin, daß du ein Hund bist. Nimm hin, daß du etwas Besonderes bist, ein Spiel der Natur vielleicht – und vielleicht auch nicht. Du mußt jetzt als Hund leben.«

»Aber ich muß wissen, wer ich war!«

»Nein, es wird dir nichts helfen. Vergiß deine Vergangenheit, deine Familie – sie haben mit dir jetzt nichts mehr zu tun.«

»Sie brauchen mich!«

»Du kannst nichts tun!«

Ich stand auf und sah ihn mit funkelnden Augen an. »Du verstehst nicht. In ihrer Nähe ist jemand, der böse ist. Sie brauchen Schutz vor ihm. Ich glaube, er hat mich getötet!«

Der Dachs schüttelte müde den Kopf. »Das ist ohne Bedeutung, Dusel. Du kannst ihnen nicht mehr helfen. Du *mußt* deine Vergangenheit vergessen. Es würde dir vielleicht leid tun, wenn du zurückgingst.«

»Nein!« knurrte ich. »Vielleicht ist dies der Grund, weshalb ich mich erinnern kann, daß ich anders bin. Sie brauchen meine Hilfe! Das ist in mir geblieben, als ich starb! Ich muß zu ihnen!«

Und dann rannte ich weg, verließ den Dachs, hatte Angst, er würde mich zum Bleiben zwingen, hatte Angst, mehr zu hören. Aber als ich eine sichere Distanz zwischen ihn und mich gelegt hatte, drehte ich mich um und rief zurück:

»Wer bist du, Dachs? Was bist du?«

Es kam keine Antwort. Und ich konnte ihn nicht länger in der Dunkelheit sehen.

16

Ziemlich stark, was? Ein wenig beängstigend? Nun, mir hat es Angst eingejagt. Aber du verstehst doch den Sinn? Wenn es dieses große Ziel gibt, auf das wir alle hinarbeiten – nenne es Perfektion, Glück, Seelenfrieden, was du willst –, dann scheint es doch ganz richtig, daß sich das nicht von selbst einstellt; wir müssen es uns verdienen. Ich weiß nicht warum, und ich bin immer noch nicht sicher, ob ich selbst daran glaube (und ich bin ein Hund, der einmal ein Mensch war), also nehme ich es dir nicht übel, wenn du Zweifel hast. Aber, wie gesagt, halte deinen Verstand offen.

Etwa einen Tag darauf fand ich mich auf der High Street von Edenbridge. Ich bin nicht sicher, wie lange ich brauchte, um dorthin zu kommen, weil – das wirst du dir ja vorstellen können – ich nach meinem Zusammentreffen mit dem Dachs noch ziemlich durcheinander war. Ich mußte akzeptieren, daß ich als Mensch tot war (wenn ich den Dachs-Enthüllungen glauben wollte), und es würde für mich keine Rückkehr in die Normalität geben. Aber wenn ich tot war, wie war ich dann gestorben? Altersschwäche? Irgendwie bezweifelte ich das. Meine Frau schien mir in meinen Erinnerungen noch ziemlich jung, und meine Tochter konnte allerhöchstens fünf oder sechs gewesen sein. Krankheit? Möglich. Und doch, warum waren meine gegen diesen Mann gerichteten, mysteriösen Gefühle so ausgeprägt? Warum wirkte er auf mich so böse? Hatte er mich getötet?

Ich war sicher, daß das die Antwort war, denn warum sonst sollte ich solchen Haß gegen ihn empfinden? Ich war fest entschlossen, die Wahrheit herauszufinden. Aber zuerst mußte ich meine Familie finden.

Auf der High Street wimmelte es von Passanten und Lieferwagen, und die Szene war mir unbestimmt vertraut. Ich muß hier gelebt haben, sagte ich mir, warum sonst sollte ich mich zu der kleinen Ortschaft so hingezogen fühlen? Aber eine weitergehende Erkenntnis wollte sich nicht einstellen, sie wollte einfach nicht kommen.

Den Passanten mußte der nachdenklich wirkende Köter, der die Straßen auf und ab ging, die Gesichter der Vorübergehenden studierte und immer wieder an Ladeneingängen schnüffelte, seltsam vorgekommen sein. Ich ignorierte alle Verlockungen, denn ich hatte jetzt Ernsthafteres im Sinn als irgendwelche Spielereien.

Am späten Nachmittag hatte sich für mich noch nichts verändert. Ich konnte mich einfach nicht deutlich an irgendeinen der Läden, eine Kneipe oder an die Leute erinnern, obwohl mir alles auf bedrückende Art vertraut war! Dann erinnerte mich dieser alte Plagegeist Hunger daran, daß es ihn auch immer noch gab und er nicht die Absicht hatte, mich von der Leine zu lassen, bloß weil *ich* Probleme hatte. Die Ladenbesitzer verscheuchten mich, als ich meine Schnüffelnase zu ihren Türen hereinstreckte, und mein plötzlicher Vorstoß auf einen überladenen Einkaufskorb trug mir einen scharfen Klaps auf die Schnauze und einige Beschimpfungen ein.

Da ich keineswegs Aufsehen erregen wollte (ich wollte nicht, daß die Polizei mich aufgriff, denn ich mußte ja schließlich in der Ortschaft bleiben, bis irgend etwas geschah und meine Erinnerung sich wieder einstellte), verließ ich die Hauptstraße und schlenderte weiter, bis ich ein ziemlich großes, vermutlich öffentliches Grundstück erreichte. Und dann klickte plötzlich etwas, obwohl es für mich nicht besonders hilfreich war: In den letzten zwanzig Jahren waren eine ganze Menge Bewohner von South London nach Edinbridge umgesiedelt worden, weg von ihren Slums, in moderne Wohnungen, umgeben von sympathischer Landschaft. Viele hatten sich ihrer neuen Umgebung angepaßt, während andere (wie zum Beispiel Lenny, der Mann, den ich auf dem Schrottplatz kennengelernt hatte), sich immer noch nach ihrer alten Nachbarschaft sehnten und viel Zeit damit verbrachten, zwischen zwei Gegenden, die wie Tag und Nacht waren, hin und her zu wandern. All dies war mir bewußt, weil ich ganz offensichtlich in der Ortschaft gelebt hatte und ihre Vergangenheit kannte. Aber wo hatte ich gelebt? In einer dieser Wohnungen? Nein, da klickte nichts. Das fühlte sich einfach nicht richtig an.

Ich folgte ein paar kleinen Jungs nach Hause, was ihnen großes Vergnügen bereitete, und schaffte es, von ihrer zwar schimpfenden, aber immerhin freundlich gestimmten Mutter ein paar Küchenabfälle zu ergattern. Das Essen war nicht besonders, aber für eine Weile reichte es; ich krabbelte zur Enttäuschung der Jungs wieder aus ihrem Garten und begab mich zur High Street zurück.

Diesmal schlenderte ich zuerst alle Nebenstraßen auf der einen Seite hinab und dann alle Nebenstraßen auf der anderen, aber nichts legte jenen einzigen Schalter in meinem Bewußtsein um, von dem ich wußte, daß er eine Flut von Erinnerungen auslösen würde.

Die Nacht senkte sich, und um meine Stimmung war es auch nicht viel besser bestellt. Nichts war passiert. Ich war so sicher gewesen, als ich die Ortschaft erreichte, daß es leicht sein würde, mein Heim zu finden, daß mich vertraute Dinge hinführen würden – aber es war nicht passiert. Ich tappte geistig immer noch im dunkeln, und jetzt sogar körperlich.

Ich wanderte bis zum Rand der Ortschaft, vorbei an Kneipen, über eine Brücke, an einer großen Garage vorbei, einem Krankenhaus – und dann gab es keine Gebäude mehr. Vor mir lag nur dunkle Landschaft. Völlig niedergeschlagen betrat ich das Krankenhausgelände, fand eine stille Ecke im Hof hinter dem weißen einstöckigen Gebäude und schlief.

Der Geruch nach herrlichem Essen weckte mich am folgenden Morgen, und ich schnüffelte mir meinen Weg zu einem offenen Fenster, aus dem diese köstlichen Düfte kamen. Ich stellte mich auf die Hinterbeine und stützte die Vorderpfoten auf den Fenstersims. Unglücklicherweise war das Fenster zu hoch, als daß ich in den Raum dahinter hätte sehen können; aber mit hochgereckter Nase konnte ich wenigstens die köstlichen Gerüche in mich hineintrinken. Und dann stieß ich plötzlich einen erfreuten Schrei aus. Ein mächtiger, runder brauner Kopf tauchte plötzlich über mir auf, weiße Zähne blitzten mir verblüfft einen Willkommensgruß zu. Rot und Orange leuchteten in dem breiten Gesicht der Frau, als ihr Grinsen noch breiter wurde.

»Hast du Hunger, Hundchen?« fragte sie, und ich wedelte erwartungsvoll mit dem Schwanz. »Bleib nur da«, sagte sie.

Der strahlende Kopf verschwand und tauchte fast im gleichen Augenblick wieder auf, und jetzt drohte das Lachen das Gesicht förmlich zu sprengen. Ein dünnes, halbverbranntes Stück Speck baumelte vor mir.

»Da, das gehört dir, Süßer«, sagte sie und ließ das heiße Stück Fleisch in meinen offenen Mund fallen.

Ich spuckte den Speck sofort wieder aus, weil er mir die Kehle verbrannte, und sabberte dann Geifer auf das kochendheiße Fleisch, um es abzukühlen, ehe ich es hinunterwürgen konnte.

»So ist's brav«, hallte die Stimme der Frau von oben, und dann plumpste ein weiteres Stück Speck neben mir in den Kies. Es hielt etwa ebenso lange wie das erste, und ich blickte hoffnungsvoll und mit heraushängender Zunge nach oben.

»Bist aber 'n gieriger Hund!« sagte die farbige (vielfarbige) Frau und lachte. »Okay, eines kriegst du noch, dann haust du ab – sonst bekomm ich Ärger.«

Das versprochene dritte Stück erschien und verschwand fast ebenso schnell, und ich blickte auf, wollte mehr. Immer noch glucksend, wackelte die Frau mit dem Zeigefinger und schloß dann das Fenster.

Das war kein schlechter Anfang für den Tag, und meine Stimmung stieg, als ich zum Haupteingang des Krankenhauses trottete. Heißes Essen im Bauch und vor mir ein Tag der Entdeckung! Vielleicht war das Leben (oder der Tod) gar nicht so schlimm. Hunde sind, wie ich schon sagte, geborene Optimisten.

Ich erreichte den Eingang und bog nach links, strebte wieder der High Street zu, sicher, daß dort die einzige Chance lag, jemanden oder etwas, das ich kannte, zu finden.

Ohne zu denken, betrat ich die Straße und schrie schreckerfüllt auf, als ein grünes Monstrum auf mich zubrauste. Der einstöckige Bus kam quietschend zum Stillstand, während ich auf die andere Straßenseite rannte, den Schweif zwischen den Beinen und die Haare gesträubt, und der Fahrer mich mit Beschimpfungen eindeckte, ärgerlich die Hupe drückte. Ich duckte mich in eine Ecke und rollte die Augen, worauf er mit einer letzten drohenden Gebärde wieder den Gang einlegte und sich langsam in Bewegung setzte.

Während die Fensterreihe des Busses an mir vorbeizog, funkelten anklagende Gesichter auf mich herunter, während andere mich sichtlich bedauerten. Und ein Paar Augen sah in die meinen und hielt meinen Blick fest, bis der Bus zu weit entfernt war. Selbst jetzt drehte das kleine Mädchen den Kopf noch herum und preßte sich gegen das Glas, um mich so lange wie möglich sehen zu können.

Erst als der Bus über der Brücke verschwunden war, wurde mir bewußt, wen ich gerade angesehen hatte und wer meinen Blick erwidert hatte: Es war meine Tochter, Gillian, nur daß ich sie Polly nannte, weil mir der Name besser gefiel! Ich hatte recht gehabt! Edenbridge war meine Heimat! Ich hatte meine Familie gefunden!

Aber ich hatte sie nicht gefunden. Der Bus war verschwunden, und da fluteten keine Erinnerungen in mich zurück. Ich erinnerte mich an die Namen, die kleineren Meinungsverschiedenheiten, die meine Tochter betrafen, aber das war alles. Ich wartete, daß die Visionen sich wieder einstellten, ganz sicher würden sie das, aber sie taten es nicht.

Ich stöhnte voll Enttäuschung und Sehnsucht und machte mich dann daran, dem Bus zu folgen, entschlossen, ihn einzuholen, nicht bereit, die Chance, die sich mir geboten hatte, einfach in den Wind zu schlagen. Als ich den höchsten Punkt der Brücke erreicht hatte, sah ich den Bus in einiger Entfernung an der nächsten Haltestelle stehen. Eifrig bellend steigerte ich mein Tempo und raste die High Street hinunter. Aber es hatte keinen Sinn; der Bus fuhr wieder an und setzte seine Reise die lange Straße hinunter fort. Ich sah ihm nach, wie er kleiner und kleiner wurde, und meine Beine wurden müder und müder, bis ich schließlich keuchend stehenblieb.

Es war hoffnungslos. Der Bus – und mein Kind – waren verschwunden.

Zwei weitere Tage besorgter Suche strichen dahin – ein Absuchen der Stadt und ein Absuchen meines Bewußtseins –, und beides erwies sich als fruchtlos. Ich hatte regelmäßig am Krankenhaus gegessen, hatte dort dank der Großzügigkeit der farbigen Köchin mein Frühstück und meine Abendmahlzeit eingenommen und den Rest der Zeit damit verbracht, die Ortschaft und ihre Randbezirke abzusuchen, doch ohne Erfolg. Dann, am dritten Tag – der Zahl der Passanten auf der Straße nach zu schließen, muß es ein Samstag gewesen sein –, hatte ich Glück.

Ich war die High Street entlanggegangen, in der Hoffnung, so wenig wie möglich aufzufallen – ein paar Leute hatten bereits versucht, mich zu fangen, nachdem ich inzwischen ein vertrauter Anblick geworden war –, und hatte in die schmale Seitenstraße geschaut, die zu dem Parkplatz hinter den Läden führte. Dort erhaschte ich einen Blick auf eine kleine vertraute Gestalt, die neben der viel größeren Gestalt einer Frau einherhüpfte. Beide verschwanden um eine Ecke, und ich wußte sofort, wer sie waren. Mein Herz versuchte durch meine Kehle zu entweichen, und die Knie wurden mir plötzlich weich.

»Carol!« gurgelte es aus mir heraus. »Carol! Polly! Wartet auf mich! Bleibt stehen!«

Die Passanten mußten gedacht haben, sie hätten einen

tollwütigen Hund in ihrer Mitte, denn bei meinem Bellen zuckten sie zusammen und starrten mich verblüfft an, als ich in die schmale Seitenstraße taumelte. Es war wie ein schlimmer Traum, denn der Schock hatte meine Beine weichgemacht, und sie wollten nicht richtig funktionieren. Ich riß mich zusammen, erkannte, daß dies eine Chance war, die ich mir einfach nicht entgehen lassen durfte, und zwang mit schierer Willenskraft meine zittrigen Beine zum Laufen. Das wirkte, aber ich hatte wertvolle Sekunden verloren. Ich machte mich daran, die zwei Gestalten – Mutter und Tochter, meine Frau und mein Kind – zu verfolgen, und kam gerade noch rechtzeitig, um sie in einen grünen Renault steigen zu sehen.

»Carol! Halt! Ich bin's!«

Sie drehten sich um und blickten in meine Richtung. Zuerst stand Überraschung, dann Furcht in ihren Gesichtern.

»Schnell, Gillian!« hörte ich meine Frau sagen. »Steig ein und mach die Tür zu!«

»Nein, Carol! Ich bin's! Kennst du mich denn nicht?«

Im nächsten Augenblick hatte ich den Parkplatz überquert und kläffte vor dem Renault, mühte mich verzweifelt ab, von meiner Frau erkannt zu werden.

Sie starrten beide zu mir herunter, und ihre Angst war offensichtlich. Ich war nicht vernünftig genug, mich zu beruhigen, meine Gefühle waren zu aufgewühlt. Carol kurbelte das Fenster auf ihrer Seite herunter und versuchte mich mit Handbewegungen wegzuscheuchen. »Hau ab, verschwinde! Böser Hund!«

»Carol, um Himmels willen, ich bin's – Nigel!« (Nigel? Ich erinnerte mich, daß das mein früherer Name war. Ich glaube, da zog ich Horace vor.)

»Mami, das ist das arme Hündchen, von dem ich dir erzählt habe, der, den sie fast überfahren hätten«, hörte ich meine Tochter sagen.

Und dann erschrak ich plötzlich. War das meine Tochter? Sie schien viel älter, als ich sie in Erinnerung hatte; wenigstens zwei oder drei Jahre älter. Aber die Frau *war* Carol, und sie hatte das Mädchen Gillian gerufen. Natürlich war es meine Tochter!

Ich sprang an der Wagentür hoch und preßte die Nase gegen die halbgeöffnete Scheibe.

»Polly, ich bin's, dein Daddy! Erinnerst du dich nicht an mich, Polly?« bettelte ich.

Carol verpaßte mir einen Klaps auf den Kopf, nicht böse, aber abwehrend. Dann heulte der Motor des Wagens auf, die Gänge knirschten, und der Wagen begann sich langsam in Bewegung zu setzen.

»Nein!« schrie ich. »Verlaß mich nicht, Carol! Bitte, verlaß mich nicht!«

Ich rannte neben dem Wagen her, gefährlich nahe, aber er wurde immer schneller und ließ mich bald hinter sich zurück. Ich schluchzte jetzt, sah, wie sie einfach meinen Pfoten entglitten, wußte, daß ich sie nie würde einholen können, begriff, daß sie erneut aus meinem Leben fuhren. Mir war danach, mich unter die Räder zu werfen, um sie zum Anhalten zu bringen, aber der gesunde Menschen(?)verstand und mein alter Kumpel, die Feigheit, hielten mich davon ab.

»Kommt zurück, kommt zurück, kommt zurück!«

Aber das taten sie nicht.

Ich sah Pollys Gesicht und ihre großen Augen, als der Wagen die gewundene Straße hinunterrollte, die vom Parkplatz zum Rand der Ortschaft führte, und setzte meine ganze Willenskraft ein, daß sie ihre Mutter dazu bringen sollte, den Wagen anzuhalten; aber es hatte keinen Sinn. Sie brausten davon.

Viele Zuschauer betrachteten mich jetzt einigermaßen nervös, und ich war wenigstens schlau genug, mich aus dem Staub zu machen, ehe jemand mich der Polizei meldete. Ich rannte hinter dem Renault her, und während des Laufens begannen die Erinnerungen zurückzuströmen.

Bald erinnerte ich mich daran, wo ich gelebt hatte.

17

Marsh Green ist ein winziges, nur aus einer Straße bestehendes Dorf außerhalb von Edenbridge. Es hat eine Kirche am einen und eine Kneipe am anderen Ende, in der Mitte einen Gemischwarenladen und ein paar Häuser zu beiden Seiten. Dahinter versteckt gibt es andere Häuser, und vor einem davon stand ich jetzt und starrte es an.

Ich weiß, dies war das Haus, in dem meine Frau und meine Tochter lebten – wo ich einmal gelebt hatte. Mein Name war Nigel Nettle gewesen (ja, das stimmt leider), und ich stammte ursprünglich aus Tonbridge, Kent. Als Junge hatte ich oft bei den hiesigen Bauern ausgeholfen (daher rührte mein Wissen um Land und Tiere), aber meine spätere Laufbahn hatte sich – ausgerechnet – mit Kunststoffherstellung befaßt. Ich hatte in Edenbridge in der Gewerbezone vor der Stadt eine kleine Fabrik gebaut, mich auf flexible Verpackungsmaterialien spezialisiert und mich später, als die Firma wuchs und gedieh, auch noch anderen Bereichen zugewandt. Soweit ich mich als Hund daran erinnern konnte, bedeutete mir die Fabrik eine Menge. Wir waren nach Marsh Green gezogen, um nahe beim Geschäft zu wohnen, und ich hatte von dort aus immer häufiger geschäftlich nach London reisen müssen (wehalb mir die Strecke so vertraut war).

Wenn ich mich recht erinnerte, waren wir sehr glücklich gewesen: Die Liebe, die ich für Carol empfand, hatte im Laufe der Zeit nicht abgenommen, sondern war mir nur immer vertrauter geworden; Polly (Gillian) war entzückend, unser Haus war ein Traum, und das Geschäft weitete sich schnell aus. Was war also geschehen? Gestorben war ich, das war geschehen.

Wie und wann (Polly schien mir wesentlich älter, als ich sie in Erinnerung hatte), mußte ich noch herausfinden; aber ich war mehr denn je überzeugt, daß mein Tod mit dem mysteriösen Mann in Verbindung stand, der so oft in meinen

Erinnerungen auftauchte, sich mir aber immer wieder entzog, ehe ich ihn erkennen konnte. Wenn er immer noch eine Bedrohung für meine Familie darstellte (und *der* Gedanke wollte mich nicht loslassen), und wenn er etwas mit meinem Tod zu tun gehabt hatte (irgend etwas sagte mir, daß er seine *Ursache* gewesen war), dann würde ich Mittel und Wege finden, ihn dafür bezahlen zu lassen. Im Augenblick aber wollte ich einfach nur mit Carol und Polly zusammensein.

Es war früher Nachmittag, denke ich, und die Sonne war hinter dicken Wolken versteckt. Ich stand auf einer nicht asphaltierten Straße und starrte das freistehende Haus vor mir an. Die Mauern im Erdgeschoß bestanden aus rotem Ziegel, im Obergeschoß waren sie mit roten Tonplatten verkleidet; die Türen und die Fensterrahmen waren weiß gestrichen. Ein Gefühl der Wärme breitete sich in mir aus, und ich schluckte.

Ich mußte mich zusammenreißen. Es hatte wirklich keinen Sinn, daß ich mich so verhielt wie in der Ortschaft; dann würden sie nur wieder Angst bekommen. Reiß dich zusammen, sagte ich mir, benimm dich wie ein normaler Hund; sobald sie sich einmal an dich gewöhnt haben, ist noch genügend Zeit, sie wissen zu lassen, wer du wirklich bist.

Ich drückte die Klinke des Gartentors mit der Pfote herunter, zwängte mich hinein und trottete den Weg auf das Haus zu, hielt meinen zitternden Körper und die ächzenden Nerven fest im Zügel. Ich erreichte die Haustür und kratzte mit der Pfote daran.

Nichts passierte. Ich versuchte es erneut. Wieder passierte nichts. Ich wußte, daß sie drinnen waren, weil der Renault in der offenen Garage zu meiner Linken stand.

Ich wuffte, zuerst leise, dann lauter. »Carol!« rief ich. »Ich bin's, Carol, mach auf!«

Ich hörte drinnen Schritte, Schritte, die durch den Flur auf mich zukamen. Mit großer Willensanstrengung stellte ich das Bellen ein und wartete. Die Tür öffnete sich ein wenig, und ein einzelnes Auge spähte durch den fünf Zentimeter breiten Spalt.

»Mami, es ist wieder dieser Hund«, rief Polly. Der Spalt schrumpfte auf zwei Zentimeter zusammen, und das Auge betrachtete mich jetzt voll Erregung und ein wenig Beklommenheit.

Weitere Schritte hallten im Flur, dann tauchte Carols Auge über dem meiner Tochter auf. Sie sah mich erstaunt an.

»Wie bist *du* denn hierhergekommen?« sagte sie.

»Ich hab mich daran erinnert, wo wir wohnen, Carol. Ich konnte dem Wagen nicht folgen, aber ich habe mich erinnert. Es hat nicht lang gedauert!« Es fiel mir schwer, an mich zu halten.

»Verschwinde! Geh jetzt, so ist's brav!« drängte Carol.

Ich wimmerte. ich wollte nicht weggehen; ich hatte sie doch gerade erst gefunden.

»O Mami, ich glaube, er hat Hunger«, sagte Polly.

»Er könnte gefährlich sein, Liebes. Wir dürfen da nichts riskieren.«

»Bitte«, winselte ich und sah sie flehend an. »Ich brauche euch. Schickt mich nicht weg.«

»Schau Mami, ich glaube, jetzt weint er!«

Und das tat ich auch. Tränen rollten mir über die Wangen.

»Das ist unmöglich«, sagte Carol. »Hunde weinen nicht.«

Aber das tun sie doch. Tatsächlich weinte ich nicht nur, ich schluchzte sogar.

»Laß ihn reinkommen, bitte, Mami. Ich bin sicher, er wird uns nichts Böses tun«, bettelte Polly.

Carol schien immer noch zu zweifeln. »Ich weiß nicht. Sehr gefährlich sieht er ja nicht aus, aber man weiß das bei Hunden nie. Die sind unberechenbar.«

Ich blickte so jämmerlich ich konnte, so daß das härteste Herz dabei geschmolzen wäre, und wußte, daß meine Frau keineswegs ein hartes Herz hatte.

»Also schön, dann laß ihn rein«, sagte sie und seufzte.

Die Tür flog auf, und ich flog hinein, weinte und lachte gleichzeitig, küßte ihnen Hände und Beine und leckte sie ab. Zuerst waren sie verblüfft und fuhren erschreckt zurück, aber bald merkten sie, daß ich nur freundlich sein wollte. »Ist er nicht lieb, Mami?« schrie Polly und kniete nieder, um sich an mich zu kuscheln. In Carols Gesicht war einen Augenblick lang Furcht zu sehen, aber als ich dann Pollys Gesicht mit feuchten Küssen deckte, entspannte sie sich. Ich kann dir unmöglich sagen, wie wunderbar dieser Augenblick war – selbst jetzt habe ich noch das Gefühl, ich müßte ersticken –, aber wenn einzelne Lebensabschnitte so enden können wie Episoden in einem Buch, dann wäre das das Ende eines Kapitels gewesen. Vielleicht sogar das Ende des Buches.

Meine Frau schloß sich jetzt meiner Tochter auf dem Boden an, zerzauste mir das Haar, und ich machte den Fehler, daß ich versuchte, sie in die Arme zu nehmen und auf die Lippen zu küssen. Sie schrie erschreckt und irgendwie entzückt auf, und wir wurden ein ineinander verschlungener Haufen kichernder, um sich schlagender Körper auf dem Teppich. Polly versuchte mich wegzuziehen, und ihre Finger gruben sich in meine Rippen und ließen mich vor Lachen laut quietschen. Das Kitzeln hörte nicht auf, als sie feststellte, daß sie meine empfindlichste Stelle gefunden hatte. Erst als der erste Wasserstrahl aus mir herausschoß, hörte der Spaß auf. (Ich gab mir große Mühe, stand aber mit meiner Blase nie auf besonders gutem Fuß.) Carol sprang auf, packte mich am Halsband und zerrte mich zur Tür.

Jetzt fand ich mich wieder draußen auf dem Weg, und um meine Frau zu überzeugen, daß ich wirklich ganz sauber war, vollführte ich eine übertriebene Pantomime, indem ich das Bein hob (was an sich eine Kunst ist) und ihr Blumenbeet goß. Sie war davon nicht besonders entzückt, begriff aber, daß ich etwas beweisen wollte. Ich wartete geduldig, strahlte sie an, wedelte so schnell, daß mein Schwanz kaum mehr zu sehen war, und sehnte mich verzweifelt danach, sie an mich zu drücken und ihr zu sagen, daß ich sie immer noch liebte, bis sie mich schließlich wieder ins Haus einlud.

»Danke!« bellte ich und schoß an ihren Beinen vorbei den Korridor hinunter.

Polly rannte hinter mir her, und ihr Lachen klang wunderschön in meinen Ohren. Als ich die Küche erreichte, bremste ich, daß mir fast die Beine wegrutschten; meine Augen tranken den Raum in sich hinein, und die Erinnerungen kehrten zurück wie alte Freunde von einem Ausflug. Der riesige alte offene Kamin mit dem eisernen Herd, ein Relikt aus der Vergangenheit, das wir beschlossen hatten, aufzubewahren; der runde Tisch aus Fichtenholz, bewußt mit Initialen, Nullen, Kreuzen, Ich-liebe-Dich's, Herzen und allen möglichen anderen Mitteilungen verziert, von denen wir glaubten, sie sollten der Nachwelt aufbewahrt werden; die antike Uhr, die uns immer verriet, daß es dreiviertel vier wäre, es aber auf so elegante Art tat; die blau und gelb gemusterte Vase auf dem Fenstersims, die so aussah, als hätte man sie aus einem Puzzlespiel zusammengefügt, weil ich sie nämlich geduldig wieder zusammengeklebt hatte, nachdem Polly sie bei ihren ersten Gehversuchen auf den Boden geworfen hatte. Es gab natürlich auch neue Gegenstände in der Küche, aber die schienen mir fremd, Eindringlinge in meine Erinnerung. Ich seufzte und hätte gleich wieder in Tränen ausbrechen können, aber eine Hand packte mich am Halsband und riß mich aus meinen nostalgischen Empfindungen.

»Wollen doch mal sehen, wem du gehörst«, sagte Carol und zog das Namensschild nach vorn, um es lesen zu können. »Dusel? Ist das dein Name?«

Polly hielt sich die Hand über den Mund und kicherte.

»Keine Adresse? Dich will wohl keiner, oder?« sagte Carol und schüttelte den Kopf.

Ich schüttelte den Kopf, um ihr beizupflichten.

»Können wir ihn behalten?« fragte Polly aufgeregt.

»Nein«, kam Carols entschiedene Antwort. »Wir bringen

ihn morgen auf die Polizeistation, um zu sehen, ob er als vermißt gemeldet ist.«

»Aber wenn keiner ihn will – können wir ihn dann behalten?«

»Ich weiß nicht, da werden wir Onkel Reg fragen müssen.«

Onkel Reg? Wer war das?

Polly schien damit zufrieden zu sein und begann mir über den Rücken zu streichen. »Können wir Dusel füttern, Mami? Er hat sicher großen Hunger.«

»Laß mich mal sehen, was wir für ihn haben.«

Bitte sag meinen Namen, Carol, nicht einfach *ihn*. Oder sag Dusel wenn du willst. Und wenn es gar nicht anders geht, meinetwegen *Horace*.

Carol ging zum Kühlschrank, einem neuen Gegenstand in der Küche, und blickte nachdenklich hinein. »Ich bin sicher, daß du gern Hammelkeule hättest oder ein saftiges Steak, nicht wahr, Dusel?«

Ich nickte und leckte mir erwartungsvoll die Lippen, aber sie schloß den Kühlschrank wieder und sagte zu Polly: »Lauf in den Laden und kauf eine Dose Hundefutter, das sollte bis morgen reichen.«

»Darf ich Dusel mitnehmen, Mami?« Polly hüpfte bei dem Gedanken aufgeregt auf und ab, und ihre Erregung begann mich anzustecken.

»Also gut. Aber paß auf, daß er nicht auf die Hauptstraße läuft.«

Also machten wir uns auf den Weg, meine Tochter und ich, Mädchen und Hund, die schmale Gasse hinunter, die zur Hauptstraße und dem einzigen Geschäft des Dorfes führte. Wir spielten dabei, und eine Weile vergaß ich, daß ich Pollys Vater war, und wurde einfach zu ihrem Spielgefährten. Ich hielt mich dicht bei ihren Füßen, sprang gelegentlich in die Höhe und zerrte an ihrem Pullover, leckte ihr besorgt das Gesicht, als sie einmal ausglitt und stürzte. Ich versuchte ihr die aufgeschürften Knie sauberzulecken, aber sie schob mich weg und wackelte tadelnd mit dem Finger. Während sie in dem Geschäft mein Abendessen kaufte, legte ich mein bestes Benehmen an den Tag und ließ mich nicht von einem Stapel leicht zu erreichender Päckchen mit Kartoffelchips in Versuchung führen. Dann rannten wir wieder zurück, und ich ließ mich von ihr beim Wettlauf schlagen, versteckte mich hinter einem Baum, als sie an das Gartentor kam. Sie sah sich verwirrt um und rief meinen Namen; ich blieb versteckt und kicherte im langen Gras, das unten um den Baumstamm gewachsen war. Ich hörte Schritte den Weg herunterkommen, und als sie schließlich mein Versteck erreichte, rannte ich um den Baum herum und schoß auf das Tor zu. Polly entdeckte mich und lief hinter mir her. Aber am Ende war ich der Gewinner.

Sie erreichte mich, kicherte atemlos und warf die Arme um meinen Hals, drückte mich an sich.

Wir gingen ins Haus – mein Zuhause –, und Polly erzählte Carol alles, was geschehen war. Die halbe Dose Hundefutter wurde auf einen Teller gegeben und auf den Boden gestellt, daneben eine Schüssel mit Wasser. Ich vergrub meine Nase in das Fleisch und leerte den Teller. Dann leerte ich die Wasserschüssel. Und dann bettelte ich um mehr. Und bekam mehr.

Alles war rosig. Ich war zu Hause, ich war bei meiner Familie. Ich hatte Essen im Bauch und Hoffnung im Herzen. Ich würde schon eine Möglichkeit finden, sie wissen zu lassen, wer ich war. Und wenn ich das nicht konnte ... nun, war das *so* wichtig? Solange ich bei ihnen war, um sie zu beschützen, um den mysteriösen Fremden fernzuhalten, war meine echte Identität gar nicht so wichtig. Wegen der Polizeistation morgen machte ich mir keine Sorgen, denn da würde niemand sein, der auf mich Anspruch erhob, und ich konnte mich sicher bei ihnen genügend einschmeicheln, so daß sie mich behalten würden. Ja, alles war rosig.

Und du weißt ja, daß die Dinge gewöhnlich dann für mich unangenehm werden, wenn sie am rosigsten sind.

Wir hatten es uns für die Nacht bequem gemacht (dachte ich). Polly war oben im Bett, Carol saß entspannt auf dem Sofa, die Beine unter sich gezogen, und sah in den Fernseher, und ich lag ausgestreckt unter ihr auf dem Boden, ohne sie auch nur eine Sekunde aus den Augen zu lassen. Gelegentlich blickte sie auf mich herab und lächelte, und ich lächelte zurück und atmete tief und befriedigt. Einige Male versuchte ich ihr zu sagen, wer ich war, aber sie schien nicht zu verstehen und sagte mir, ich solle aufhören zu brummen. Schließlich gab ich mich der Müdigkeit hin, die mich überkommen hatte. Ich konnte nicht schlafen – dafür war ich zu glücklich –, aber ich ruhte und studierte die Gesichtszüge meiner Frau mit bewundernden Augen.

Sie war ein wenig gealtert; da waren Linien in den Augenwinkeln und an ihrem Halsansatz, wo früher keine Linien gewesen waren. Da war etwas Trauriges an ihr, aber es war eine wohlverborgene innere Traurigkeit, eine, die man eher fühlen als sehen könnte; für mich war offenkundig, weshalb es so war.

Ich fragte mich, wie sie ohne mich alles geschafft hatte, wie Polly meinen Tod hingenommen hatte. Ich fragte mich, wie ich selbst die Aussage des Dachses hingenommen hatte, daß ich als Mann ganz sicherlich tot war. Der Raum hatte immer noch all die Behaglichkeit an sich, an die ich mich so gut erinnerte, aber die Atmosphäre des Hauses war jetzt ganz anders. Ein Teil seiner Persönlichkeit war verschwunden, und dieser Teil war ich. Atmosphäre ist etwas, das Menschen erzeugen, nicht Holz oder Ziegel oder irgendwelche Gegenstände – sie erzeugen nur eine Umgebung.

Ich hatte mich nach Fotografien umgesehen, in der Hoffnung, mein eigenes Bild aus der Vergangenheit zu entdekken, aber zu meiner Überraschung war nirgends eines zu sehen. Ich zermarterte mir das Gehirn, um mich zu erinnern, ob es je gerahmte Fotos von mir gegeben hatte. Aber so, wie es gewöhnlich ist, wenn ich mich bewußt zu erinnern versuche, war mein Verstand plötzlich leer. Vielleicht waren sie für Carol und Polly eine zu schmerzliche Erinnerung gewesen, und man hatte sie irgendwo weggelegt, um sie erst dann wieder hervorzuholen, wenn beide damit fertig werden konnten.

Ich hatte auch keine Ahnung, ob meine Kunststoffabrik verkauft worden war oder noch lief. Aber es beruhigte mich jedenfalls, daß meine Familie keine Not zu leiden schien. Das bestätigten verschiedene Haushaltsgegenstände: der Kühlschrank in der Küche, der neue Fernseher im Wohnzimmer und verschiedene Möbelstücke im ganzen Haus.

Carol war immer noch so attraktiv wie eh und je, trotz der paar Falten; sie war nie das gewesen, was man eine Schönheit hätte nennen können, aber ihr Gesicht hatte etwas an sich, das diesen Anschein erweckte. Ihr Körper war immer noch wohlgeformt, aber zwei, drei Zentimeter davor, dick zu sein, so wie das immer der Fall gewesen war, ihre Beine lang und elegant geschwungen. Ironischerweise empfand ich zum erstenmal als Hund, wie sich ein physisches Gefühl regte, wie ein Hunger geweckt wurde. Ich begehrte meine Frau, aber sie war eine Frau und ich ein Hund.

Ich wandte meine Gedanken schnell wieder Polly zu. Wie sie doch gewachsen war! Sie hatte ihren Babyspeck abgelegt, war aber hübsch geblieben; ihre feine Haut und das dunkler gewordene Haar betonten ihr kleines Gesicht mit den zartgeschnittenen Zügen. Ich war überrascht und seltsam bewegt gewesen, wie sie vor ein paar Stunden eine braungeränderte Brille aufgesetzt hatte, um fernzusehen; irgendwie schien sie das noch verletzbarer zu machen. Ich war sehr mit ihr zufrieden; sie war zu einem sanftmütigen Kind herangewachsen, ohne die Schwerfälligkeit oder die Gereiztheit, die so viele Kinder ihres Alters an den Tag legen. Und dann war da eine ganz besondere Nähe zwischen ihr und ihrer Mutter, vielleicht eine Nähe, die aus dem gemeinsamen Verlust entstanden war.

Wie ich schon vorher festgestellt hatte, schien sie sieben

oder acht Jahre alt zu sein, und ich grübelte darüber nach, wie lange ich schon tot war.

Draußen hatte der Himmel sich verdunkelt, als die Nacht sich hereingedrängt hatte, und es war auch kühler geworden. Carol knipste eines dieser langen, schmalen elektrischen Kaminhölzer an (auch etwas Neues, denn in der Vergangenheit hatten wir immer auf offenes Feuer Wert gelegt – Holz, Kohlen und Flammen –, aber vielleicht war die Romantik mit mir aus dem Haus gegangen) und machte es sich auf dem Sofa bequem. Plötzlich erhellten Scheinwerfer den Raum, und ich hörte, wie ein Wagen über die Kieszufahrt näher kam. Er hielt an, und der Motor summte weiter, während knarrend ein Tor geöffnet wurde. Carol drehte den Kopf herum und blickte zum Fenster, wandte dann ihre Aufmerksamkeit wieder dem Fernseher zu, schob sich mit ein paar Handbewegungen das Haar zurecht und glättete sich den Rock über den Schenkeln. Jetzt setzte sich der Wagen wieder in Bewegung, der grelle Lichtbalken schwang durch das Zimmer und verschwand dann. Der Motor verstummte, eine Wagentür knallte, dann schritt eine schattenhafte Gestalt am Fenster vorbei und klopfte dabei an die Scheibe.

Mein Kopf ruckte in die Höhe; ich knurrte drohend und folgte dem Schatten, bis er verschwunden war.

»Scht, Dusel! Sei ruhig.« Carol beugte sich vor und tätschelte mich am Kopf.

Ich hörte, wie ein Schlüssel ins Schloß geschoben wurde, dann Schritte im Flur. Ich war jetzt auf den Beinen. Carol packte mich am Halsband, und ihr Gesicht hatte einen besorgten Ausdruck. Mein ganzer Körper wurde steif, als die Tür sich öffnete.

»Hallo...«, setzte eine Männerstimme an, und ihr Besitzer trat mit einem Lächeln ein.

Ich riß mich aus Carols Griff los und sprang den Mann an, ein Brüllen der Wut und des Hasses entrang sich mir. Ich erkannte ihn. Das war der Mann, der mich getötet hatte.

18

Ich sprang hoch, und meine Zähne suchten seine Kehle, aber der Mann schaffte es, den Arm zwischen uns zu schieben. Das war besser als nichts, und so schlug ich meine Zähne statt in die Kehle eben in den Arm.

Carol schrie, aber ich achtete nicht auf sie; niemals würde ich zulassen, daß dieser Mörder ihr zu nahe trat. Er schrie in plötzlichem Schmerz auf und packte mich mit der anderen Hand am Hals; wir fielen gegen den Türrahmen und glitten zu Boden. Mein Angriff war wild, denn mein Haß war stark, und ich konnte die Furcht an ihm riechen. Das genoß ich.

Hände packten mich von hinten, und ich merkte, daß Carol mich wegzerren wollte, offenbar besorgt, ich würde den Mann töten. Ich ließ nicht los; sie ahnte die Gefahr nicht, in der sie sich befand.

Ein paar Bruchteile von Sekunden lang fand ich mich Auge in Auge mit ihm, und sein Gesicht schien mir so vertraut. Und seltsamerweise – vielleicht bildete ich mir das ein – schien in seinen Augen auch ein gewisses Erkennen zu sein. Doch der Augenblick verstrich schnell, und wir wurden wieder zu einem wirren Haufen. Carol hatte die Arme um meinen Hals und drückte zu, zerrte gleichzeitig an mir; mein Opfer legte die freie Hand um meine Nase, die Finger gegen meinen Oberkiefer gepreßt, und versuchte meinen Griff zu lösen. Gemeinsam schafften sie es: Ich war gezwungen loszulassen.

Im gleichen Augenblick hieb mir der Mann die geballte Faust in den Unterleib, und ich jaulte vor Schmerz auf, schnappte nach Luft, ging aber gleich wieder zum Angriff über. Doch jetzt hatte er Gelegenheit gehabt, beide Hände um meine Kinnladen zu schließen und damit meinen Mund zusammenzupressen. Ich versuchte ihn mit den Nägeln zu kratzen, was aber an dem Anzug, den er trug, wenig Wirkung zeigte. Mich gegen ihn zu werfen, brachte auch nichts;

Carols Arme hielten mich am Hals fest. Ich rief ihr zu, sie solle mich loslassen, aber meinen zusammengepreßten Kinnladen entrang sich nur ein gedämpftes Knurren.

»Halt fest, Carol!« keuchte der Mann. »Sehen wir zu, daß wir ihn zur Tür rausbekommen!«

Die eine Hand um meinen Mund gepreßt, packte er mein Halsband zwischen Carols Armen und begann mich in den Korridor zu zerren. Carol half ihm, indem sie einen Arm von meinem Hals nahm und mich am Schwanz packte. Sie zerrten mich hinaus, und in meinen Augen bildeten sich Tränen der Enttäuschung. Warum half Carol ihm?

Während sie mich zur Haustür zerrten, warf ich einen Blick auf Polly, die oben an der Treppe erschienen war und der die Tränen über die Wangen liefen.

»Bleib oben!« rief Carol, als sie sie ebenfalls entdeckte. »Komm nicht herunter!«

»Was macht ihr mit Dusel, Mami?« jammerte sie. »Wo bringt ihr ihn hin?«

»Ist schon gut, Gillian«, antwortete ihr der Mann keuchend. »Wir müssen ihn hinausschaffen.«

»Warum? Warum? Was hat er gemacht?«

Sie ignorierten sie, weil ich, in der Erkenntnis, daß ich im Begriff war, den kürzeren zu ziehen, in Raserei geraten war. Ich schlug wild um mich, grub die Pfoten in den Teppich. Doch es nützte nichts, sie waren zu stark. Als wir die Haustür erreichten, forderte er Carol auf, sie zu öffnen, weil er Angst hatte, mich loszulassen. Das tat sie, und ich spürte, wie der Wind hereinwehte und mir den Pelz zerzauste. Mit einem letzten verzweifelten Versuch riß ich den Kopf los und schrie: »Carol, ich bin's, Nigel! Ich bin zu dir zurückgekommen! Laß nicht zu, daß er mir das antut!«

Aber sie hörte natürlich nur das Bellen eines tollwütigen Hundes.

Ich schaffte es, dem Mann den Ärmel zu zerreißen und ihm das Handgelenk blutig zu beißen, ehe man mich hinauswarf und die Tür hinter mir zuknallte.

Draußen sprang ich auf und ab, warf mich gegen die Tür und heulte. Carols Stimme drang durch das Holz zu mir; sie versuchte Polly zu besänftigen. Dann hörte ich die Stimme des Mannes, die Worte ›tollwütiger Hund‹ und ›Angreifer‹ drangen an meine Ohren, und ich schloß daraus, daß er mit jemandem telefonierte.

»Nein, laß ihn nicht, Carol! Bitte, das bin doch ich!« Ich wußte, daß er mit der Polizei telefonierte.

Und tatsächlich tauchten, keine fünf Minuten später, am Ende der Zufahrt Scheinwerferbalken auf, und ein Wagen polterte auf das Haus zu. Ich war jetzt unter dem Fenster im Erdgeschoß, rannte vor und zurück, schrie und tobte, während Carol, Polly und der Mann mich mit erschreckten Gesichtern beobachteten. Zu meiner tiefen Enttäuschung hatte der Mann die Arme um Carols und Pollys Schultern gelegt.

Der kleine blauweiße Panda kam schwankend zum Stehen, und die Türen flogen auf, als hätten sie plötzlich Schmetterlingsflügel bekommen. Zwei dunkle Gestalten sprangen heraus, eine davon trug eine lange Stange, an der vorn eine Schlinge befestigt war. Ich wußte, wozu *das* diente, und beschloß, ihnen keine Chance zu lassen, sie zu benutzen. Ich floh in die Nacht hinaus, aber nicht zu tief in sie hinein.

Später, als die Polizei aufgegeben hatte, auf der Suche nach mir im Dunkeln herumzustochern, kroch ich zurück. Ich hörte Stimmen vom Haus, hörte, wie Wagentüren zugeschlagen wurden, ein Motor ansprang und Reifen sich auf dem Kies zur Straße hinuntermahlten. Ohne Zweifel würden sie morgen zurückkommen, um die Gegend bei Tageslicht gründlich abzusuchen, aber für den Rest der Nacht würde ich sicher sein, das wußte ich. Ich würde warten, bis der Mann aus dem Haus kam, und dann würde ich mir Mühe geben, ihm zu folgen – ihn vielleicht sogar gleich zu erwischen. Nein, das würde dumm sein – damit würde ich nur Carol und Polly erneut verängstigen, und Carol würde vielleicht die Polizei zurückrufen. Außerdem war mir der Mann ein wenig zu kräftig. Nein, so würde es besser sein: ihm irgendwie folgen – vielleicht konnte ich sogar die Witterung seines Wagens aufnehmen (selbst Autos haben einen ausgeprägten Geruch) – und ihn dann angreifen, wenn ich den Vorteil der Überraschung auf meiner Seite hatte. Es war ein höchst unvernünftiger Plan, aber ich war auch ein ziemlich unvernünftiger Hund. Also ließ ich mich nieder und wartete. Und wartete. Und wartete.

Der Schock erfaßte mich schließlich ein paar Stunden später: Er würde diese Nacht nicht wieder herauskommen. Sein Wagen stand immer noch in der Einfahrt, also wußte ich, daß er noch nicht weggefahren war. Und mit der Polizei wegzufahren, hatte es für ihn keinen Anlaß gegeben. Er blieb über Nacht!

Wie kannst du nur, Carol? Also schön, ich war ja ohne Zweifel schon ein paar Jahre kalt im Grab, aber ausgerechnet er? Der Mann, der mich ermordet hatte? Und wie konntest du überhaupt mit irgend jemandem... nach alledem, was uns verbunden hatte? Hat es dir so wenig bedeutet, daß du es so schnell vergessen konntest?

Mein Heulen füllte die Nacht, und Sekunden später bewegten sich am Schlafzimmerfenster Vorhänge. An meinem Schlafzimmerfenster!

Wie konnte es etwas so Böses geben? Er hat mich getötet und dann meine Frau genommen! Er würde mir bezahlen – oh, und wie er bezahlen würde!

Dann rannte ich vom Haus weg, war nicht imstande, den Schmerz zu ertragen, es anzusehen und mir auszumalen, was drinnen vor sich ging. Ich rannte in der Finsternis herum, erschreckte nächtliche Geschöpfe, schreckte diejenigen auf, die schliefen, und fiel schließlich schlaff und weinend in eine kleine Bodensenke. Dort blieb ich bis zur Morgendämmerung.

19

Hab jetzt Geduld, meine Geschichte ist beinahe zu Ende.

Glaubst du mir das, was ich dir erzählt habe, immer noch nicht? Ich nehm' es dir nicht übel – ich bin nicht sicher, daß ich es selbst glaube. Vielleicht bin ich ein Hund, der einfach Halluzinationen hatte. Aber wie kommt es dann, daß du mich verstehst? Du *verstehst* mich doch, oder?

Was macht der Schmerz? Später wirst du ihn vergessen; Erinnerungen an Schmerz sind immer ohne Substanz, wenn man den Schmerz nicht tatsächlich wieder *fühlt*. Was macht die Furcht? Hast du jetzt weniger Angst oder mehr? Aber laß mich jedenfalls fortfahren: Du bleibst ja hier, und ich habe genügend Zeit. Wo war ich? O ja...

Die Morgendämmerung fand mich wieder voll Selbstmitleid, verwirrt und enttäuscht. Aber wie ich dir ja schon mehrmals sagte, sind Hunde geborene Optimisten; ich beschloß, mein Problem konstruktiv anzugehen. Zuerst würde ich ein wenig mehr über mich selbst herausfinden – zum Beispiel wann genau ich gestorben war, und dann die Umstände meines Todes. Ersteres würde leicht sein, denn ich hatte eine gute Vorstellung davon, wo ich mich finden würde. Du mußt wissen, jetzt, wo ich mich in vertrauter Umgebung befand, hatten die Erinnerungen angefangen durchzusickern. Nun, vielleicht nicht Erinnerungen, sondern – wie soll ich es ausdrücken? – einfach Dinge, die ich wiedererkannte und die in mich einsickerten. Ich spielte auf eigenem Platz, wußte, wo ich war. Hoffentlich würden bald die Erinnerungen an Ereignisse nachfolgen.

Der zweite Teil – die Umstände meines Todes – war schwieriger, und weil ich das Gefühl hatte, daß vertraute Orte anfangen würden, Ventile in meinem Gedächtnis zu öffnen, würde es vielleicht hilfreich sein, meine Kunststofffabrik zu besuchen.

Aber zuerst: Wann war ich gestorben?

Es war leicht, den Friedhof zu finden, da ich wußte, wo die Kirche stand (wenn mir auch ihr Inneres nicht so vertraut war). Was schwer ausfindig zu machen war, war mein eigenes Grab. Inzwischen fiel mir das Lesen ziemlich schwer, und viele dieser Grabsteine waren ohnehin schlecht markiert. Ich fand meinen nach zwei Stunden der Konzentration und mühsamen Augenzusammendrückens und war befriedigt festzustellen, daß er immer noch ordentlich und sauber aussah. Ich nehme an, dir würde das wie eine makabre Suche erscheinen, aber ich kann dir versichern, tot zu sein, ist die natürlichste Sache der Welt, und es störte mich nicht im geringsten, hier nach meinem eigenen Epitaph herumzuschnüffeln.

Ein kleines weißes Kreuz markierte meine Ruhestätte, und auf dem Kreuz waren in ordentlicher Schrift die Worte eingegraben: NIGEL CLAIREMOUNT – nein, ich mache keine Witze – NETTLE. GELIEBTER EHEMANN VON CAROL, GELIEBTER VATER VON GILLIAN. GEBOREN 1943 – GESTORBEN 1975. Ich war also im Alter von zweiunddreißig Jahren gestorben, und so kam es mir unwahrscheinlich vor, daß mein Tod auf natürliche Ursachen zurückzuführen war. Darunter waren noch zwei weitere Worte in den Stein gemeißelt, und als ich die las, wurden meine Augen feucht. Sie sagten einfach: NIEMALS VERGESSEN

Ja, wirklich? dachte ich bitter.

Auch die Kunststoffabrik zu finden war einfach. Tatsächlich begann ich mich sogar, als ich durch die Ortschaft trottete, an die Läden, die kleinen Restaurants und die Kneipen zu erinnern. Welche Freude es mir doch bereitet hätte, in eine dieser Kneipen zu treten und mir ein Bier zu bestellen! Ich erkannte, daß jetzt Sonntag war, denn die High Street war ruhig, und in der Ferne konnte ich hören, wie Kirchenglocken ihr Schuld erzeugendes Lied begannen. Es war noch früh am Morgen, aber der Gedanke, daß die Kneipen noch ein paar Stunden geschlossen bleiben würden, verringerte die Anziehungskraft, die sie auf mich ausübten, in keiner Weise; ich erinnerte mich, daß ich immer an einem Drink am Sonntagmorgen Freude gehabt hatte.

Der Anblick des einstöckigen Fabrikgebäudes selbst, das vielleicht eine Meile vor der Stadt lag, wühlte alte Gefühle in mir auf, eine Mischung aus Stolz, Erregung und Besorgnis. Sie war klein, aber modern und kompakt, und ich konnte sehen, daß man in jüngster Zeit einen nicht unbeträchtlichen Anbau darangesetzt hatte. Eine lange Tafel aus Kunststoff, von der ich wußte, daß sie nachts beleuchtet war, und die sich über die ganze Fassade erstreckte, verkündete: NETTLE & NEWMAN – ADVANCED PLASTICS LTD.

Nettle & Newman, grübelte ich. Newman? Wer war Newman...? Ja, du hast es erraten. Mein Mörder war mein Partner gewesen.

Alles begann jetzt Gestalt anzunehmen, die Zusammenhänge wurden klar; und das, was von allem am meisten schmerzte, war, daß er sich nicht damit begnügt hatte, mir nur mein Geschäft wegzunehmen – auch meine Frau hatte er mir genommen. Ich erinnerte mich jetzt ganz deutlich an ihn, sein Gesicht und seine Person formten sich ganz klar vor meinem inneren Auge. Wir hatten das Geschäft gemeinsam angefangen, es aus dem Nichts aufgebaut, unsere Mißerfolge geteilt und zusammen unsere Erfolge genossen. Er war der bessere Geschäftsmann (wenn er auch vorschnell sein konnte), aber ich verstand mehr – ein beinahe instinktives Wissen – von Kunststoffen. Jetzt kommt es einem verrückt vor, albern, auf so etwas stolz zu sein, aber ich war auf dieses Wissen stolz gewesen. Kunststoffe! Man kann sie nicht einmal essen. Eine Weile waren wir gute Partner gewesen, fast wie Brüder, und hatten die jeweilige Fähigkeit des anderen respektiert. Oft war ich es gewesen, so intelligent mein Partner auch war, der in geschäftlichen Dingen ein intuitives Gefühl gehabt hatte, und er konnte dann, wie ich mich erinnere, sehr stur sein, wenn ich der Ansicht war, daß man eine bestimmte Entscheidung treffen und eine bestimmte Richtung einschlagen sollte. Ich glaube, diese Sturheit war es, die dann zu unseren Meinungsverschiedenheiten geführt hatte.

Worum es bei diesen Disputen gegangen war, durchblickte ich noch nicht, aber das Bild hitziger Auseinandersetzungen in den späteren Tagen unserer Partnerschaft hing in meinem Bewußtsein fest. Einmal hatte es so ausgesehen, als würde unsere Uneinigkeit dazu führen, daß die Firma auseinanderbrach, aber was war dann geschehen?

Offensichtlich war ich ermordet worden.

Newman. Reginald Newman. Onkel Reg! Das hatte Carol zu Polly gesagt, als sie gefragt hatte, ob sie mich behalten würden – ›Warte, bis Onkel Reg nach Hause kommt.‹ So etwas Ähnliches. Dieser Schleicher hatte sich tatsächlich eingenistet! Waren mir seine Absichten bewußt gewesen, ehe ich gestorben war? War das der Grund, daß ich anders war? War ich wie einer jener unglücklichen Geister, die ich gesehen hatte, die irgendein Leid an ihre vergangene Existenz band, irgend etwas, was sie festhielt? Hatte man mir erlaubt (oder hatte das meine eigene natürliche Sturheit verursacht?), meine alten Erinnerungen zu behalten, um die Dinge in Ordnung zu bringen?

Ich stand aufrecht da, voller Rachegefühle und ohne einen Gedanken an die Chancen, die ich hatte. Ich würde die meinen beschützen. (Es gibt nichts Schlimmeres als einen Idioten, den die Rache adelt.)

Die Fabrik war bereits geschlossen, aber ich schnüffelte außen daran herum und dachte über den Anbau im hinteren Teil des Gebäudes nach. Das Geschäft mußte sich seit meinem Tode gut weiterentwickelt haben.

Nach einer Weile fing ich an, mich zu langweilen. Seltsam, daß das, was einmal ein wichtiger Bestandteil meines Lebens gewesen war, mir nun so belanglos und trivial erschien, aber ich fürchte, nach meiner ursprünglichen Aufwallung von Emotionen schien alles sehr langweilig. Ich ging weg und jagte in einem naheliegenden Feld ein paar Hasen.

Später kehrte ich zu meinem Haus zurück und war überrascht, es leer vorzufinden. Der Wagen war aus der Einfahrt verschwunden, und in dem Haus war kein Laut zu hören. Es kam mir jetzt wie eine leere Schale vor, genau wie die Fabrik; sie hatten beide ihre Bedeutung verloren. Ohne ihre Bewohner, ohne daß ich direkt eingeschaltet war, waren dies nur Gebäude aus Steinen und Mörtel. Ich erinnere mich nicht, daß ich mir zu der Zeit dieser plötzlichen unpersönlichen Haltung bewußt gewesen wäre, und erst jetzt, in Zeiten fast völliger Klarheit, sind mir die Veränderungen bewußt, die sich im Laufe der Jahre in meiner Persönlichkeit vollzogen haben.

Das Verhungern wurde meine größte Sorge – besser gesagt, das Vermeiden dieses Vorganges –, und so trottete ich zur Hauptstraße zurück, die durch das Dorf und dem stets geöffneten Lebensmittelgeschäft führte. Ein blitzartiger Überfall auf die Kartoffelchips verschaffte mir ein bescheidenes Mittagessen und hatte freilich zur Folge, daß ich Marsh Green mit einiger Hast verlassen mußte.

Ich wandte mich den offenen Feldern zu, wo ein blauweiß lackierter Streifenwagen seine Fahrt verlangsamte und ein Bulle den Kopf zum Fenster herausstreckte und mir lockend zurief. Nach meiner Attacke auf den lieben Reggie in der vergangenen Nacht wußte ich, daß die Ortspolizei nach mir Ausschau halten würde; man darf Leute nicht angreifen, wenn man nicht dazu abgerichtet worden ist.

Eine Balgerei mit einer Herde Langwoller (du nennst sie Schafe) brachte mir eine vergnügte Stunde ein, bis ein rauflustiger Collie auf der Szene erschien und mich verjagte. Der Spott, mit dem die Schafe meinen hastigen Rückzug begleiteten, irritierte mich, aber ich sah, daß es wenig Sinn hatte, mit ihrem hündischen Wächter zu argumentieren: Er stand ganz und gar in menschlichen Diensten.

Ein kalter Schluck aus einem munteren kleinen Bächlein,

ein paar eßbare Pilze und ein Schläfchen im langen Gras füllten den Rest des Nachmittags.

Ich erwachte erfrischt und zielbewußt. Ich kehrte zu der Fabrik zurück und begann meine Wache.

Er tauchte früh am nächsten Morgen auf, viel früher als unsere, ich meine seine – Angestellten. Ich verspeiste gerade einen jungen Hasen, den ich mit schläfrigen Augen im naheliegenden Feld gefunden hatte (tut mir leid, aber meine Hundeinstinkte gewannen immer mehr die Oberhand; tatsächlich war ich auf meine Beute sogar sehr stolz), als das Geräusch seines Wagens mich unterbrach. Ich kauerte mich nieder, obwohl ich gut hinter der Hecke versteckt war, die das Feld von der Fabrik abgrenzte, und knurrte auf drohende hündische Art. Die Sonne hatte bereits einige Kraft, und seine Füße wirbelten feinen Sandstaub vom Asphalt auf, als er aus dem Wagen stieg.

Meine Schultermuskeln spannten sich, als ich mich auf den Angriff vorbereitete. Ich war nicht sicher, was ich gegen einen Menschen ausrichten konnte, aber der Haß ließ wenig Platz für Logik. Gerade als ich mich zum Sprung anschickte, bog ein anderer Wagen von der Hauptstraße ein und parkte neben dem Newmans. Ein etwas dicklicher Mann im grauen Anzug winkte Newman zu, als er aus dem Wagen stieg. Das Gesicht war mir vertraut, aber erst als ein Bild des dicklichen Mannes im weißen Labormantel vor meinem inneren Auge aufblitzte, erinnerte ich mich daran, daß er der technische Leiter gewesen war. Ein guter Mann, ein wenig fantasielos, aber gewissenhaft und fleißig genug, um die Fantasielosigkeit auszugleichen.

»Wird heute wieder heiß, Mr. Newman«, sagte er und lächelte den Feind an.

»Ganz bestimmt. Genau wie gestern, denke ich«, erwiderte Newman und holte sich die Aktentasche vom Beifahrersitz seines Wagens.

»Sie sehen so aus, als hätten Sie ein wenig davon abbekommen«, erwiderte der andere. »Sie waren wohl gestern im Garten?«

»Nee. Ich wollte mal ausspannen und bin mit Carol und Gillian hinunter zur Küste gefahren.«

»Das hat die sicher gefreut.«

Newman lachte kurz. »Ja, ich habe in letzter Zeit zu viele Wochenenden mit Büroarbeit verbracht, das macht meiner Frau wirklich keinen Spaß.«

Der Manager nickte, während er darauf wartete, daß Newman den Büroeingang zur Fabrik aufschloß. »Wie geht es ihr denn jetzt?« hörte ich ihn sagen.

»Oh... viel besser. Er fehlt ihr natürlich immer noch sehr nach all der Zeit, aber das geht ja uns allen so. Sprechen wir doch den Wochenplan durch, solange es noch ruhig ist...« Ihre Stimmen klangen jetzt hohl, als sie das Gebäude betreten hatten, und dann schloß sich die Tür hinter ihnen, und ich konnte überhaupt nichts mehr hören.

Frau? Sie hat ihn geheiratet? Ich war verwirrt. Und es tat noch mehr weh. Er hatte wirklich alles bekommen!

Meine Wut kochte und brodelte den ganzen Tag über, aber ich blieb in meinem Versteck, als die Fabrik summend und brummend ihre Aktivität aufnahm und ein lebendes Wesen wurde. Dann machte sich schließlich Kälte in mir breit, während ich im Schatten der Hecke wartete: Ich würde mir Zeit lassen, den richtigen Augenblick abwarten.

Gegen Mittag kam Newman wieder heraus, das Jackett über dem Arm, die Krawatte gelockert. Es waren zu viele Fabrikarbeiter um ihn herum. Sie saßen im Schatten, mit dem Rücken am Gebäude, mampften ihre Sandwiches, andere lagerten ohne Hemd auf dem Boden und genossen die Sonne; ich blieb versteckt. Er stieg in seinen Wagen, kurbelte ein Fenster herunter und fuhr davon, auf die Hauptstraße zu.

Ich knirschte wütend mit den Zähnen. Aber ich konnte warten.

Der Mörder kehrte etwa eine Stunde später zurück, aber

wieder gab es für mich keine Chance – immer noch zuviel Aktivität.

Ich schlief, und der Abend kam. Die Arbeiter – ich erkannte jetzt eine ganze Menge von ihnen – verließen das Gebäude, erleichtert, seiner drückenden Hitze zu entkommen. Die Büroangestellten, das waren zwei Mädchen und ein Buchhalter, folgten kurz darauf, und nach einer weiteren Stunde kam noch der dickliche technische Leiter heraus. Newman arbeitete weiter.

Ein Licht ging an, als die Dämmerung einsetzte, und ich wußte, daß das aus unserem – seinem – Büro kam. Ich kroch aus meinem Versteck, trottete zu dem Gebäude hinüber und blickte zu dem Fenster empor. Ich stellte mich auf die Hinterbeine und legte die Vorderpfoten gegen die Ziegelmauer; aber obwohl ich den Hals reckte, bis die Sehnen hervortraten, konnte ich nicht in das Büro sehen. Die Leuchtröhre an der Decke war sichtbar, aber sonst nichts.

Ich ließ mich wieder auf alle viere fallen und umkreiste das Gebäude, suchte nach irgendwelchen Öffnungen. Aber es gab keine.

Während ich meine Runde vollendete, sah ich sein Auto einsam dort stehen, wo er es mit der Vorderseite zum Gebäude geparkt hatte. Als ich näher kam, stellte ich fest, daß er das Fenster auf der Fahrerseite offengelassen hatte. Es war ein heißer Tag gewesen.

Was ich zu tun hatte, war offensichtlich; wie es zu bewerkstelligen wäre, ein wenig schwieriger. Es kostete mich vier schmerzhafte Versuche, den vorderen Teil meines Körpers durch jene Öffnung zu zwängen, und dann bedurfte es noch einiger Arbeit mit den Hinterbeinen, um meinen weichen Bauch über die Fensterschwelle zu bekommen. Schließlich purzelte ich auf den Fahrersitz und lag keuchend dort, wartete, bis der Schmerz von meinem wundgeriebenen Bauch nachließ. Dann glitt ich durch den Spalt zwischen den vorderen Sitzen nach hinten und versteckte mich dort in der dunklen Höhlung auf dem Boden, wobei ich am ganzen Leibe zitterte.

Es dauerte wenigstens eine Stunde, bis Newman beschloß, daß er für den heutigen Tag genug gearbeitet hatte, und das Büro verließ. Meine Ohren stellten sich auf, als ich hörte, wie die Eingangstür abgeschlossen wurde, und ich kauerte mich noch tiefer, als die Wagentür aufgerissen wurde und eine Aktentasche auf den Beifahrersitz flog. Der Wagen schwankte, als Newman einstieg, und ich hielt mich mit größter Mühe davon ab, ihn gleich jetzt anzuspringen. Er ließ den Motor an, betätigte den Lichtschalter und fuhr rückwärts aus dem Parkplatz. Eine Hand fiel dabei über die linke Sitzlehne, als er zurücksetzte, und die Versuchung, ihm die Finger abzubeißen, war beinahe überwältigend. Aber ich brauchte mehr als nur meine eigene Stärke, wenn ich Vergeltung wollte.

Ich brauchte die Geschwindigkeit seines Wagens.

Er bog in die Hauptstraße ein und strebte der Ortschaft zu. Um Marsh Green zu erreichen, mußte er durch Edenbridge fahren, und da die beiden Ortschaften nicht zu weit voneinander entfernt waren, wußte ich, daß ich nicht viel Zeit hatte zuzuschlagen. Aus Edenbridge führte ein langes, gerades Stück Straße heraus, ehe diese sich gabelte: links in Richtung Hartfield, und rechts bog eine schmalere Straße nach Marsh Green ab. Die meisten Fahrzeuge fuhren auf der geraden Strecke vor der Kurve ziemlich schnell, und er würde es wahrscheinlich genauso machen, denn um diese Nachtzeit waren die Straßen einigermaßen leer. Und dort würde ich in Aktion treten – selbst wenn es bedeutete, daß ich dabei selbst getötet wurde. Ich war schon vorher gestorben; es würde leicht sein, es wieder zu tun. Und außerdem, was hatte ich schon zu verlieren? Ein Hundeleben?

Der Gedanke daran, was dieser böse Mensch aus mir gemacht hatte, brachte erneut das Blut in mir in Wallung, und die Wut trommelte gegen meine Brust. Ein leises Knurren begann tief in meiner Kehle, stieg auf; geschmolzene Lava voll Haß, suchte nach einer Öffnung, strömte heiß durch meine Kehle empor und platzte schließlich mit einem Schrei, einer Eruption der Gewalt an die Oberfläche.

Ich sah die Angst in seinem Gesicht, als er über die Schulter blickte, die Augen geweitet, so daß man das Weiße sah. Er vergaß den Fuß vom Gaspedal zu nehmen, und der Wagen raste ohne lenkende Hand dahin. Ich konnte sehen, daß die Biegung fast unmittelbar vor uns war, ehe ich mich nach vorn warf und ihn in die Wange biß.

Er fuhr nach vorn, versuchte meinen Zähnen zu entkommen, aber ich ging mit, erwischte sein Ohr und riß daran. Er kreischte, und ich kreischte, und der Wagen kreischte, und wir alle wurden zusammen von der Straße getragen.

Mein Körper wurde durch die Windschutzscheibe geschleudert, und plötzlich war ich in blendendes Weiß gebadet, als ich über die Motorhaube rutschte und in den Strahlenkegel der Scheinwerfer. Den Bruchteil einer Sekunde lang, der für mich aber wenigstens ein Jahr dauerte, hatte ich das Gefühl, als schwebte ich in einem lichterfüllten Mutterleib; bis Dunkelheit und Schmerz gleichzeitig über mir zusammenschlugen.

Dann erinnerte ich mich an alles und wußte, daß ich so schrecklich, schrecklich unrecht gehabt hatte.

20

Reg Newman war ein echter Freund gewesen, selbst nach meinem Tode.

Die Erkenntnis traf mich gleichzeitig mit dem Schmerz, als ich benommen und atemlos auf dem staubigen Weg lag – der schmalen, von Furchen durchzogenen steinigen Fahrspur, die direkt von der Hauptstraße wegführte und nur von den Bewohnern benutzt wurde, die weiter unten an diesem Weg ihre Häuser hatten. Wir hatten Glück gehabt:

Anstatt gegen die Bäume zu prallen, die die Kurve säumten, war der Wagen geradewegs auf den Feldweg geschossen, und die Böschung an der einen Seite hatte ihn ruckartig zum Stillstand gebracht.

Die Fragmente fügten sich zusammen; das Puzzle bildete ein Ganzes. Ich wußte, warum die schlechten Erinnerungen an Reg noch nach dem Tode dageblieben waren, warum mein eigener Tod jene Erinnerungen verwirrt und verzerrt hatte. Ich sah, wie die Dummheiten des Lebens die Sinne im Leben nachher verzerrten und den Frieden einer Seele stören konnten. Ich lag da und ließ meinen Geist die Erinnerungen begrüßen, beschämt und gleichzeitig erleichtert. Ich sah, daß die Bilder meines Expartners nur vage gewesen waren, weil er mit meinem Tode in Verbindung gestanden hatte, und weil ein Teil von mir hatte vergessen wollen, warum und wie ich gestorben war: Weil ich mir selbst die Schuld dafür geben mußte.

Wir hatten in unserer Partnerschaft viele Meinungsverschiedenheiten gehabt, aber gewöhnlich hatte einer dann aus Respekt für die besonderen Qualitäten des anderen nachgegeben: Regs kaufmännisches Geschick oder meine Kenntnisse, was Kunststoffe anging. Nur diesmal war es anders gewesen. Diesmal war keiner von uns beiden bereit gewesen zurückzustecken.

Die Auseinandersetzung war eine, wie sie uns geradezu vorgezeichnet war; über kurz oder lang mußte sie einfach kommen, wenn unser Geschäft wuchs: stagnieren oder wachsen. Ich war dafür, unsere Position im Weichplastikbereich zu halten und nur in bestimmten Bereichen zu diversifizieren. Reg war für Expansion, den Einstieg in das Thema Hartplastik. Er wollte die Eigenschaften von Polypropylen erkunden und meinte, Glas würde mit der Zeit einmal der Vergangenheit angehören, würde durch das dauerhaftere Plastik ersetzt werden; zuerst im Behältermarkt, dann in den meisten anderen Bereichen, wo jetzt Glas eingesetzt wurde. Polypropylen schien die meisten hierfür erforderlichen Eigenschaften zu besitzen: Klarheit, Stärke, Hitze- und kältebeständigkeit und außerdem große Widerstandsfähigkeit gegen äußere Einflüsse.

Zu jener Zeit setzten wir hauptsächlich Polyäthylen für flexible Verpackungen wie Tragetaschen, Tiefkühlbeutel und Behälter für Gartenartikel ein; der Übergang von dieser Produktion auf Hartplastik würde eine erhebliche Investition erfordern. Während ich mit meinem Partner bezüglich der Zukunft der Kunststoffe einer Meinung war, war mein Argument, daß wir im Augenblick noch nicht so weit waren, um in jenes Feld vorzudringen. Die Firma würde neue Strangpressen brauchen, um das Rohmaterial aufzuweichen und zu formen, und man würde die Fabrik selbst vergrößern oder sie vielleicht an einen anderen Ort verlegen müssen. Außerdem würde das zusätzliche Mitarbeiter und Ingenieure erfordern, und die Transportkosten würden explodieren, weil die Liefermengen viel voluminöser sein würden. Dazu würde es einer Investition von mindestens eineinhalb Millionen Pfund bedürfen, und das würde wiederum erfordern, daß wir neue Partner aufnahmen, vielleicht sogar Anschluß an eine andere Firma suchten. Das Geschäft, so argumentierte ich, war so, wie es war, gut; sollten doch andere Firmen den Weg in diese neuen Bereiche pflastern. Für uns wäre es unsinnig, so kurz nach der Ölkrise das Risiko der Expansion einzugehen. Wenn es wieder zu einem solchen Schock kam, oder falls es in der Förderung von Nordseeöl zu Verzögerungen kommen sollte, würden viele Firmen Probleme bekommen. Jetzt war die Zeit, unsere Wachstumsrate zu halten, wirtschaftliches Gleichgewicht herzustellen und uns Zeit zu lassen. Aber Reg wollte davon nichts wissen.

Er bezeichnete es als Egoismus, daß ich nicht bereit sei, Fremde in die Firma aufzunehmen, die wir selbst aufgebaut hatten. Er warf mir vor, ich könne nicht über den Tellerrand sehen, hätte keine Vision für die Zukunft. Er nannte mich stur, fantasielos. Ich wurde zornig und bezeichnete ihn als habgierig.

Wir taten natürlich beide dem anderen unrecht, und insgeheim wußten wir das auch; aber bei Auseinandersetzungen braucht man Worte, und Worte übertreiben oft.

Als ich dann herausfand, daß er bereits heimlich Verhandlungen mit einer Hartplastikfirma begonnen hatte, kam es zur Krise. ›Ich habe ihn nur ausgehorcht‹, hatte er mir gesagt, als ich ihn mit meiner Entdeckung konfrontierte. (Ich hatte einen Anruf entgegengenommen, als Reg unterwegs war: ein Direktor der anderen Gesellschaft, der von meinem Widerstand gegen die Pläne meines Partners nichts wußte.) Aber damit war ich nicht zu beruhigen. Trotz meines Respekts für Regs Geschäftstalent war ich argwöhnisch und begann jetzt zu fürchten, daß alles für mich zu schnell gehen könne, daß meine technischen Fähigkeiten seinen Taktiken nicht gewachsen sein würden. Zorn, den diese Angst schürte, baute sich in mir auf.

Reg hatte genug: Soweit es ihn betraf, handelte er im Interesse der Firma, führte Verhandlungen, die unserem Wachstum dienten, und war besorgt, wenn wir nicht in neue Bereiche vorstießen, würden wir am Ende von größeren Firmen geschluckt werden. Daß wir dabei einen großen Teil unserer Unabhängigkeit verlieren würden, besorgte ihn nicht: Für ihn gab es im Geschäft keinen Stillstand, nur Fortschritt oder Rückschritt. Und ich hielt ihn zurück, wollte die Firma in Mittelmäßigkeit absinken lassen.

Er warf das Telefon nach mir und stürmte aus dem Büro.

Er traf mich an der Schulter, und ich fiel in meinen Sessel zurück, schockiert, nicht von dem Schlag, den der Apparat mir versetzt hatte, sondern von seinem unvernünftigen Verhalten. Es dauerte nur ein paar Sekunden, bis meine Wut wieder aufflammte, und dann rannte ich hinter ihm her.

Ich kam gerade noch rechtzeitig, um seinen Wagen auf die Hauptstraße brausen zu sehen. Ich riß die Tür meines eigenen Wagens auf, fummelte dabei verärgert nach den

Schlüsseln und sprang hinein. Ich ließ den Motor aufheulen, wie um damit meine Wut auszudrücken, und raste hinter ihm her.

Die roten Rücklichter von Regs Wagen waren zwei winzige Punkte weit vor mir, und ich trat das Gas durch, um ihnen näher zu kommen. Wir rasten durch Edenbridge, das lange gerade Stück Straße hinunter, das dann kam, um die Kurve am Ende und weiter in die ländliche Dunkelheit. Ich blitzte ihn an, forderte ihn auf, anzuhalten, wollte ihn mir sofort vornehmen. Sein Wagen bog in eine Seitenstraße, die ihn über Land nach Southborough bringen würde, wo er wohnte, und ich bremste gerade so weit ab, um die Kurve zu nehmen.

Dann trat ich auf die Bremsen, als ich sah, daß er angehalten hatte und wartete. Mein Wagen kam schwankend zum Stillstand, und ich sah Reg aus dem seinen klettern und auf mich zukommen. Als er näherkam, die Hand ausgestreckt, setzte er an. »Hör zu, wir verhalten uns wie kleine Ki...« Aber ich ignorierte den verzeihungsheischenden Blick, die ausgestreckte Hand, die die meine ergreifen wollte, seine Worte, die uns wieder zur Vernunft bringen sollten.

Ich riß die Tür auf, traf seine ausgestreckte Hand und sprang heraus, versetzte ihm einen Kinnhaken, und das alles in einer einzigen Bewegung. Dann sprang ich in den Wagen zurück, legte den Rückwärtsgang ein und raste wieder zur Hauptstraße zurück. Als ich nach vorn sah, stützte er sich gerade auf einen Ellbogen, und sein Gesicht war hell vom Licht meiner Scheinwerfer beleuchtet. Ich sah, wie seine Lippen sich bewegten, als würde er meinen Namen rufen, und ein Ausdruck des Schreckens legte sich über sein Gesicht.

Dann war ich auf der Hauptstraße und in blendend weißes Licht gehüllt. Ich spürte, wie der Wagen sich unter mir aufbäumte, hörte jemanden schreien, und durch den brennenden Schmerz, der jetzt folgte, erkannte ich, daß ich mich selbst schreien hörte. Dann wurden der Schmerz und das Licht und das Schreien zuviel, und ich war tot.

Ich schwebte davon, mein Wagen war ein zerdrücktes Wrack, das Führerhaus des Lastwagens, mit dem ich kollidiert war, war zerdrückt, und der Fahrer kletterte heraus, sein Gesicht weiß und ungläubig, und Reg schrie, versuchte mich aus dem Wrack zu zerren, rief meinen Namen und weigerte sich, das zu glauben, was mein zerdrückter Körper beschwor.

Und dann war Schwärze; und dann schob ich mich widerstrebend aus dem Leib meiner neuen Mutter.

Ich taumelte auf die Füße, auf alle vier. Mein Kopf war benommen, drehte sich, nicht nur von dem Schlag, den er davongetragen hatte, sondern von den Tatsachen, die sich mir offenbart hatten.

Reg war nicht der böse Mann meiner Träume: Er war im Leben ein Freund gewesen und ein Freund im Tod. Er hatte sich meinen Wünschen gebeugt, hatte die Firma kleingehalten. Der Anbau war ein Zeichen dafür, daß die Firma immer noch Gewinn abwarf und so wuchs, wie ich das gewollt hatte; er bedeutete, daß keine drastische Entwicklung stattgefunden hatte, nur eine Verbesserung der existierenden Produktion. Hatte er sie aus Respekt für mich so gelassen, oder war seine Absicht ohne meine Mitwirkung einfach nicht zu verwirklichen gewesen, für mich gab es keine Frage; ich *wußte*, daß ersteres der Fall war. Und Reg, der ewige Junggeselle, der Mann, den ich so oft verspottet hatte, weil er nie eine Ehe eingegangen war, der Freund, der ganz offen zugegeben hatte, daß es immer nur ein Mädchen für ihn gegeben hatte und daß ich dieses Mädchen geheiratet hatte, war schließlich die Ehe eingegangen, nicht nur als noble Tat, um meine des Vaters beraubte Familie zu versorgen, sondern weil er Carol immer geliebt hatte. Er hatte sie schon lange vor mir gekannt (er hatte uns miteinander bekannt gemacht), und unsere Rivalität um sie war heftig gewesen, bis ich schließlich gewonnen hatte, und dann war er uns beiden ein enger Freund geworden.

Unsere geschäftliche Partnerschaft war oft stürmisch gewesen, aber unsere Freundschaft war nur selten erschüttert worden. Bis zu unserem Konflikt am Ende, meine ich. Und das war ein Konflikt, von dem ich weiß, daß er ihn bitter bedauerte, so wie jetzt ich.

Ich blickte zu dem Wagen zurück, dessen Motor tot war, dessen Scheinwerfer aber immer noch strahlten. Aufgewirbelter Staub tanzte in dem Lichtkegel. Ich kniff die Augen zusammen und taumelte aus dem Lichtschein heraus in die Dunkelheit. Meine Augen paßten sich schnell dem plötzlichen Wechsel an, und ich sah Regs Körper halb aus der zerschmetterten Windschutzscheibe über die Motorhaube hängen. Er sah leblos aus.

Mit einem Aufstöhnen der Angst rannte ich vor und sprang auf die Motorhaube. Einer seiner Arme hing an der Seite herunter, und sein weißes Gesicht war mir im Mondlicht zugewandt. Ich streckte mich vor und leckte ihm das Blut von der aufgerissenen Wange, bettelte um Verzeihung für das, was ich getan hatte, für das, was ich gedacht hatte. Sei nicht tot, betete ich. Stirb nicht sinnlos, so wie damals ich.

Er regte sich, stöhnte. Seine Augen öffneten sich, und er blickte direkt in die meinen. Und einen Moment lang, das schwöre ich, erkannte er mich.

Seine Augen weiteten sich, wurden weich. Es war, als könnte er meine Gedanken lesen, als könnte er verstehen, was ich ihm zu sagen versuchte. Vielleicht war es nur meine Einbildung, vielleicht befand er sich nur im Schock, aber ich bin sicher, daß er mir zulächelte und versuchte, mich mit der herunterhängenden Hand zu streicheln. Dann verloren seine Augen plötzlich ihre Schärfe, als ihm das Bewußtsein davonglitt. Abgesehen von der Wunde an der Wange und am Ohr, die meine Zähne verursacht hatten, war nur wenig Blut an ihm; mein Körper hatte die Windschutzscheibe zerschmettert, er war nur hinter mir hergeflogen. Das Steuerrad hatte verhindert, daß er weiter flog, und ich sah nach, um mich zu vergewissern, daß er keine ernsthaften Schäden am Körper hatte. Er würde am nächsten Tag einen riesigen blauen Flecken am Leib haben, aber wahrscheinlich sonst nichts Ernsthaftes. Sein Kopf mußte den oberen Teil des Rahmens der Windschutzscheibe getroffen haben, und das hatte zu seiner Bewußtlosigkeit geführt. Da war kein Todesgeruch an ihm.

Stimmen hallten von weiter vorn an der Straße zu uns herüber, als die Leute ihre Häuser verließen, um nachzusehen, was da für ein Lärm gewesen war. Ich entschied, daß für mich jetzt die Zeit zum Verschwinden gekommen war; hier gab es nichts mehr für mich zu tun.

Ich streckte mich und küßte Reg auf die Stirn. Er regte sich, kam aber nicht wieder zur Besinnung.

Dann ließ ich mich auf alle viere fallen und trottete davon, in die Nacht hinein.

21

So, da hast du es jetzt, Alter. Das wär's.

Glaubst du mir?

Oder glaubst du, dein Schmerz hat dich verrückt gemacht?

Die Dämmerung kriecht in uns beide, und der Tod – für dich – kommt mit ihr gekrochen. Das wußte ich, als ich dich gestern nacht hier am Straßenrand fand, wußte, daß es zu spät war, Hilfe für dich zu suchen; der Krebs in deinem Magen hatte seinen Anspruch bereits angemeldet.

Wie lange bist du über die Straßen gezogen, hast dich um niemanden gekümmert und niemanden gehabt, der sich um dich gekümmert hat? Was hat das Leben getan, um dich dazu zu bringen, vor ihm zu fliehen? Nun, für dich ist es jetzt vorbei; deine Jahre des Wanderns sind vorüber.

Ich frage mich, ob du alles verstehst, was ich dir gesagt habe. Ich glaube, deine Nähe zum Tod hat unsere Kommunikation möglich gemacht. Du befindest dich in jenem Übergangsstadium, das die Sterbenden für viele Dinge empfänglich macht, für die sie vorher ihr Bewußtsein verschlossen haben. Glaubst du immer noch, daß es nur eine Schwärze gibt, die dich erwartet? Oder die Hölle? Der Himmel? Wenn es nur so einfach wäre.

Es gibt jetzt nicht mehr viel, was ich dir sagen könnte. Ich wartete, in der Dunkelheit verborgen, bis sie Reg aus dem Wagen gezogen hatten, und sah, daß er wieder zu Bewußtsein gekommen war. Er ist sogar selbst zu dem Krankenwagen gegangen, der inzwischen eingetroffen war, und ich konnte sehen, wie er den Kopf herumdrehte, in die Düsternis spähte, nach mir Ausschau hielt. Die Leute, die ihm halfen, mußten gedacht haben, er hätte eine Gehirnerschütterung, als er immer wieder nach dem Hund fragte, den er gesehen hatte.

Kurz darauf verließ ich die Gegend, stattete meinem eigenen Grab vorher noch einmal einen letzten Besuch ab. Ich weiß nicht recht, warum ich dorthin ging; vielleicht wollte ich mir selbst die letzte Ehre erweisen. Für mich war es das Ende von etwas. Möglicherweise das Ende eines Lebens.

Man hatte frische Blumen auf das Grab gelegt, und ich wußte, daß man mich nicht vergessen hatte. Die Erinnerung an den Ehemann, den Vater, den Freund würde mit der Zeit verblassen, aber ich würde immer irgendwo in einem Winkel ihres Bewußtseins sein.

Für mich sollte es anders werden. Die Erinnerungen mochten vielleicht noch eine Weile dasein, gelegentlich an die Oberfläche treten, aber die Empfindungen hatten sich verändert. Meine Empfindungen wurden schnell die eines Hundes, so als wäre jetzt, wo meine Suche vorüber war, ein Geist verdrängt worden. Der Geist war meine Menschlichkeit gewesen. Ich fühlte mich frei, frei wie jeder Vogel am Himmel. Frei, als Hund zu leben. Ich rannte fast einen ganzen Tag lang, und als ich mich schließlich fallen ließ, waren die letzten Überreste meines alten Ichs verdrängt.

Das alles geschah wenigstens – in deinen Begriffen – vor zwei Jahren. Von Zeit zu Zeit suchen mich immer noch Erinnerungen und alte Gewohnheiten heim, und ich erinnere mich an mich als einen Menschen. Aber jetzt kehren sie nur in meinen Träumen wieder. Als ich dich letzte Nacht unter dieser Hecke am Straßenrand fand, sterbend und voll Angst vor dem Tode, regte das jene verborgenen Gefühle wieder an. Dein Sterben, die Aura, die dich jetzt umgibt, brachte jene Gefühle an die Oberfläche, und mit den Gefühlen kamen die alten Erinnerungen, so klar, so scharf. Vielleicht hast du mir auch geholfen, alter Mann, schließlich will ich ja mein Erbe nicht ganz aufgeben. Wie sagte doch der Dachs: ›Du bist besonders.‹ Vielleicht hatte er recht. Vielleicht war alles, was er mir gesagt hat, richtig. Vielleicht bin ich dazu bestimmt, mich zu erinnern. Vielleicht bin ich hier, um solchen wie dir zu helfen. Vielleicht.

Alles, was ich weiß, ist, daß ich mehr und mehr vergesse, was ich war, und werde, was ich bin.

Und im großen und ganzen macht mir das, was ich bin, Spaß. Ich sehe das Leben aus einem anderen Blickwinkel: aus einer Perspektive in Kniehöhe. Es ist überraschend, was das für einen Unterschied macht. Es ist, als würde man sich einem Ort immer nur aus derselben Richtung nähern und dann plötzlich aus der entgegengesetzten kommen. Das Vertraute wechselt die Form, sieht irgendwie anders aus. Es ist immer noch dasselbe, hat aber eine neue Perspektive bekommen. Weißt du, was ich meine?

Ich bin über Land gereist und im Meer geschwommen. Niemand hat mich je wieder besessen, aber viele haben mich gefüttert. Ich habe mit so vielen verschiedenen Spezies geredet, gegessen und gespielt, daß mein Kopf schmerzt, wenn ich versuche, mich an sie alle zu erinnern. Ich habe über die Neurosen in der Welt der Tiere gestaunt und gelacht: Einmal begegnete ich einem Schwein, das sich für ein

Pferd hielt, einer Kuh, die stotterte, einem Bullen, der von einer Spitzmaus unter Druck gesetzt wurde, mit der er ein Feld teilte; einem Entchen, das sich für häßlich hielt (und es war); einem Ziegenbock, der glaubte, er sei Jesus; einer Holztaube, die vor dem Fliegen Angst hatte (sie zog es vor, zu Fuß zu gehen); einer Kröte, die Shakespeare-Sonette krächzen konnte (und sonst kaum etwas); einer Otter, die immer wieder versuchte aufzustehen, und einem Fuchs, der Vegetarier war.

Einmal kämpfte ich mit einem Hermelin (wir haben dann beide aufgegeben und sind gleichzeitig weggerannt – sonst hätte es uns beide das Leben gekostet), ich habe eine Eule getötet, die mich angriff, mit einem Rudel Ratten gekämpft, und bin sogar einmal von einem Bienenschwarm verfolgt worden. Ich habe Schafe geärgert und Pferde; ich habe mit einem Esel über den möglichen Einfluß des Existentialismus auf die Kunst philosophiert, habe mit Vögeln gesungen und mit Igeln gescherzt.

Und habe mit sieben verschiedenen Hündinnen Liebe gemacht.

Deine Zeit verrinnt jetzt; der Tod ist fast da. Ich hoffe, das, was ich dir erzählt habe, hat dir geholfen; ich hoffe, für dein fieberndes Gehirn hat es etwas Sinn gemacht. Kannst du diese schwere Süße in der Luft riechen? Das bedeutet, ich muß gehen. Das ist eine Freundin, weißt du? Sie lebt auf einer Farm, drei Felder von hier, und ist jetzt bereit für mich. Ich muß sie nur aus dem Schuppen rausholen, von diesem eifersüchtigen alten Bauern weg; aber für einen schlauen Hund wie mich sollte das nicht zu schwierig sein.

Eines noch, bevor ich gehe: Neulich bin ich Rumbo wiederbegegnet. Ich hatte unter einem Baum geschlafen, als mir eine Buchecker auf die Nase fiel. Und als ich mich dann umsah, hörte ich eine Stimme: »Hallo, Scheißer!« Und da war er wieder, stand über mir, grinste über sein ganzes kleines Eichhörnchengesicht. Er warf noch ein paar Bucheckern auf mich, aber als ich seinen Namen rief, sah er mich ausdruckslos an und rannte dann weg. Ich weiß, daß er es war, denn die Stimme – das Denkmuster, wenn du willst – war dieselbe, und wer sonst würde mich ›Scheißer‹ nennen?

Ich habe mich gut dabei gefühlt, obwohl ich nicht den Wunsch verspürte, ihm zu folgen. Es war einfach gut zu wissen, daß jemand wie Rumbo wieder da war.

Jetzt mußt du mich entschuldigen, die Witterung meiner Freundin wird wirklich überwältigend, und ich kann sie nicht länger ignorieren. Du brauchst mich ohnehin nicht mehr; jetzt bist du am Zug. Ich hoffe zumindest, daß ich dir geholfen habe. Vielleicht stoßen wir irgendwann wieder einmal aufeinander.

Wiedersehn.

Hoffentlich bist du dann ein Hund!

Der Landstreicher versuchte dem Hund mit seinen müden alten Augen zu folgen, als der sich davontrollte, durch die zerzauste Hecke in die Felder, die dahinterlagen. Aber es war ihm zu anstrengend.

Sein Körper verkrampfte sich vor Schmerz und schien in den alten Lumpen zusammenzuschrumpfen, die er am Leibe trug. Er ließ sich zu Boden sinken, und seine Stoppelwange ruhte auf dem feuchten Gras. Eine einzelne Ameise, keine drei Zoll von seinem rechten Auge entfernt, starrte ihn ausdruckslos an.

Die Lippen des Landstreichers versuchten zu lächeln, aber das wollte der Schmerz nicht zulassen. Mit dem letzten Rest der ihm verbliebenen Kraft hob er zitternd die Hand und legte mit aller Konzentration, derer er fähig war, vorsichtig einen Finger über den winzigen Körper der kleinen Kreatur, aber die Ameise huschte davon und versteckte sich in dem Wald aus Gras. Mit einem schmerzhaften Schauder entrang sich dem alten Mann sein letzter Atemzug und nahm sein Leben mit.

Er starb. Und wartete.